第五章
엇갈린 운명들

屠龍之技

박재현과 자객들이 대부분의 경비병들을 대전 쪽으로 끌고 가버린 덕분에 정위치를 지키고 있는 경비병들의 수는 극히 적었다. 그러나 치밀하게 짜여 있는 황궁의 경계망은 여전히 원활하게 돌아가고 있었다. 지붕과 땅 위를 번갈아가며 달리고 있던 이자건은 얼마 가지도 못해서 경비병들에게 발각당하고 말았다.

"여기에 자객이 또 있다!"

"자객의 발을 묶는 것이 중요하다! 활을 쏴라! 활을 쏴!"

대낮처럼 환하게 밝혀진 황궁의 여기저기에서 고함이 터

져 나오며 십여 명의 경비병이 이자건의 앞길을 막아섰다.

이자건은 경비병들이 활을 소지하고 있다는 사실을 확인하고는 다급한 심정이 되어 주위를 빠르게 훑어보았다. 그리 멀지 않은 곳에 유난히 높은 건물이 우뚝 서 있는 것이 보였다.

'저 건물의 지붕 위로 올라가면 화살 공격을 피해 대전 쪽으로 갈 수 있을 거야.'

이자건은 건물과의 거리를 가늠해 보고는 전력을 다해 속보를 전개했다. 건물과의 거리가 순식간에 좁혀졌다. 동시에 몇 명의 경비병이 빠른 동작으로 시위를 당겼다가 놓았다.

투퉁! 퉁! 퉁!

생각하고 자시고 할 시간도 없었다. 건물을 향해 달려가고 있던 이자건은 예상보다 몇 배는 더 빠른 경비병들의 반응에 그대로 바닥을 향해 몸을 던졌다.

쉬익! 쉭! 쉬익! 쉭!

몇 개의 화살이 바닥을 구르고 있는 이자건을 스치고 지나갔다. 하지만 이자건은 상체를 세울 생각도 하지 못한 채 연이어 바닥을 굴러야만 했다. 본능적인 감각이 계속해서 위기의 신호를 보내고 있었기 때문이다. 아니나 다를까, 등골을 서늘하게 만드는 날카로운 소리가 끊이지 않고 계속해서 이자건의 귓전을 스치고 지나갔다. 몽골 병사들의 활은 소문대

로 빠르고 정확했다. 잠시라도 방심했다가는 그대로 화살 밥
이 되어버릴 위험한 순간이 계속되었다. 솜털이 쭈뼛하게 곤
두선 이자건은 미친 듯 바닥을 굴러 목표로 했던 건물 뒤로
몸을 숨겼다.

타닥! 탁! 탁! 탁!

수십 개의 화살이 이자건을 쫓아오다가 건물의 벽에 틀어
박혔다. 실로 간발의 차이였다.

‘운이 좋았어.’

경비병들의 겨냥이 워낙 정확했기에 화살 공격을 피할 수
있었던 것이었다. 간신히 한숨을 돌린 이자건은 잠깐 고개를
내밀어 주변의 상황을 재빠르게 살펴보고는 다시 건물의 벽
에 몸을 숨겼다.

타닥! 타닥! 탁! 탁!

화살이 건물의 벽에 박히는 소리가 마치 콩 볶는 소리처럼
요란하게 터져 나왔다. 그 짧은 순간에 무려 이십여 개의 화
살이 이자건이 숨어 있는 벽에 틀어박혔다. 이자건보다 몇 배
는 더 뛰어난 고수가 온다고 하더라도 전진을 할 수 없는 상
황이었다. 거기에다가 벌써 안쪽으로 소식이 전해졌는지 횃
불의 행렬이 길게 이쪽으로 이어지고 있었다.

‘끝이야! 완전히 틀어 막히고 말았어!’

황궁의 경비가 삼엄하리라는 것은 처음부터 예상했던 바

이지만, 경비병들의 대응이 이렇게 빠를 줄이야 어찌 알았겠는가? 세계 최강이라는 명성이 아깝지 않을 정도로 경비병들의 대응은 빠르고 침착했다. 이대로 있다가는 경비병들의 포위망에 걸려들어 개죽음을 당할 것이 뻔했다.

'어차피 각오했던 일이야. 죽이 되든 밥이 되든 하는 데까지 해봐야지.'

죽음이 두려웠다면 애초에 황궁의 담을 넘지도 않았을 것이다. 이자건은 박재현이 있을 대전 쪽을 잠시 바라보고 있다가 어금니를 질끈 깨물고는 천지일기공을 운용했다. 아직 내공의 수련 정도가 내공을 외공에 사용할 정도가 아닌 이자건에게는 극히 위험한 시도였다. 자칫 단전에 머물고 있는 진기가 격발되면 즉사할 수도 있었다. 하지만 아무것도 못해보고 죽는 것보다는 뭔가 시도라도 해보고 죽는 것이 몇 배는 더 좋았다. 이자건은 긴장감 속에서 이제는 굵은 실처럼 느껴지는 진기를 다리의 경맥 쪽으로 돌렸다. 바로 그때, 앞쪽에서 섬뜩한 비명 소리가 폭죽이 터지듯 일제히 터져 나왔다.

"으아악!"

"크악!"

"뒤쪽이야! 컥!"

갑작스러운 상황 변화에 놀란 이자건은 위험을 무릅쓰고 고개를 내밀어보았다. 한 명의 흑의복면인이 이자건의 진로를 막고 있던 경비병들 사이에 뛰어들어 무시무시한 신위를 펼치고 있었다. 이자건을 암담하게 만들었던 이십여 명의 경비병들이 흑의복면인 앞에서는 추풍낙엽이었다. 극히 짧은 시간 동안 열댓 명가량의 경비병이 흑의복면인의 휘어진 칼에 시체가 되어 나뒹굴었다. 하지만 흑의복면인 또한 정상적인 상태가 아니었다. 경비병들을 인정사정없이 죽이고 있던 흑의복면인의 신형이 갑작스럽게 휘청거리기 시작했다.

"형님!"

이자건은 박재현일 것이라고 여겨지는 흑의복면인이 위기에 처하는 것을 보자 크게 고함을 지르며 앞으로 달려나갔다. 박재현의 손에 검이 아니라 크게 휘어진 칼이 들려져 있어 의문스러웠지만, 한밤중에 흑의에 복면을 하고 황궁의 담을 넘은 사람이 박재현 외에 또 있을 리가 없었다.

"힛!"

막 박재현에게 창을 찌르려고 하던 경비병 하나가 이자건의 급작스러운 공격에 제대로 된 저항도 못하고 목과 몸이 분리되어 버렸다.

촤악!

분수처럼 솟구쳐 오른 피가 전신을 뜨겁게 적시는 와중에 이자건은 살아남은 두 명의 경비병에게 다가가 재차 필살의 의지를 담고 있는 도룡검법의 섬전결을 시전했다. 이자건을

발견한 두 명의 경비병이 칼끝을 돌리려고 했지만 도룡검법
의 섬전결은 경비병들에게 기회를 주지 않았다.

"컥!"

"윽!"

경비병 두 명이 각자 장기가 드러날 정도의 큰 부상을 입고
바닥으로 쓰러졌다. 거의 동시에 박재현 또한 한계에 다다랐
는지 우뚝 선 채로 뒤로 넘어가고 있었다. 얼마나 극심한 부
상을 입고 있었는지 짐작할 수 있는 모습이었다.

"형님, 제가 왔습니다! 정신 차리십시오!"

대경실색한 이자건은 땅바닥에 쓰러진 박재현의 어깨를
잡아 흔들며 고함을 질렀다. 하지만 박재현의 두 눈은 굳게
닫힌 채 뜨일 줄을 몰랐다. 이자건은 다급한 심정에 박재현의
전신을 빠르게 훑어보았다. 걸치고 있는 흑의가 피로 목욕을
한 것처럼 흠뻑 젖어 있었지만, 그 외에 겉으로 드러나는 상
처는 하나도 없었다.

'심각한 내상을 입으셨구나.'

"자객이 저기 있다! 잡아라!"

요란한 고함 소리와 함께 횃불의 행렬이 급격히 가까워졌
다. 머뭇거릴 시간이 없었다. 이자건은 의식을 잃고 축 늘어
져 있는 박재현을 재빨리 들쳐 업고는 야행복을 찢어 자신의
몸에 단단히 묶었다.

‘일단 여기를 빠져나가야 해.’

이자건은 그야말로 젖 먹던 힘까지 다해 속보를 전개했다. 다행히 발각당한 시점이 워낙 빨랐던 탓에 되돌아 나와야 할 거리 또한 그렇게 멀지가 않았다. 이자건은 그리 오래지 않아 황궁의 높고 긴 담장을 다시 마주할 수 있게 되었다. 양소운은 그사이 어디로 갔는지 보이질 않았다.

“여기다! 두 명의 자객이 도망치고 있다!”

정위치를 지키고 있던 몇몇의 경비병들이 담장 가까이 다가온 이자건을 발견하고 크게 고함을 질렀다. 멀리서 그에 호응하는 소리가 크게 터져 나왔다.

“사살해도 무방하다! 활을 쏴서 자객을 사살하라!”

상당한 수준의 내력이 담겨진 목소리였다. 뛰어난 실력을 사신 무인늘이 추격에 나서고 있는 것 같았다.

‘큰일이다. 이곳을 벗어난다고 해도 추석을 피하기가 만만치 않겠구나.’

가뜩이나 답답하던 이자건의 속이 더욱 답답해져 버렸다. 하지만 답답하다고 해서 멍하니 황궁의 담장만 지켜보고 있을 수는 없었다. 이자건은 경비병들에게서 최대한 멀리 떨어진 쪽으로 달려가 힘껏 발을 굴렀다. 박재현을 업고 있음에도 불구하고 이자건의 신형이 마치 튕겨진 공처럼 공중으로 숫아올랐다.

휙!

세 발의 강력한 화살이 마치 기다렸다는 듯이 이자건을 노리고 쏘아졌다.

쉬익! 쉭! 쉭!

마음의 준비를 하고 있던 이자건은 공중에서 몸을 반대로 회전하며 재빨리 검을 휘둘렀다.

티팅!

검에 튕겨진 두 발의 화살이 이자건의 양쪽 귀밑을 스치고 지나갔다. 그때, 미묘한 시차를 두고 쏘아진 세 번째의 화살이 이자건의 가슴을 노리고 쇄도해 들어왔다. 이미 검으로 어떻게 해볼 수 있는 거리가 아니었다. 이자건은 화살을 노려보며 있는 힘껏 몸을 뒤로 젖혔다.

푹!

박재현의 몸무게 때문에 이자건의 몸이 생각보다 빠르게 젖혀지며 가슴을 스치고 지나가야 할 화살이 장딴지에 박혀버렸다. 거꾸로 회전을 하면서 황궁의 담을 넘어가고 있던 이자건의 몸이 저절로 떨렸다.

'윽!'

뾰족한 쇠붙이에 생살이 강제로 뚫리는 고통은 가벼운 것이 아니었다. 하지만 정작 심한 고통은 바닥에 착지하는 순간에 찾아왔다. 화살을 맞을 때보다 꽂혀 있는 화살대가 크게 흔들리며 속살을 찢어놓는 고통이 몇 배는 더 컸다. 머리끝이 쭈뼛하게 곤두설 정도의 극통에 이자건은 기어이 참고 있던 신음성을 토해내고 말았다.

"으윽!"

비상 경계령이 발동되어 눈에 불을 켜고 있던 경비병들이 신음성을 토해내는 이자건을 놓칠 리가 없었다. 독이 오를 대로 오른 경비병들은 흑의에 복면을 한 이자건을 보자마자 창을 꼬나잡고 달려들었다.

"저놈 잡아라!"

'여기서 머뭇거리면 바로 죽음이야!'

이자건은 재빨리 검을 휘둘러 상딴지에 박혀 있는 화살대를 잘라 버리고는 속보를 전개해 앞으로 달려나갔다. 발을 디딜 때마다 상딴지에서 아찔한 통증이 치밀어 올랐으나 멈춰서 상처를 돌볼 여기는 없었다. 이자건은 이빨을 으스러져라 악문 채 계속해서 속보를 시전했다. 삼 장 가까이 다가왔던 경비병들과의 거리가 조금씩 벌어지기 시작했다.

"활을 쏴서 자객의 발을 묶어라!"

"사로잡을 필요 없다! 활을 쏴서 사살해라!"

경비병들이 저마다 활을 들고 어둠 속으로 사라져 가는 이자건에게 화살을 날려댔다.

쉬익! 쉭! 쉭!

수많은 횃불로 환하게 밝혀져 있는 황궁 안과는 달리 황궁 밖은 적잖은 횃불이 있기는 했지만 그렇게 밝지가 않았다. 제 아무리 뛰어난 실력을 지닌 궁수라고 하더라도 제대로 된 겨냥을 할 수가 없었다. 경비병들이 날린 화살은 이자건의 몸을 스치고 지나갈 뿐이었다. 반면에 칠흑 같은 어둠 속을 훤히 꿰뚫어 볼 수 있는 뛰어난 시력과 감각을 지닌 이자건은 무리 없이 속보를 전개해 앞으로 달려나갈 수 있었다. 이자건의 신형은 그야말로 순식간에 경비병들의 시야에서 사라져 버렸다.

"놈을 놓치면 우리가 죽는다! 빨리 잡아!"

발등에 불이 떨어진 경비병들이 죽을힘을 다해 이자건이 사라진 곳으로 달려갔다.

병사들의 추격 실력은 실로 만만치가 않았다. 병사들은 추격을 떨어뜨리기 위해 방향 전환을 계속하고 있는 이자건의 뒤를 찰거머리처럼 따라붙었다. 이자건은 어쩔 수 없이 귀가에 숨어 지내려고 했던 애초의 계획을 포기할 수밖에 없었다.

'어쩔 수 없어. 최대한 빨리 대도를 벗어나야만 해.'

귀가가 넓기는 했지만 마음먹고 뒤지는 병사들을 피해서 숨어 있을 만한 곳은 아니었다. 옷도 챙기지 못했고 조부가 물려주신 귀물들도 챙기지 못했지만, 다행히 품속에 상당량의 금자는 가지고 있는 상태였다. 아껴 쓴다면 일 년은 넉넉하게 쓸 수 있을 정도였으니 굶어 죽을 일은 없었다. 이자건은 귀가가 있는 방향은 아예 쳐다보지도 않고 전력을 다해 속보를 전개했다.

그렇게 얼마를 달려갔을까? 병사들의 고함 소리가 점점 멀어져 가고 그 대신에 대도의 밤을 사납게 일깨우는 말발굽 소리가 뒤를 따라붙기 시작했다.

두두두두!

정신없이 속보를 전개하고 있던 이자건은 걱정스런 눈빛으로 뒤를 돌아봤다. 생각보다는 거리가 있는지 아직까지 눈에 들어오는 기병들은 없었나. 칠흑 같은 어둠 속이라 기병들도 제 속도를 내지 못하고 있는 것 같았다. 하지만 기병들의 속도가 아무리 늦어도 이자건이 속보를 펼치는 속도보다는 빠를 것이 틀림없었다.

'이렇게 앞만 보고 달려가다가는 곧 따라잡히고 말겠어. 어떻게든 기병들의 추격을 따돌리는 것이 급선무야.'

일반의 병사들과 마찬가지로 방향 전환을 해도 끈질기게 따라붙는 기병들이었다. 단순한 방향 전환으로는 추격을 따돌릴 수 있을 것 같지가 않았다. 방법을 바꿔야 했다. 이자건은 눈앞에 있는 낮은 담장을 돌아가지 않고 달리는 힘을 이용해 그대로 뛰어넘어 버렸다.

"큭!"

착지를 할 때 장딴지에서부터 모골이 송연해지는 고통이 치밀어 올라 저절로 신음이 터져 나왔다. 하지만 잠시라도 머뭇거릴 시간은 없었다. 이자건은 극심한 고통을 억눌러 가면서 대여섯 개의 담장을 계속해서 넘어갔다. 지척까지 다가왔던 말발굽 소리가 조금씩 멀어져 갔다.

'이제 기병들의 추격은 따돌린 것인가?'

좁은 골목길에서 전후방을 살펴보고 있던 이자건은 안도의 한숨을 내쉬었다. 하지만 아직 안심하기에는 이른 시간이었다. 이자건이 안도의 한숨을 내쉬자마자 기다렸다는 듯 뒤쪽에서 고함 소리가 들려왔다.

"여기 핏자국이 있다! 샅샅이 수색해라!"

이자건은 퍼뜩 고개를 숙여 발밑을 바라봤다. 아니나 다를까, 상처에서 흘러나온 피가 가죽신에 스며들어 발을 디딜 때마다 확실한 자국을 남겨놓고 있었다. 생각지도 못한 일이었다. 기억도 나지 않는 어린 시절에 하얀 구슬을 먹은 이후로 이자건은 외상에 신경을 써본 일이 없었다. 가만히 놓아두어도 상처가 빠르게 나아버렸기 때문이다. 거기에다 천지일기공을 수련한 다음부터는 낫는 속도가 두 배는 더 빨라졌다. 외상에 신경을 쓸 까닭이 없었다. 하지만 지금은 상황이 달랐다. 장딴지에 박혀 있는 화살촉 때문에 상처가 아물기는커녕 시간이 지날수록 점점 더 깊어지고 있었다. 가만히 놓아둬서 될 일이 아니었다.

찌익!

땀과 피로 흠뻑 젖어 있는 바짓단을 찢어내자 부러진 화살대가 흉물스럽게 나타났다. 이자건은 양소운과의 일전으로 날이 듬성듬성 빠져 있는 장검을 이용해 화살촉이 박혀 있는 주변의 살을 조심스럽게 갈랐다.

울컥!

어둠 속에서 유난히 검게 보이는 피가 흥건히 흘러나와 바닥을 적셨다. 이자건은 어금니를 질끈 깨물면서 부러진 화살대의 끝을 잡고 힘을 주었다. 피와 살이 엉켜 있는 화살촉이 힘겹게 뽑혀져 나왔다. 화끈한 통증이 신경을 타고 뇌리로 전달되면서 전신을 떨리게 만들었다. 의지력만으로 참을 수 있는 통증이 아니었다. 이자건은 자신도 모르게 신음 소리를 입 밖으로 터뜨리고 말았다.

"으윽!"

핏자국을 따라왔던 병사들이 신음 소리를 뱉어내고 있는 이자건을 발견하고는 즉시 사나운 기세로 달려들었다.

"사로잡을 필요 없다! 죽여 버려!"

천만다행스럽게도 활을 들고 있는 병사들은 없었지만 위험하기는 매한가지였다. 이자건은 통증으로 정신이 가물가

물한 와중에도 살기 위한 본능적인 움직임을 시작했다.

"으악!"

가장 앞에서 달려오고 있던 병사 하나가 이자건이 집어 던진 화살촉에 다리를 맞아 비명을 내지르며 쓰러졌다. 동시에 악에 받친 병사들이 이자건을 향해 창칼을 내질렀다.

"죽어라!"

좁은 골목길이었다. 병사들의 창칼을 피하려면 뒤로 물러나는 수밖에 없었다. 하지만 이자건은 뒤로 물러서기는커녕 오히려 앞으로 뛰어가며 전력을 다해 검을 휘둘렀다.

휘익!

환골탈태를 한 이자건의 검에 담겨 있는 힘은 어지간한 일류고수가 내공을 이용해 펼치는 것보다 훨씬 더 강력했다. 이자건을 노리고 쇄도해 들던 창칼이 요란한 소음과 함께 튕겨 나가 버렸다.

채챙! 챙!

튕겨 나가는 창칼을 움켜잡고 있던 병사들이 크게 휘청거렸다. 적의 허점을 발견한 이자건은 번개와 같은 속도로 재차 앞으로 달려들며 도룡검법의 섬전결을 펼쳤다. 수천, 수만 번의 수련을 통해 자연스럽게 몸에 익어버린 연속기(連續技)였다.

휘익!

싸늘한 검광이 튕겨 나간 병장기를 붙들고 있는 병사들의 목을 노리고 쇄도해 들어갔다. 너무도 빠른 검법에 병사들은 어떤 대응도 하지 못하고 두 눈만 크게 뜨고 있었다. 순간, 이자건의 눈에 갈등의 빛이 떠올랐다.

'겁만 주면 되는 거야. 굳이 죽일 필요는 없어.'

청림촌에서 혈사를 일으킨 악마들이면 모를까, 자신들의 임무에 최선을 다하고 있는 병사들의 목을 짚단 베듯이 마구 베고 싶지는 않았다. 마음이 약해져 버린 이자건은 병사들의 목에 가느다란 상처 하나씩만 남긴 채 검을 회수해 버렸다. 그 결과는 예상 밖이었다.

"허억!"

헛바람 집어삼키는 소리와 함께 죽다가 살아난 병사들이 정신없이 뒷걸음질을 쳤다. 좁은 골목길에서 수십 명의 병사들이 달려오고 있다가 선두에 선 병사들이 갑작스럽게 뒷걸음질을 치고 있으니 다음에 일어날 일은 당연히 한 가지뿐이었다.

"큭!"

"으윽!"

열댓 명의 병사들이 한데 뒤엉켜 신음성을 내뱉으며 땅바닥을 뒹굴었다. 뜻하지 않은 기회였다. 이자건은 지체없이 속보를 전개해 골목길을 빠져나갔다.

                    *   *   *

　　칠흑 같은 어둠속에 잠겨 있는 대도의 성벽 밖. 검은 야행복으로 전신을 가린 곽무경은 초조한 눈빛으로 수백 수천 개의 횃불로 환하게 밝혀져 있는 대도의 높은 성벽을 바라보고 있다가 불만을 토로했다.

　　"벌써 묘시(卯時)가 가까워오는 시간이오. 도대체 언제까지 기다려야 하는 거요?"

　　북방의 초겨울 날씨는 쌀쌀하기 그지없었다. 제갈금은 내공을 돋워 몸속을 파고드는 한기를 몰아내면서 짤막하게 대답했다.

　　"글쎄요."

　　"여기서 두 시진을 멍청하게 기다렸으면 충분하지 않소이까? 나는 더 이상 기다리고 싶은 생각이 없소이다."

　　오는 말이 고와야 가는 말이 고운 법이다. 제갈금은 곽무경을 매서운 눈빛으로 노려보며 뱉어내듯이 말했다.

　　"나와 무정살수 사십 명도 소장주와 함께 멍청하게 기다렸단 사실을 잊지 마십시오."

　　"후후, 제갈 대주의 말씀 속에 날카로운 가시가 숨어 있는 것 같구려. 조심하지 않으면 찔리겠소이다."

마치 '네가 화를 내면 어쩔 거냐?'는 식의 싸가지없는 말투였다. 듣고 있던 제갈금의 가슴속에서 살심이 솟구쳤다.

'이미 곽운학은 나를 버린 것이나 마찬가지야. 내가 곽가에 계속해서 충성을 할 필요는 없어. 차라리 여기서 저놈을 때려죽이고 내 길을 가는 것이 더 낫지 않을까?'

늦었지만 아직 관을 짜둘 나이는 아니었다. 제갈금은 자신의 인생을 다시 설계해야 하는가, 마는가를 두고 고민하기 시작했다. 제갈금이 살기까지 내비치고 있음에도 불구하고 곽무경이 재차 느글거리는 말투로 제갈금의 속을 뒤집어놓았다.

"내가 보기에 성벽 위의 상황이 시간이 흐를수록 점점 더 악화되어 가고 있는 것 같은데 말이오. 제갈 대주는 어떻게 생각하시오? 이대로 멍청하게 기다리고 있으면 오늘 중으로 성벽을 넘을 기회가 생길 것 같소이까?"

제갈금은 마침내 내공을 끌어올리기 시작했다. 이제 손을 뻗기만 하면 제갈금은 반평생 충성을 바친 곽가와는 원수가 되는 것이었다.

'어떻게 해야 하나?'

곽무경을 때려죽이는 것은 문제가 아니었다. 무정살수들 또한 이십 년간 그들을 지휘해 온 제갈금의 명령을 곽무경의 명령보다 우선시할 것이 분명했다. 하지만 자칫 일이 잘못되기라도 한다면 경천장에 살고 있는 제갈금의 가족들이 몰살을 당할 수도 있었다.

'가족들의 생명을 담보로 도박을 할 수는 없지. 휴―우.'

제갈금은 긴 한숨을 내쉬면서 끌어올렸던 내공을 풀어버리고 말았다. 곽무경의 말대로 성벽 위를 오가고 있는 횃불의 숫자가 시간이 지날수록 점점 더 많아지고 있었다.

"더 이상 우물쭈물하지 말고 빨리 결단을 내립시다. 여기서 아침 해를 맞이할 수는 없지 않소이까?"

"소장주, 차라리 후일을 기약하는 것이 어떻겠습니까?"

예상했던 대로 곽무경이 펄쩍 뛰면서 반발을 했다.

"후일을 기약하다니요? 기다린 시간이 아까워서라도 그렇게는 못하겠소. 일단 시도라도 해봅시다. 여의치 않으면 그때 물러나면 되지 않겠소이까? 만약에 일이 잘못되면 내가 전적으로 책임을 지겠소."

워낙 떠받듦을 받으면서 자란 탓에 곽무경은 고집이 상당히 강했다. 그리고 곽무경이 한번 고집을 부리기 시작하면 그의 부친인 곽운학을 제외하고는 말릴 수 있는 사람이 아무도 없었다. 제갈금은 곽무경이 이미 성벽을 넘기로 작정했다는 사실을 깨닫고는 어쩔 수 없이 고개를 끄덕이고 말았다.

"병사들이 우리를 발견하면 즉시 물러서야 합니다."

제갈금이 그렇게 뒤로 물러서자 곽무경이 즉시 부드러운

어조로 말을 받았다.

"알겠소. 내 약속하리다. 그리고 이번 일이 잘 해결되면 내가 책임지고 제갈 대주께 무정살수대의 지휘권을 돌려 드리겠소이다."

자고로 말이 많은 자치고 약속을 제대로 지키는 자는 없었다. 제갈금은 책임이라는 단어를 남발하는 곽무경의 말을 한쪽 귀로 흘려버리고는 그림자처럼 서 있는 사십 명의 무정살수들을 돌아봤다.

"사행공(蛇行功)으로 성벽까지 다가간다."

사행공이란 양손과 양발을 이용해 바닥을 뱀처럼 기어가는 경신법이었다. 극도로 추한 모양새와 느린 속도로 인해 자존심이 강한 정통의 무인들은 목숨이 끊어지는 한이 있어도 펼치지 않는 신법이기도 했다. 하지만 은밀함에 있어서만큼은 타의 추종을 불허하는 경신법이라, 무정살수들은 필수적으로 사행공을 익히고 있었다.

"출발!"

제갈금의 명령이 떨어지자마자 사십 명이나 되는 무정살수들이 일제히 사행공을 시전해 바닥을 날 듯이 기어갔다.

스스스슥!

바짝 메말라 있는 풀이 무정살수들의 배에 스쳐 미약한 소리와 함께 부서져 나갔다. 하지만 그 외에 발자국 소리 하나,

숨소리 하나 흘러나오지 않았다. 정말로 사십 마리의 뱀이 기어가는 듯 은밀한 움직임이었다.

한쪽 팔이 없음에도 불구하고 누구보다도 빨리 성벽 아래에 도착한 제갈금이 무정살수들이 도착하기를 기다렸다가 전음으로 명령을 내렸다.

"경비병들을 처치해라."

벽호공(壁虎功)에 일가견이 있는 열 명의 무정살수가 명령이 떨어지기가 무섭게 성벽을 기어올라 갔다. 글자 그대로 도마뱀과 같은 능수능란한 운신법이었다.

"헉!"

"컥!"

이내 성벽 위에서 단말마의 비명 소리가 연이어 들려오더니 무정살수 하나가 위로 올라오라는 수신호를 보내왔다. 사행공을 익히지 못한 탓에 포복으로 성벽 아래까지 기어왔던 곽무경이 호흡을 고르기도 전에 일어난 일이었다.

'역시 대단해. 이렇게 대단한 능력을 지닌 무정살수들을 무려 사십 명이나 데리고 왔는데 무엇을 두려워한단 말인가? 진즉에 성벽을 넘어야 했어. 괜히 제갈 대주의 의견을 존중해 주는 척하다가 시간만 낭비하고 말았잖아.'

곽무경은 제갈금을 너무 존중해 주었던 자신을 탓하면서 성벽에 두 손을 가져다 대었다. 소림사에서 창안되어 강호에 널리 퍼진 벽호공은 사행공에 비하면 그나마 모양새가 덜 구질구질해서 곽무경도 익히고 있는 경신법이었다.

까닥.

곽무경은 무정살수들 앞에서 체면을 세우고 싶은 마음에 제갈금의 수신호가 떨어지자마자 전력을 다해 벽호공을 시전했다. 강호의 십대후기지수라는 명성은 거저 얻은 것이 아니었다. 뛰어난 공력을 지닌 곽무경은 순식간에 무정살수들을 제치고 성벽 위로 올라갈 수 있었다. 바로 그때였다. 전방에서 갑자기 커다란 고함 소리가 터져 나왔다.

"자객이 나타났다!"

수십 명이 일시에 외치는 소리였다.

"……?!"

병사들을 해치우고 주위를 경계하고 있던 무정살수 열 명이 당황한 눈빛으로 곽무경을 바라봤다. 하지만 당황스럽기는 막 성벽 위로 올라서고 있던 곽무경이 더했다.

'아무리 경계가 삼엄하다고 해도 정도가 있지, 이건 너무 빠르잖아?'

곽무경은 안광을 돋워 주위를 살펴보았다. 병사들의 것으로 보이는 시체 이십여 구가 널려 있었다. 그러나 경호성을 발했을 것이라고 여겨지는 병사들의 모습은 하나도 보이지 않았다. 그때 제갈금이 전음을 보내왔다.

"즉시 후퇴를 해야 합니다! 지금이라면 피해없이 돌아갈 수 있습니다!"

가뜩이나 짜증이 나 있던 곽무경은 제갈금의 전음에 노화가 만장이나 치솟아 버럭 고함을 내질렀다.

"일이 잘못되면 내가 책임을 진다고 하지 않았소? 그냥 뚫고 나갑시다!"

이미 들켰다고 생각했는지 전음을 사용하지도 않는 곽무경이었다. 제갈금이 어이가 없어 곽무경을 멍하니 바라보고 있다가 덩달아 고함을 버럭 질러 버렸다.

"지금은 쓸데없는 고집을 부릴 때가 아닙니다! 당장 물러나야 합니다!"

누가 생각하더라도 제갈금의 말이 옳다고 여겨지는 상황이었다. 하지만 귀가에서 자존심에 큰 상처를 입은 곽무경이었다. 곽무경은 벼르고 별렀던 오늘의 일을 언제가 될지도 모르는 후일로 미루고 싶은 생각이 눈곱만치도 없었다.

'여기까지 와서 그냥 물러가자고? 웃기고 있네.'

아무리 생각해도 제갈금은 너무 소심했다.

"가자!"

곽무경은 성벽 위로 속속 올라오고 있는 무정살수들을 향해 짧은 명령을 내리고는, 제갈금이 뭐라고 제지를 하기도 전에 성벽 안쪽으로 뛰어내려 버렸다.

'저 망둥이 같은 놈이 기어이 일을 저지르고 마는구나.'

제갈금은 곽무경의 뒷모습을 바라보고 있다가 한숨을 내쉬고 말았다. 이제는 방법이 없었다.

"내려가자!"

곧 무정살수들이 제갈금의 뒤를 따라 성벽 안쪽으로 뛰어내리기 시작했다. 동시에 전방에서 조금은 이해하기 어려운 병사들의 고함이 터져 나왔다.

"성벽 쪽에 수십 명의 자객이 새로 나타났다!"

"성벽 쪽에도 자객이 있다!"

생각하고 자시고 할 시간도 없었다. 메아리가 사라지기도 전에 백여 넝에 이르는 병사가 성벽 쪽으로 달려왔다. 맨 먼저 성벽 아래로 내려와 검을 뽑아 들고 있던 곽무경은 병사들이 달려오는 것을 보면서 비릿한 살소를 머금었다.

"후후, 하룻강아지 같은 놈들이 죽고 싶어 안달이 났구나."

숫자가 아무리 많아봐야 일개 병사들일 뿐이었다. 곽무경은 마지막 마흔 번째 무정살수가 바닥으로 내려서기를 기다렸다가 찬바람이 씽씽 부는 냉혹한 어조로 명령을 내렸다.

"모조리 죽여 버려라!"

도열해 있던 무정살수들이 일제히 고개를 돌려 제갈금을 바라봤다. 지휘권자는 곽무경이었지만, 무정살수들은 아직까지도 제갈금의 명령을 우선시하고 있었다.

"병사들이 화살을 날리기 전에 뚫고 지나가야 한다! 서둘 러라!"

제갈금의 명령이 떨어지고 나서야 무정살수들이 검은 파 도처럼 달려갔다. 전방에서 소름 끼치는 비명 소리가 합창을 하듯이 터져 나왔다.

"으아악!"

곽무경은 병사들 사이에 뛰어들어 사납게 날뛰고 있는 제 갈금을 매서운 눈초리로 바라보고 있다가 앞을 막아서고 있 는 병사들을 사정없이 베어버리기 시작했다.

곽무경과 무정살수들의 무시무시한 살수에 막 성벽 쪽으 로 달려오고 있던 병사들이 창 한번 휘둘러 보지 못하고 시체 가 되어 나뒹굴었다.

"으윽!"

"컥!"

건장한 체구의 흑의복면인이 나타난 것은 곽무경이 두 명 의 병사를 동시에 베어 넘기고 있을 때였다. 곽무경은 전진이 아니라 후퇴를 하고 있는 흑의복면인을 보면서 눈살을 찌푸 리고 말았다.

'저런 병신 같은 놈이 있나? 싸움을 시작한 지 얼마나 되었 다고 벌써 후퇴를 하는 거야?

성질 같아서는 당장에라도 목을 베어버리고 싶은 무능한

자들이었다. 하지만 부상자를 업고 후위로 물러나고 있는 것으로 보이는 부하를 베어버릴 수는 없었다. 아니, 베어버리기는커녕 도와줘야만 했다. 곽무경은 건장한 체구의 흑의복면인을 쫓아오고 있는 병사들을 저지하기 위해 앞으로 달려나가면서 버럭 소리를 질렀다.

"빨리 뒤로 가!"

부상자를 업고 달려오고 있던 건장한 체구의 흑의복면인이 의아한 눈빛으로 곽무경의 등을 쳐다보다가, 간단하게 목례를 취하고는 계단 위로 달려갔다. 그와 함께 상황이 급변해버렸다.

두두두두!

쉬익! 쉭! 쉭!

지축을 흔드는 발발굽 소리와 날카로운 바람 소리가 터져나올 때마다 일류고수 이상의 무공 실력을 갖추었다는 무정살수들이 허무하게 시체가 되어 나뒹굴었다. 곽무경은 제대로 된 저항도 못해보고 죽어나가는 무정살수들을 보고 있다가 버럭 욕설을 내뱉었다.

"젠장!"

처음 백여 기의 기병이 느닷없이 나타났을 때만 해도 놀라움은 있을지언정 두려움은 없었다. 무정살수 하나하나가 일류고수 이상의 무공을 익히고 있는데 기병 백여 기라고 해서 두려워할 까닭은 없었던 것이다. 실제로 처음 얼마 동안은 기병들도 적잖이 죽어나갔다. 그러나 기병들이 전법을 바꾼 다음부터는 상황이 역전되고 말았다.

기병들은 무정살수들이 전진을 하면 뒤로 물러나면서, 무정살수들이 후퇴를 하려고 하면 앞으로 다가오면서 정확하고 강력한 화살을 날려댔다. 그것만이라면 병사들을 죽이고 빼앗은 방패로 어찌어찌 방어가 가능할 수도 있었다. 하지만 기병들은 무정살수들이 방패를 들고 수비 진형을 갖추려고 하면 일제히 돌격을 감행해 무정살수들의 진형을 산산이 흩뜨려 놓아버렸다. 무정살수들로서는 그저 속절없이 죽어나가는 것 외에는 방법이 없었다.

무정살수들의 보호 속에서 장내를 둘러보고 있던 곽무경은 치미는 울화를 참을 수 없어 재차 욕설을 내뱉었다.

"제기랄! 뚫고 나가는 것은 포기해야……."

전장에서 튀는 행동을 하면 반드시 대가가 있기 마련이었다. 곽무경을 향해 곧장 네 발의 화살이 날아들었다. 곽무경은 말을 하다 말고 신법을 전개해 한 발의 화살을 피하고 눈앞에 다가온 세 발의 화살을 향해 검을 휘둘렀다.

팅! 티팅!

경천검법이 화려하게 펼쳐지며 세 발의 화살이 요란한 소

음과 함께 튕겨져 나갔다. 후기지수라는 명성이 부끄럽지 않
은 엄청난 실력이었다. 그러나 멋들어지게 화살을 튕겨낸 곽
무경의 얼굴은 썩은 돼지 간처럼 변해 있었다.

'헛!'

다시 눈앞으로 세 대의 화살이 다가오고 있었다. 피하고 말
고 할 시간도 없었다. 곽무경은 모발이 모조리 곤두서는 듯
섬뜩한 느낌에 다급한 와중에도 재차 경천검법을 펼쳐 한 발
의 화살을 떨어뜨렸다. 동시에 두 발의 화살이 경천검법의 궤
적을 비집고 들어와 곽무경의 가슴을 노렸다. 곽무경은 거의
본능적으로 철판교의 신법을 펼쳐 몸을 뒤로 젖혔다. 얼굴을
노리고 쏘아져 오던 누 발의 화살이 뒤로 젖혀지고 있는 곽무
경의 가슴팍을 스치고 지나갔다.

파팟!

곽무경은 화살이 스치고 지나가는 순간 재빨리 몸을 일으
켜 땅바닥에 나뒹굴고 있는 방패 하나를 챙겨 들고는, 전력으
로 운해비영(雲海飛影)의 신법을 펼쳐 뒤로 물러났다. 찢어진
야행복의 상의를 통해 찬바람이 가슴속으로 스며들었다.

'여기서 시간을 끌다가는 나도 위험해!'

무정살수들이 줄어든 만큼 곽무경에게 집중되는 공격의
강도가 점점 더 심해졌다. 가슴이 서늘해진 곽무경은 더 이상
기병들을 상대하고 싶지가 않았다.

"제갈 대주, 여기 있다가는 몰살을 당하겠습니다. 빨리 후퇴합시다."

곽무경은 외팔을 열심히 휘두르며 무정살수들을 보호하고 있는 제갈금에게 전음을 보내고는 신법을 펼쳐 성벽 위로 달려갔다.

눈앞으로 날아오는 두 발의 화살을 방패를 이용해 막아낸 제갈금이 꽁지가 빠져라 도망치고 있는 곽무경을 보면서 길게 한숨을 내쉬었다.

'휴우! 저 천둥벌거숭이가 이제야 정신을 차렸구나. 하지만 너무 늦고 말았어.'

그 짧은 시간 동안 무정살수들이 벌써 사십 명이 넘게 죽어나갔다. 실로 대원제국의 정예 기병들과 싸운다는 것은 섶을 지고 불속으로 뛰어드는 것이나 마찬가지였다.

"죽어라!"

기병 하나가 휘어진 칼을 휘두르며 잠시 한눈을 팔고 있는 제갈금에게 달려들었다. 곽무경의 뒷모습을 바라보고 있던 제갈금은 즉시 옆으로 몸을 날려 달려드는 기병을 피해내고는, 옆으로 스쳐 지나가는 기병의 옆구리를 향해 가전의 소천성장법(小天星掌法)을 때려냈다.

펑!

"컥!"

족히 한 갑자 이상의 강력한 내공이 담겨 있는 일장을 얻어 맞은 기병이 짤막한 단말마의 비명을 내지르며 말에서 굴러 떨어졌다. 아무런 움직임도 없는 것을 보면 즉사한 것이 분명했다.

제갈금은 조금씩 가까이 다가왔다가 다시 뒤로 물러서고 있는 기병들을 쳐다보고 있다가 다급한 심정이 되고 말았다.

'이놈들이 이제는 끝장을 보겠다는 생각이로구나.'

초반에 당한 것이 많아 기병의 숫자도 육십 기 정도로 줄어 있었다. 하지만 그 정도의 숫자만 해도 제갈금과 숫자가 확연히 줄어든 무정살수들에게는 버겁기만 했다. 육십 기의 기병이 일제히 달려든다면 무정살수들이 모조리 죽어갈 것이 분명했다. 제갈금은 더 이상 머뭇거리다가는 후퇴도 어렵다는 사실을 절감하고는 그때까지 살아남아 악전고투를 벌이고 있는 이십여 명의 무정살수들을 향해 고함을 질렀다.

"전력으로 후퇴해라! 후퇴해!"

병사들을 죽이고 얻은 방패를 이용해 기병들과 접전을 벌이고 있던 무정살수들이 제갈금의 명령에 따라 일제히 뒤로 빠지기 시작했다. 하지만 도망을 가는 것은 쉬운 일이 아니었다. 제갈금과 무정살수들이 뒤로 빠지자마자 뒤로 물러서고 있던 기병들이 일제히 따라붙으며 화살을 날렸다.

투퉁! 퉁! 퉁!

현이 튕겨지는 소리가 끊임없이 들려왔다. 제갈금은 방패로 뒤를 방어하면서 가전의 보법인 천기신행(天機神行)을 시전해 성벽 위로 달려갔다. 화살이 방패를 두드리는 소리가 무섭게 터져 나왔다.

타닥! 탁! 탁!

하늘이 돕고 있는지 성벽 위로 올라갈 때까지 제갈금의 몸에 틀어박히는 화살은 하나도 없었다. 제갈금은 방패에 꽂혀 있는 십여 발의 화살을 보면서 가슴을 쓸어내리다가 빠르게 주위를 둘러보았다. 살아남은 무정살수는 단 일곱 명뿐이었다. 그런데 먼저 도망을 쳤던 곽무경이 어디로 갔는지 보이지 않았다. 제갈금의 가슴속에서 뜨뜻한 무언가가 치밀어 올랐다.

'저 혼자 살기 위해 부하들을 사지에 버려두고 도망을 치는 것이 곽무경 네놈이 말하는 책임이었더냐?

곽가에 바친 반평생이 너무도 억울하게 느껴지는 순간이었다. 그때, 무정살수 하나가 전혀 무정살수답지 않은 어조로 비통해하는 제갈금에게 소리를 질렀다.

"대주, 서두르셔야 합니다!"

아무리 감정을 죽이는 훈련을 받았다고 하더라도 무정살수들 역시 제 목숨 아까운 줄 아는 사람들이었다.

제갈금은 핏발이 곤두선 눈으로 후방을 살펴보았다. 헤아릴 수도 없을 만큼 많은 수의 병사들이 자신들을 향해 달려오고 있었다. 그리고 환하게 밝혀진 횃불 아래로 그 무시무시한 기병들이 성문 쪽으로 달려가고 있는 것도 보였다.

'이 성벽만 무사히 빠져나간다면 충분히 살 수 있어.'

성벽 밖은 한 치 앞도 분간하기 어려운 컴컴한 어둠 속에 잠겨 있었다. 엄청난 숫자의 횃불에 의해 시야가 확보되어 있는 성벽 안쪽과는 사정이 달랐다. 성벽 밖으로 나가기만 한다면 기병들을 상대하거나 도망을 치는 것이 가능할지도 몰랐다. 특히 흔적 없이 도망치는 것은 무정살수들의 특기였다. 문제는 어떻게 성벽을 무사히 내려가느냐 하는 것이었다. 밧줄이 없는 이상 방법은 하나밖에 없었다.

뿌드득!

이빨을 부서져라 갈아붙인 제갈금은 그때까지 살아남은 일곱 명의 무정살수들을 바라보면서 뱉어내듯이 소리쳤다.

"벽호공을 시전해 성벽을 기어 내려간다!"

제갈금과 무정살수들은 전력으로 벽호공을 시전해 높디높은 성벽을 다람쥐처럼 기어 내려갔다. 그들의 머리 위로 화살의 비가 쏟아져 내렸다.

*　　*　　*

환골탈태를 한 사람이라고 해도 한계는 있기 마련이었다. 의식을 잃고 축 늘어져 있는 사람을 등에 업은 채 전력질주를 계속하고 있으니 제아무리 이자건이라고 해도 지치지 않을 도리가 없었다. 이자건은 흡사 폐를 토해내기라도 할 것처럼 거친 숨을 몰아쉬면서 사력을 다해 속보를 전개하고 있었다.

"헉! 헉! 헉!"

다리가 천근만근이 된 지는 이미 오래였다. 이자건은 평생 처음으로 느끼는 체력의 한계를 오직 정신력 하나로 버텨내고 있었다. 그럼에도 불구하고 상황은 점점 더 나빠지고 있었다.

'이렇게 가다가는 지쳐서 죽을지도 모르겠구나.'

워낙 빠르게 움직여서 아직까지 앞을 막아서는 병사들을 만나지는 않았지만 언제까지 이런 상태가 지속될지는 아무도 몰랐다. 지금 이자건은 한두 명의 병사만 길을 막아도 뚫고 나갈 생각을 버려야 할 만큼 지쳐 있는 상태였다. 대도를 빠져나가려면 먼저 체력을 회복해야만 했다. 하지만 다시 따라붙기 시작한 기병들이 이자건에게 쉴 시간을 주지 않았다. 다리를 멈추는 순간이 죽는 순간이었다. 무조건 앞으로 달려나가지 않을 수 없었다. 그렇게 죽어라고 달리는 사이에 어둠 속에서 괴물처럼 자리를 하고 있던 건물들이 서서히 사라져 버렸다.

두두두두!

기병들의 말발굽 소리가 점점 더 가까워지고 있었다. 이자건은 눈앞에 펼쳐져 있는 벌판을 암담한 눈빛으로 바라봤다. 농가들이 옹기종기 모여 있기는 했으나 그뿐이었다. 그 어디에도 이자건이 숨을 만한 곳은 보이지 않았다. 이제는 기병들의 추격을 벗어날 방법이 없었다.

'내공을 이용하여 속보를 펼칠 수만 있다면 기병들의 추격을 떨어뜨릴 수 있을 텐데.'

속보는 고려의 무인들이 '어떻게 하면 더 빨리 달릴 수 있을까?' 하는 하나의 명제를 충족시키기 위해 수백 년의 시간을 두고 연구해서 만들어낸 신법이었다. 속도라는 면에서만큼은 따라올 신법이 없었다. 이자건이 지금까지 병사들의 추격을 뿌리칠 수 있었던 것도 속보의 빠른 속도 덕분이었다. 내공을 이용해 속보를 펼칠 수만 있다면 평소보다 최소 두 배 이상의 속도를 내는 것도 불가능한 일은 아니었다. 문제는 이자건의 수련 정도가 내공을 속보와 같은 외공에 이용할 정도가 아니라는 것이었다. 자칫 잘못되기라도 한다면 심각한 내상을 입고 즉사할 수도 있었다.

'어쩔 수 없어. 이래 죽으나 저래 죽으나 죽는 것은 매한가지. 위험하다고 해서 시도도 해보지 않고 포기할 수는 없지.'

이자건은 어금니를 질끈 깨물면서 이제까지 의지를 집중

해 억눌러 두었던 진기를 이끌어내었다. 수련을 통해 제어할 수 있었던 만큼의 천지일기가 기다렸다는 듯이 단전에서 분리되어 나왔다. 두려움이 왈칵 밀려왔지만 망설일 시간이 없었다. 이자건은 속보의 도인법에 따라 진기를 움직였다. 단전을 떠난 진기가 양다리의 경맥을 타고 내려가자 천근만근이었던 다리가 솜털처럼 가볍게 느껴지고, 장딴지의 상처에서도 욱신거리던 통증이 조금씩 수그러들기 시작했다. 더불어 속보의 속도도 조금씩 빨라지기 시작했다.

"할 수 있어."

이자건은 양 발바닥의 용천혈(湧泉穴)까지 진기를 이끌었다. 진기가 마치 순한 양처럼 이자건의 의지에 따라 용천혈로 흘러들었다. 이자건은 내친김에 용천혈에 모인 진기의 힘을 이용해 땅을 박찼다.

파앗!

차츰 속도를 올리고 있던 이자건의 몸이 와락 앞으로 쏘아져 나갔다. 걱정을 했던 단전의 진기는 쥐 죽은 듯이 조용히 있었다. 용기를 얻은 이자건은 양발로 번갈아가며 땅을 박찼다. 이자건의 옷자락이 바람을 가르는 소리가 끊임없이 흘러나왔다.

파라라락!

시야에 비치고 있는 주변 경관들이 급격히 뒤로 밀려갔다.

빠른 속도에 몸에 걸친 야행복이 요란한 소리를 내며 울었고, 맞바람을 맞은 안구가 따갑게 느껴졌다. 오랜 시간 동안 침식을 잊고 수련을 해도 불가능했던 일이 너무도 쉽게 이루어져 버렸다. 이자건 스스로도 믿기 어려운 일이었지만 이유는 의외로 간단했다.

속보는 요결이 짧고 형이 복잡하지 않아 비교적 익히기 쉬운 축에 속하는 무공이었다. 그래서 수련에 큰 비중을 두지 않았음에도 불구하고, 이자건의 속보에 대한 성취도는 도룡검법에 비할 바가 아니었다. 근래에 이르러 이자건은 속보를 시전하면서 속보를 시전한다는 생각을 하지 않고 있었다. 즉, 속보가 완전히 몸에 익어 있다는 말이었다. 따라서 이자건은 내공을 이용해 속보를 시전하면서, 속보를 시전하는 방법에 대해서는 생각을 할 필요가 없었다. 이자건은 그저 진기의 통제에만 신경을 쓰면 되는 것이었다. 어떻게 가부좌를 틀어야 하는지 생각하지 않고 자연스럽게 가부좌를 틀고 앉아 운공조식을 하는 것과 같은 이치였다. 그러한 이치를 깨달은 이자건은 자신의 처지도 잊어버리고 내심 탄성을 내질렀다.

'아! 그렇다면 도룡검법도 몸에 익을 정도로 수련한다면 내공을 이용해 시전할 수 있겠구나!'

하지만 기뻐하기는 아직 일렀다. 정신을 분산시키자마자 단전에 잠들어 있는 거대한 진기가 꿈틀거릴 조짐을 보였다.

내공을 이용해 속보를 펼치는 것이 익숙지 않아서 발생한 현상이었다. 이자건은 즉시 정신을 집중해 진기를 다스리기 시작했다.

파라라락!

벌판은 생각보다 그렇게 넓지가 않았다. 이자건은 속보를 제대로 펼친 지 얼마 되지도 않아서 횃불로 환하게 밝혀져 있는 성문 앞에 도착할 수 있었다.

이자건은 즉시 속보를 멈추고 자세를 낮춰 전방을 살펴보기 시작했다. 그런데 생각보다 문제가 심각했다. 수많은 병사들이 횃불을 들고 성문 앞에 도열해 있어 빠져나갈 틈이 보이지 않았다. 혹시나 해서 성벽이 있을 곳을 바라봐도 경계 태세가 삼엄하기는 매한가지였다.

'저길 어떻게 빠져나간다?

빠져나갈 구멍이 보이지 않았다. 게다가 성벽도 상당히 높아 보여 뛰어내리기가 조금은 부담스럽게 느껴졌다. 하지만 조금 더 자세히 살펴보거나 뛰어내릴 수단을 강구할 시간이 없었다.

두두두두!

말발굽 소리가 아련하게 들려오고 있었다. 짙은 어둠 때문에 거의 속도를 내지 못하고 있는 기병이었지만, 그렇다고 해서 기병이 어디 가는 것은 아니었다. 서두르지 않으면 성벽을 넘어간다고 하더라도 기병들의 추격을 받을 가능성이 높았다.

'일단 운기조식부터 취해야 해.'

급할수록 돌아가라는 말이 있다. 지친 몸으로는 병사들이 지키고 있는 성벽을 빠져나갈 확률이 만분지 일도 없었다. 급하더라도 운기조식을 해서 체력을 회복시키는 것이 급선무였다.

이자건은 박재현과 자신을 단단하게 묶고 있는 끈을 풀고는 박재현을 조심스럽게 바닥에 눕혔다. 당장에 복면을 벗겨 안색을 살펴봐야 했지만 상황이 상황이니만큼 안타까워도 참을 수밖에 없었다.

'형님, 죄송하지만 조금만 더 참아주십시오.'

이자건은 즉시 가부좌를 틀고 앉아 운기조식을 시작했다. 속보를 거둠과 동시에 단전으로 되돌아갔던 천지일기의 기운이 일어나 독맥의 경로를 따라 움직이다가 생사현관을 지쳐 임맥의 경로를 따라 내려왔다. 천지일기의 부드럽고 따뜻한 기운에 힘입어 피로에 지쳐 있던 심신에 활력이 돌아왔다.

한 번, 두 번, 세 번.

이자건은 소주천행공을 세 번만 행하고는 가부좌를 풀고 일어났다. 거친 호흡은 여전했지만 못 견딜 정도는 아니었다. 생각 같아서는 천지일기공을 운용해 체력을 모두 회복하고 싶었으나 그것은 욕심일 뿐이었다. 이자건은 조심조심 박재현을 다시 들쳐 업고는 야행복을 찢어 만든 끈으로 단단히 묶었다.

'아무리 경계가 삼엄해도 황궁보다는 덜하겠지. 저기만 빠져나가면 추격을 따돌릴 수 있을 거야.'

결정을 내렸으면 머뭇거릴 이유가 없었다. 이자건은 즉시 속보를 전개해 성문이 있는 곳으로 나갔다. 예의 바람을 가르는 소리가 흘러나왔다.

파락!

황궁에서 전해진 비보(悲報)를 듣고 눈에 불을 켜고 있던 수문병들이 즉각 이자건을 발견하고는 소리를 질렀다.

"자객이 나타났다!"

거의 동시에 이자건을 발견한 천부장이 소리 높여 명령을 내렸다.

"성문을 봉쇄해라!"

서문의 경비를 책임지고 있던 천부장으로서는 당연히 내려야 할 명령이었지만, 사실은 전혀 할 필요가 없는 불필요한 명령이었다. 성문은 그전부터 완벽하게 봉쇄가 되어 있어 하늘을 나는 재주가 있는 자라고 해도 빠져나갈 틈이 없었던 것이다.

파라라라락!

이자건과 성문을 지키고 있는 수문병들 사이의 거리가 급격히 가까워졌다. 성문 앞에 도열해 있던 수문병들이 마른침을 삼키며 창검의 자루를 불끈 움켜쥐었다. 순간, 성문 쪽으로 달려가던 이자건이 갑작스럽게 속보의 속도를 높여 성벽이 있는 쪽으로 몸을 틀었다.

"엇?!"

일반인들에게는 불가능한 빠른 움직임에 성문 앞에서 창칼을 움켜쥔 채 대기하고 있던 수문병들이 미처 대응을 하지 못하고 탄성만 내질렀다. 그리고 이내 어이가 없다는 표정으로 빠르게 달려가는 이자건의 옆모습을 바라봤다.

"왜 성벽으로 가는 걸까? 설마 성벽을 뛰어내릴 생각은 아니겠지?"

서문 옆의 성벽은 제아무리 출중한 무공을 지니고 있는 자라고 하더라도 뛰어내릴 수 있는 높이가 아니었다. 그런데 자객은 성벽 쪽으로 죽어라고 달려가고 있었다. 성문 앞을 지키고 있던 수문병들은 자객의 움직임을 이해하지 못해 일제히 천부장을 쳐다봤다. 그나마 무림인들에 대한 지식을 제법 가지고 있던 천부장이 당황한 얼굴로 성벽 쪽으로 달려가며 소리를 질렀다.

"자객은 벽호공을 시전해 성벽을 넘어가려고 한다! 막아라!"

이자건은 점점 더 속도를 내어 성벽 쪽으로 달려가고 있었다. 긴 성벽 아래에 도열해 있는 병사의 수는 엄청났다. 하지만 워낙 긴 성벽이라 병사들 간의 간격은 그렇게 조밀하지는 않았다. 뚫고 나가고자 한다면 충분히 뚫고 나갈 수 있을 것처럼 보였다. 더욱이 지금처럼 급격한 방향 전환으로 병사들 간의 긴밀한 협조 체제를 마비시켜 버린다면 뚫을 수 있는 가능성이 더 늘어나기 마련이었다. 이자건은 앞을 막아서고 있는 다섯 명의 병사를 노려봤다.

'죽이지 않고는 빠져나가기 어렵겠어.'

주위의 병사들이 다섯 명의 병사를 돕기 위해 급격히 거리를 좁혀오고 있었다. 잠시라도 시간을 끈다면 수많은 병사들에게 둘러싸일 수도 있었다. 더 이상 살생을 피할 수 있는 상황이 아니었다.

'단칼에 끝장을 내야 해. 섬전결이라면 충분히 가능할 거야!'

검을 빼어 든 이자건의 살기가 점점 커져 갔다.

"절대로 놓치면 안 된다!"

천부장이 달려오면서 버럭 고함을 질렀다. 일촉즉발. 이제 이자건의 섬전결이 어떤 위력을 발휘하느냐에 따라 포위망에 갇히느냐 마느냐가 결정될 시간이었다. 바로 그때, 그 누구도 예상치 못했던 일이 발생해 버렸다.

"성벽을 넘어 수십 명의 자객들이 새로 나타났다!"

"성벽을 넘어온 자객들이 있다!"

수십 명이 일제히 내지르는 고함 소리에 다섯 명의 병사를 돕기 위해 달려오고 있던 주위의 병사들이 주춤 걸음을 멈추었다. 천부장 또한 마찬가지였다. 천부장은 '수십 명의 자객'이라는 말에 이자건을 버려두고 고개를 돌려 성벽이 있는 곳을 쳐다봤다.

"허억!"

이자건의 앞을 막고 있던 다섯 명의 병사 중 조구보(趙救寶)라는 이름의 한족 출신의 병사가 숨넘어가는 소리를 내뱉었다. 조구보의 입장에서는 그야말로 마른하늘에 날벼락이 따로 없었다. 시커먼 옷을 입은 자객이 무시무시한 기세로 달려들고 있는데, 도와주러 와야 할 병사들이 모두 멈춰 서버렸다. 이제 조구보를 포함한 다섯 명의 병사들이 저 악마와 같은 자객을 상대해야만 했다.

'우리보고 저런 놈을 상대하라고? 나는 못해!'

조구보는 이자건의 손에 들려 있는 피 묻은 장검을 보고는 재빨리 길을 비켜줘 버렸다. 그러자 옆에 있던 병사들 또한 우물쭈물하더니 이내 게걸음질을 치면서 옆으로 비켜 버렸다. 그 광경을 보고 있던 이자건의 눈이 번쩍하고 빛을 발했다.

'하늘이 나를 돕는구나!'

일부러 길을 열어주는 병사들을 해칠 이유는 없었다. 이자건은 내심 쾌재를 부르면서 다섯 병사들 사이를 그대로 지나쳐 갔다.

"저놈 잡아라!"

뒤에서 조구보가 고함을 내질렀지만, 이자건을 저지해야 할 병사들은 그때 새로운 적을 맞아 속절없이 죽어나가고 있을 뿐이었다.

"으— 아— 악!"

수십 개의 생명이 한꺼번에 끊어지면서 터뜨린 끔찍한 비명 소리가 성벽을 뒤흔들었다. 천부장이 대노해 고함이 들려온 곳을 손으로 가리키며 벼락같은 고함을 내질렀다.

"저놈들이 우선이다! 저놈들을 먼저 막아라!"

이자건은 전신에 소름이 돋을 정도의 엄청난 비명 소리에도 속보를 멈추지 않았다. 이것이 하늘이 주신 마지막 기회라는 것을 본능적으로 깨달았기 때문이다. 이자건은 병사들이 몰려가고 있는 곳을 최대한 멀리 돌아나갔다. 그렇게 이자건이 접전을 피하려고만 하자 용기를 얻은 수십 명의 병사들이 이자건을 따라붙었다. 그리고 이자건의 앞을 막아서는 병사들도 하나둘 나타나기 시작했다.

'살인은 최대한 피하고 싶었는데 어쩔 수 없구나.'

창검을 휘둘러 대는 병사들을 언제까지 피할 수만은 없었다. 이자건이 막 자신의 앞을 막아서고 있는 두 명의 병사를 향해 검을 휘두르려고 할 때였다. 갑작스레 앞을 막아서고 있던 병사들이 허수아비처럼 뒤로 넘어가 버렸다.

"앗!"

분수처럼 쏟아지는 피를 몽땅 뒤집어쓴 이자건이 무의식중에 속보의 속도를 떨어뜨리자, 병사들 뒤에서 흑의복면인 하나가 느닷없이 나타나 이자건에게 매서운 눈빛을 보냈다. 그리고 이자건이 뭐라고 하기도 전에 마치 부하에게 하듯이 짧게 명령을 내렸다.

"빨리 뒤로 가!"

흑의복면인의 동작은 거침이 없었다. 흑의복면인은 이자건이 미처 고마움을 표시하기도 전에 신법을 전개해 이자건을 쫓고 있는 병사들을 막아섰다. 이자건으로서는 어리둥절해질 수밖에 없는 상황이었다.

'저자가 도대체 누구기에 나를 돕는 것일까?'

어찌 생각하면 익숙한 음성인 것 같기도 했고, 어찌 생각하면 생전 처음 들어본 음성인 것 같기도 했다. 이자건은 고개를 갸웃거리며 흑의복면인의 등을 쳐다봤다. 하지만 이미 병사들과 접전을 시작하고 있는 흑의복면인에게 '네가 누구냐? 고 물어볼 수는 없었다. 지금은 그저 속으로만 고마워해야 할 때였다. 이자건은 흑의복면인의 등에 대고 간단히 목례를 하고는 계단이 있는 곳으로 달려갔다.

척! 척! 척! 척!

발걸음을 옮겨놓을 때마다 질퍽거리는 소리와 함께 핏물이 튀어 올랐다. 주위에 널려 있는 시체에서 흘러나온 피가 강이 되어 흐르고 있었다. 시산혈해라는 말이 꼭 들어맞는 끔찍한 광경이었다.

성벽 위의 상황도 별반 다르지 않았다. 흑의복면인이 무슨 조치를 취해놓았는지 성벽 위에도 시체들이 널려 있었다. 그 덕분에 이자건은 조금의 여유를 찾을 수 있게 되었다. 자연스럽게 관심이 자신을 도와준 흑의복면인에게 향했다. 성벽 아래에서는 비명 소리와 고함 소리가 끊이지 않고 터져 나오고 있었다.

"그 사람이 무사해야 할 텐데……."

이자건은 안타까운 눈빛으로 아래를 내려다봤다.

"으— 악!"

"물러서지 마라! 컥!"

"지체할 시간이 없다! 서둘러라!"

이자건의 뛰어난 시력으로도 짙은 어둠과 먼 거리로 인해 성벽 아래의 상황을 자세히 살펴볼 수는 없었다. 다만, 위치가 위치이다 보니 전체적인 상황만큼은 어렵잖게 눈에 들어

왔다. 그런데 수백 명의 병사들 사이에서 호랑이처럼 날뛰고 있는 흑의복면인의 숫자가 한둘이 아니었다. 이자건은 그제야 흑의복면인이 자신을 도운 이유를 깨닫고는 나직한 탄성을 발했다.

"아! 어쩐지 그자의 말투가 명령조라서 이상하게 생각했더니만 역시 일행이 있었어. 그자는 나를 자신의 부하로 착각했던 것이로구나."

고마운 것은 사실이었지만 전혀 고마워할 필요가 없는 상황이었다. 이자건은 기막힌 우연에 고개를 살짝 내젓고는 이내 성벽의 가장자리로 다가가 아래를 내려다봤다.

"헉!"

정신이 아찔해진 이자건은 자신도 모르게 헛바람을 집어삼키고 말았다. 수직으로 서 있는 성벽은 그 높이가 실로 어마어마했다. 성안에서 바라보던 것과는 그야말로 천지 차이였다. 이자건은 까마득한 땅바닥을 내려다보면서 자신도 모르게 가슴을 쓸어내렸다. 대도를 빠져나가야 한다는 생각에 여기까지 무작정 오기는 했지만 그 높이가 이렇게까지 높을 줄이야 어찌 상상이라도 했겠는가?

"여기를 뛰어내릴 생각을 했었다니… 내가 정말로 운이 좋았구나."

뛰어내린다면 무조건 즉사였다. 흑의복면인들이 나타나지

않았다면 무사히 여기까지 왔다고 하더라도 발만 동동 구르고 있다가 붙잡히고 말았을 것이 분명했다. 가슴을 쓸어내리지 않을 수 없었다. 그러나 지금은 운이 좋았다고 감탄만 하고 있을 때가 아니었다. 이 높은 성벽을 빨리 내려가지 않는다면 지금까지의 운이 모조리 허사가 되어버릴 수도 있었다.

"어디 썩은 동아줄이라도 없나?"

답답한 마음에 중얼거려 보지만 성벽 위에는 시체들만이 널려 있을 뿐이다. 이자건은 다시 한 번 성벽 아래를 자세히 살펴봤다. 반듯한 돌을 쌓아 만든 성벽이라 이음매만 잘 이용하면 내려가는 것이 불가능할 것 같지는 않았다.

"설마 여기까지 와서 떨어져 죽지는 않겠지."

돌아갈 길은 없었다. 가야 할 길이라면 서두르는 것이 좋았다. 성벽에 손을 대보자 회색빛 성벽의 냉기가 유난히 차갑게 느껴져 온몸에 소름을 돋게 만들었다.

"후웁! 후!"

이자건은 길게 심호흡을 한 번 하고는 뒤로 돌아서서 요철 모양의 성벽 끄트머리를 잡고 매달렸다. 업고 있는 박재현의 무게가 상당한 부담을 주었다. 이자건은 극도로 긴장한 상태로 다리를 아래쪽으로 내밀어 하단의 이음매를 찾아 발끝으로 몸을 지탱했다. 서서히 수그러들고 있던 장딴지의 통증이 다시금 치밀어 올랐다. 거기에다 초겨울의 밤바람이 세차게

불어와 위태위태하게 매달려 있는 이자건을 스치고 지나갔
다.

휘이잉!

갑작스레 가슴이 터질 듯 세차게 뛰기 시작했다. 손발을 움
직여야 하는데 몸이 두려움으로 얼어붙어 움직이지를 않았
다. 이자건은 흔들리는 눈빛으로 위를 쳐다봤다. 다시 위로
올라가고 싶었다. 차라리 흑의복면인들과 같이 병사들을 뚫
고 지나가는 것이 더 좋지 않을까 하는 생각도 들었다. 하지
만 이자건은 이내 이빨을 앙다물었다. 이제 와서 멈출 수는
없었다.

'이 정도의 두려움도 극복할 수 없다면 어떻게 복수를 할
수 있겠는가? 힘을 내자!'

이자건은 움직이려고 하지 않는 두 다리를 억지로 움직여
발끝으로 성벽을 더듬었다. 그사이 피에 절어 있는 가죽 신발
이 얼어붙어 있었지만, 다행히 이음매의 감촉을 가릴 정도는
아니었다. 이자건은 발견한 이음매에 발끝을 걸치고 양팔로
만 유지하고 있던 몸무게를 분산시켰다. 그제야 안정감이 조
금 생겼다.

'해볼 만해!'

용기를 얻은 이자건은 양손을 번갈아 움직여 아랫부분의
이음매를 찾아 움켜쥐었다. 그다음에는 다시 양발. 뼈를 에일

듯 차가운 바람이 계속해서 불어오고 있는데도 온몸이 식은
땀으로 흠뻑 젖어버렸다.

두두두두!

기병들의 말발굽 소리가 성안에서 들려왔지만 이자건은
들을 수 없었다. 세차게 부는 바람 소리도, 끊이지 않고 터져
나오는 비명 소리도 들을 수 없었다. 이자건은 모든 정신을
손끝과 발끝에만 집중했다. 그렇게 뜨거운 차 한 잔을 마실
정도의 시간이 흘러갔다.

턱!

조심스럽게 뻗은 이자건의 발바닥에 가는 이음매가 아니
라 넓은 면이 밟혔다. 성벽에 바짝 붙어 있던 이자건의 고개
가 느린 속도로 옆으로 돌아갔다. 밑을 내려다보니 넓은 땅바
닥이 보였다. 마침내 성벽 아래로 내려온 것이다. 두 다리로
든든한 바닥을 딛고 선 이자건의 입에서 저절로 안도의 한숨
이 흘러나왔다.

"휴우! 나중에 기회가 되면 불패가 말하던 벽호공이라는
것을 꼭 익혀둬야겠어."

정말로 아찔한 순간이었다. 당장이라도 이곳을 벗어나야
하는데 맥이 풀려 몸이 말을 듣지 않았다. 이자건은 어쩔 수
없이 높디높은 성벽을 올려다보면서 호흡을 골랐다. 차가운
대기가 전신의 땀을 빠르게 식혀주자 나른하게 풀려 있던 전

신의 근육들이 서서히 제 기능을 찾아갔다.

성벽 위에는 수백 개의 횃불이 빠르게 왔다 갔다 하고 있었다. 그러나 이자건이 내려왔던 성벽의 가장자리 쪽은 여전히 짙은 어둠에 잠겨 있었다. 흑의복면인들의 활약이 아직까지 계속되고 있는 것 같았다.

"나중에 인연이 되면 만날 수 있겠지."

지금은 사정에 의해 어쩔 수 없이 흑의에 복면을 하고 있었지만, 흑의에 복면을 한 자들을 보면 죽이고 싶은 생각이 먼저 드는 이자건이었다. 이자건은 우연찮게 도움을 준 흑의복면인들에 대한 관심을 금세 지워 버렸다.

"빨리 형님께서 안정을 취할 수 있는 곳을 찾아야 해. 머뭇거릴 시간이 없어."

심각한 부상을 입고 의식을 잃은 사람을 업고 계속해서 뛰어다닐 수는 없었다. 빨리 안전한 장소를 찾아야 했다. 이자건은 몸이 어느 정도 회복되기를 기다렸다가 지체없이 속보를 전개해 앞으로 달려갔다. 그런데 워낙 정신없이 뛰어다녔던지라 어디가 어딘지 도대체 분간을 할 수가 없었다.

'이거 곤란하게 되었구나. 누구에게 물어볼 수도 없고. 어떻게 한다?'

아무리 고민을 해봐도 답이 나오지 않았다. 일단은 무조건 앞으로 달려나가는 수밖에 없었다. 이자건이 막 멀리 어둠 속

으로 사라져 갈 때, 굳건하게 닫혀 있던 성문이 심한 마찰음
과 함께 열렸다.

그르르르!

*　　　*　　　*

유난히 어두웠던 밤이 지나고 서서히 여명(黎明)이 밝아오
고 있었다. 세상의 모든 사람들이 새로운 아침을 맞이하여 잠
에서 깨어나고 있을 시간이었다. 하지만 일부의 사람들은 지
난밤의 어둠을 고스란히 기억하고 있었다. 소오태산(小五台
山, 높이 2,882m)의 아침은 그런 사람들로 인해 소란스럽게 시
작되었다.

거대한 침엽수림으로 뒤덮인 소오태산을 날씬한 체형의
흑의복면인 하나를 업은 채 바람처럼 달려 올라가는 건장한
체구의 흑의복면인 하나가 있었다.

파라라락!

흑의복면인의 발이 땅을 걷어찰 때마다 비교적 몸에 달라
붙는 야행복에서 파공음이 흘러나왔다. 실로 달리는 말이 부
럽지 않을 만큼 빠른 속도였다. 흑의복면인이 누군지는 두말
할 필요도 없었다.

'아직은 안심할 수 없어.'

박재현이 황제가 살고 있는 황궁에 칼을 들고 침입했었다. 아직 세상 물정에 그렇게 밝지 않은 이자건이 생각하기에도 병사들이 쉽게 추격을 포기할 것 같지는 않았다. 더욱이 무작정 앞만 보고 달려왔으니 어떤 식으로든 흔적을 남겼을 확률이 높았다. 청림촌을 습격했던 악마들은 아무런 흔적을 남기지 않았음에도 불구하고 대도까지 찾아오지 않았던가? 언제 어디서 어떤 식으로 추격이 다시 붙을지는 아무도 모르는 일이었다. 이자건은 등에 업혀 있는 박재현에게 간곡한 어조로 말했다.

"형님, 조금만 더 참아주십시오. 제가 곧 치료를 해드리겠습니다."

박재현은 상당히 심각한 내상을 입고 의식을 잃고 있는 상태였다. 이치대로 한다면 당장이라도 박재현을 눕혀놓고 상세부터 살피는 것이 옳은 일이었지만, 내상을 치료하려면 상당히 긴 시간과 안정된 환경이 필수였다. 그리고 괜히 손을 잘못 대면 안 대느니만 못한 상황이 벌어질 수도 있는 것이 바로 이자건이 하려고 하는 진기 치료였다. 상세를 살피는 것보다 안전한 장소를 찾는 것이 우선적으로 해야 할 일이었다. 이자건은 속보를 펼쳐서 산봉우리들을 계속해서 넘어갔다.

대략 한 시진 정도의 시간이 흐른 후에야 이자건은 마음에 드는 곳을 발견할 수 있었다. 소오태산 심처에 위치한 계곡의 상류 부분이었는데, 주변에는 목재로 사용하면 비싼 값을 받을 수 있을 것 같은 거대한 침엽수가 울창하게 가지를 하늘로 뻗치고 있었고, 초겨울 깊은 산중이라고는 믿을 수 없을 만큼 온화한 기운이 느껴지는 곳이었다. 이자건은 계곡에서 맑은 물이 고여 있는 조그마한 웅덩이 하나를 발견하고는 내심 고개를 끄덕였다. 식수 걱정은 하지 않아도 될 것 같았다.

"이곳이라면 당분간 추격을 걱정하지 않아도 되겠지. 이제부터 머물 곳을 찾아봐야겠구나."

이자건은 혼자서 주위를 둘러볼 요량으로 박재현과 자신을 묶고 있는 끈을 풀다가 이내 고개를 내저으며 풀었던 끈을 다시 묶었다. 이렇게 깊은 산중이라면 어떤 종류의 맹수들이 나타날지 몰랐다. 무방비 상태의 박재현을 혼자 두고 다닐 수는 없었다. 이자건은 박재현을 그대로 업은 채 주위를 둘러보기 시작했다. 그러나 반 시진이 넘게 돌아다녔음에도 불구하고 마땅한 곳이 보이지 않았다.

이자건은 어쩔 수 없이 물웅덩이가 있는 곳으로 되돌아와야만 했다. 그런데 맑은 물이 고여 있는 웅덩이를 내려다보고 있으니 갈증이 치밀어 올랐다. 밤새도록 물 한 모금 마시지 못하고 죽어라고 뛰어다닌 때문이었다. 이자건은 계곡으로 내려가 물을 마시려고 하다가 눈살을 찌푸리고 말았다.

"아직까지도 복면을 쓰고 있었다니, 내가 정말로 정신이 없구나.”

복면을 쓰고 물을 마실 수는 없었다. 이자건은 즉각 복면을 벗어 품속에 집어넣고는 박재현의 복면을 벗겨주기 위해 두 사람을 묶은 끈을 풀어놓으려고 했다. 웅덩이로 흘러들어 오고 있는 가느다란 물길을 발견한 것은 바로 그때였다.

“지하수가 아니었나?”

갈수기라서 그런지 계곡의 상류 쪽은 물이 말라 있었다. 그래서 이자건은 계곡의 중간에 덩그러니 자리를 잡고 있는 물 웅덩이를 지하수가 올라와 고인 것이라 생각하고 별 신경을 쓰지 않았었다. 이자건은 무심결에 물길을 따라 시선을 옮겼다. 물길은 계곡의 사면을 이루고 있는 절벽의 하단 부분까지 이어지고 있었다.

“설마 동굴?”

이자건은 재빨리 물길이 흘러나오고 있는 곳으로 다가갔다. 아니나 다를까, 계곡의 바닥에서부터 삼 장 정도의 높이에 동굴의 입구 같은 것이 보였다. 삼 장이라면 만만찮은 높이였지만 진기를 이용할 수 있는 이자건에게는 그렇게 부담스럽지 않은 높이였다. 이자건은 즉시 땅을 박차고 위로 솟구쳐 올랐다.

“아!”

어렵지 않게 동굴의 입구에 착지한 이자건의 입에서 자신도 모르게 탄성이 터져 나왔다. 참으로 교묘한 위치였다. 동굴의 입구는 울퉁불퉁한 절벽의 굴곡으로 인해 물웅덩이가 있는 곳에서 유심히 살펴보지 않으면 발견하기가 극히 어려운 곳에 자리를 하고 있었다. 이자건은 주저하지 않고 바로 자신의 키보다 조금 높은 동굴의 입구로 걸어 들어갔다. 부드럽게 휘어진 동굴의 바닥은 상당히 평평해 걸음을 떼어놓기가 쉬웠다.

저벅! 저벅!

피가 말라붙어 딱딱해져 있는 가죽신이 단단한 바닥과 부딪치면서 내는 공명음이 크게 들렸다. 대략 일 장 정도 걸어 들어가자 둥그스름한 반구형의 동굴 내부가 드러났다. 지름이 장 정도의 큰 공을 반으로 잘라놓고 그 내부에 들어가 있는 것 같은 기분을 느끼게 만드는 곳이었다. 바닥에는 물웅덩이의 원류가 되고 있는 작은 샘이 하나 있었는데 맑은 물이 몽글몽글 솟아오르고 있었다. 그럼에도 불구하고 동굴 내의 공기는 서늘해서 습하다는 느낌을 주지 않았다. 워낙 깔끔하게 정돈이 된 분위기라 사람이 만들어놓은 것이 아닐까 하는 의문이 들었지만 인공의 흔적은 어느 곳에도 없었다.

"정말로 오묘한 곳이로구나!"

휘어진 통로 때문에 동굴 내부가 조금은 어두웠지만, 추격을 염려하는 이자건에게 세상 그 어느 곳보다 마음에 드는 곳이었다. 원하던 곳을 찾았으니 더 이상 머뭇거릴 이유가 없었다. 이자건은 곧장 박재현을 동굴 바닥에 조심스럽게 눕혀놓고는 복면을 벗겼다. 동시에 이자건의 입에서 커다란 경악성이 터져 나왔다.

"이럴 수가?!"

이자건은 하도 어이가 없어 입을 딱 벌렸다. 황궁 내부에서 구해서 밤새도록 업고 다녔던 흑의복면인은 박재현이 아니었다. 흑의복면인은 갈색의 모발에 너무도 매혹적인 외모를 지니고 있는 이국의 여인이었다. 누군지 알아볼 수는 없었지만 낯설지는 않은 외모였다.

"이럴 수가? 어찌 이런 일이 있을 수가 있단 말인가?"

왜 흑의복면인의 무게가 그렇게 가벼웠고, 왜 등에 닿아 있던 흑의복면인의 몸이 그렇게 부드럽게 느껴졌으며, 왜 흑의복면인이 장검이 아닌 휘어진 칼을 들고 있었나 하는 것들이 그제야 이해가 되었다. 하지만 차라리 몰랐으면 더 좋았을지도 모를 진실이었다. 최소한 흑의복면인이 박재현이라 믿고 있었을 때는 이렇게까지 허망하지는 않았다. 목숨을 버릴 각오까지 하면서 구해온 흑의복면인이 박재현이 아니라는 사실에 이자건은 망연자실하고 말았다.

"그렇다면 형님은… 형님은……."

박재현의 무공은 이자건이 아는 한 최고였다. 그러나 박재

현이 아니라 그 어떤 절대무적의 고수라고 하더라도 숫자의
벽을 넘을 수는 없었다. 중과부적(衆寡不敵)이라는 말은 절대
적인 진리나 마찬가지였다. 수많은 병사와 수많은 인재가 득
시글거리는 원나라 황궁에서 박재현이 지금껏 무사할 것이라
는 기대는 할 수가 없었다. 밤새도록 목숨을 지켜주었던 강인
한 철각(鐵脚)에서 모든 힘이 빠져나가 버렸다. 이자건은 쓰
러지듯 동굴 바닥에 털썩 주저앉고 말았다.

　“형님…….”

　유난히 맑고 투명한 눈빛을 지닌 이자건의 눈에 진한 습기
가 차올랐다. 박재현은 이 험한 세상에 외톨이가 되어버린 이
자건을 진심으로 아끼고 사랑해 주던 사람이었다. 가슴속에
복수라는 단어 하나를 품은 채 거친 삶을 살아가고 있는 이자
건이 진심으로 믿고 따랐던 사람이다. 그랬기에 그를 형님이
라 부르는 데 아무런 주저함도 없었다. 그러나 이자건은 그를
사지에 남겨놓은 채 그냥 빠져나오고 말았다. 너무나 미안하
고 너무나 안타까워 머리가 멍해졌다. 가슴이 터져 버릴 것
같았다.

　주르륵!

　마침내 두 눈에 고여 있던 습기가 방울이 되어 흘러내렸다.
복수를 완성하기 전에는 결코 흘리지 않겠다고 맹세했던 피
보다 진한 사나이의 눈물이었다.

소리없는 통곡을 계속하고 있던 이자건이 정신을 차린 것은 태양이 중천에 떠오를 무렵이었다.

"으… 무… 울……."

의식을 잃은 채 바닥에 눕혀져 있던 이국여인의 입에서 흘러나온 말이었다. 너무 울어 핏발이 잔뜩 서 있는 이자건의 눈이 천상의 신장이 심혈을 기울여 조각해 놓은 듯 아름답기 그지없는 이국여인의 얼굴에 고정됐다.

'저 여인 때문에 형님을 구할 수 없었던 거야. 저 여인이 형님을 죽게 만든 거야.'

이자건은 날이 숭숭 빠져 있는 장검을 뽑아 들고 이국여인에게 다가갔다. 예의 바닥을 크게 울리는 발자국 소리가 무겁게 동굴 속에 메아리쳤다.

저벅! 저벅!

고통이 극심한지 이국여인이 미약한 신음 소리를 내며 몸을 뒤틀었다.

"으… 으……."

백지장보다 더 창백한 얼굴에 바짝 말라붙어 있는 입술. 한눈에도 목숨이 위태로운 중환자의 모습이었다. 가슴속에서 솟구쳐 올랐던 살기가 눈처럼 녹아내리고 말았다.

"휴─ 우."

이자건은 긴 한숨을 내쉬며 이국여인의 옆에 주저앉았다. 손에 들고 있던 검이 동굴 바닥에 부딪치며 청아한 금속음을 터뜨렸다.

칭!

그제야 누군가 옆에 있다는 사실을 알아차렸는지 이국여인이 바짝 말라붙은 입술을 힘겹게 열었다.

"물… 좀……."

고통으로 인해 파르르 떨리고 있는 아름다운 봉목(鳳目). 정말로 아름다운 눈이었다. 하지만 이자건이 주목한 것은 이국여인의 아름다운 눈이 상당히 낯이 익다는 것이었다.

"설마?"

기다렸다는 듯이 이국여인의 입에서 다 죽어가는 가냘픈 목소리가 흘러나왔다.

"이… 공자……."

이자건을 알고 있는 이국여인이 세상에 몇이나 되겠는가? 황궁에서 구해온 이국여인은 바로 아슈르였다. 정말로 기가 막힌 우연이 아닐 수 없었다.

"낭자가 어떻게 황궁에?"

당연한 의문이었지만, 안타깝게도 아슈르는 대화를 주고받을 수 있는 상태가 아니었다.

"공자… 물 좀……."

아는 사람이 사경에 처해 있는데 외면을 할 수는 없었다.

"잠시만 기다리시오."

이자건은 급히 동굴 내부에 있는 웅덩이의 물을 손으로 떠다가 아슈르의 입에 한 방울씩 떨어뜨려 주었다. 갈증이 상당히 심했는지 아슈르는 이자건의 중지 끝에서 떨어지는 물방울을 감로수처럼 받아 마셨다.

'다행히 부상 정도가 심각한 것은 아닌가 보구나.'

일단 의식을 찾았고, 물을 마실 수 있는 상태였다. 최소한 죽을 것 같지는 않았다. 하지만 그것은 이자건의 착각이었다. 이자건이 가슴을 쓸어내리기도 전에 아슈르가 갑자기 격한 기침을 터뜨리며 핏물을 토해냈다.

"쿨럭! 쿨럭!"

"윽!"

졸지에 검은 핏물을 뒤집어쓴 이자건은 본능적으로 눈에 들어온 핏물을 닦아내다가 깜짝 놀라고 말았다. 아슈르가 토해낸 핏물 속에 내장 조각이 섞여 있었던 것이다.

"이런!"

아슈르는 이자건이 생각했던 것보다 몇 배는 더 심각한 상태였다. 아니, 심각한 정도가 아니라 지금까지 살아 있다는 것이 용할 정도로 위험한 상태였다.

'일단 상처부터 확인해야 해.'

적잖은 의학 서적을 고스란히 머릿속에 담아두기는 했지만, 이자건은 의술을 익힌 적이 없었다. 당연히 맥을 짚어 환자의 상태를 확인하는 것은 불가능했다. 그 말은 곧 부상 정도를 확인하기 위해서 눈으로 보거나 만져 보아야 한다는 뜻이었다.

"이 일은 나중에 따집시다."

이자건은 아슈르의 야행복 상의를 서슴없이 위로 걷어 올렸다. 아니나 다를까, 조그마한 배꼽을 중심으로 해서 시커먼 손도장이 뚜렷하게 찍혀 있는 것이 보였다. 상처를 만져 보던 이자건은 자신도 모르게 침음성을 토하고 말았다.

"으음, 무서운 내가중수법에 정통으로 가격당했구나."

겉으로 보기에는 단순히 손바닥 모양으로 생긴 멍 자국처럼 보였는데, 그 속은 완전히 으스러져 있었다. 당장 죽어도 이상하지 않을 심각한 상처였다.

'빨리 진기요상법(眞氣療傷法)을 시전해야 하는데……'

금단수심결의 법문에 포함되어 있는 진기요상법은 내상의 치료에 탁월한 효과가 있었다. 이자건이 의원을 찾아가지 않고 산속으로 들어온 이유도 금단수심결상의 진기요상법을 믿었기 때문이다.

문제는 이자건이 업고 온 사람이 박재현이 아니라 아슈르라는 것이었다. 아슈르가 금단수심결상의 진기요상법을 알

고 있을 리 만무했다. 거기까지는 그래도 괜찮았다. 황궁에서
본 아슈르의 무공 정도라면 금단수심결상의 진기요상법보다
더 뛰어난 진기요상법을 알고 있을 가능성도 있었다. 굳이 금
단수심결상의 진기요상법을 고집할 이유가 없었다.

　정말 심각한 문제는 아슈르의 내상이 너무 심해 의식을 잃
고 있다는 것이었다. 이자건의 무공 정도로는 남의 몸에다 진
기요상법을 대신 시전해 줄 수 있는 정도가 아니었다. 어떻게
든 아슈르가 의식을 찾게 만드는 것이 급선무였다. 하지만 죽
기 일보 직전인 사람에게 고함을 지를 수도 없었고, 강제로
혈을 눌러서 깨울 수도 없었다. 자칫 잘못했다가는 바로 숨이
끊어질 수도 있었다.

　이자건이 이러지도 못하고 저러지도 못해 머뭇거리고 있
는 사이 가뜩이나 미약하던 아슈르의 호흡이 점점 더 약해지
고 있었다.

　'이대로 있다가는 아무것도 해보지 못하고 아슈르 낭자의
시신을 치워야 할지도 몰라.'

　고민에 고민을 거듭하던 이자건은 어쩔 수 없이 아슈르의
명치 윗부분—기의 곳집[氣府]의 역할을 하고 있는 중단전이 위치
하고 있는 곳—에 손을 얹고는 진기를 주입했다. 장심을 떠난
진기가 아슈르의 중단전으로 스며드는 것이 느껴졌다. 아니,
그렇게 느끼는 순간 진기가 이자건의 장심으로 되돌아와 버

렸다.

'이런!'

예상했던 바지만 그 결과가 너무나 허무했다. 단 한 치도 의식의 확장이 이루어지지 않고 있었다.

'아슈르 낭자와 나를 동일시해야 해. 그렇게 하지 않으면 절대로 진기를 통제할 수 없어.'

방법은 이미 알고 있었지만 실행에 옮기는 것은 너무도 어려웠다. 이자건은 어금니를 질끈 깨물면서 장심으로 되돌아온 진기를 다시 아슈르의 중단전으로 밀어 넣었다. 역시 마찬가지였다. 천지일기라 이름 지은 진기는 이자건의 장심을 떠남과 동시에 다시 장심으로 되돌아와 버렸다.

"하악! 학!"

아슈르의 거친 호흡 소리가 귓전을 두드렸다. 미약했던 호흡이 다시 거칠어진다는 것은 결코 좋은 뜻이 아니었다. 언제 숨이 넘어갈지 모르는 다급한 상황이었다. 또다시 실패한다면 죽은 시체에다가 진기를 밀어 넣어야 할지도 몰랐다. 이자건은 아슈르의 중단전 위에 놓여 있던 장심을 떼고 호흡을 가다듬었다.

'너무 서둘렀어. 천천히 해야 해. 천천히.'

마지막 기회였다. 길게 심호흡을 하면서 마음을 가다듬은 이자건은 진기를 아주 느린 속도로 아슈르의 체내로 밀어 넣기 시작했다. 과연 급하게 밀어 넣을 때와는 뭔가 느낌이 달랐다. 이자건의 심상에 아슈르의 체내 모습이 투영되기 시작했다. 진기가 아직까지 이자건의 통제에 따르고 있다는 증거였다. 이자건은 단 한순간도 방심하지 못하고 금단수심결의 진기요상법에 따라 진기를 도인했다. 엄마 품을 떠난 어린아이처럼 돌아오기를 반복하던 진기가 거북이보다 더 느린 속도로 천천히 움직이기 시작했다.

외부로의 의식 확장과 진기 통제. 절정의 고수가 아니면 불가능한 일이었다. 하지만 사람을 살리기 위해서는 불가능도 가능하게 만들어야 했다. 이자건의 전신이 순식간에 식은땀으로 흠뻑 젖어버렸다. 사람을 죽이는 것보다 살리는 것이 몇 배는 더 어렵다는 말을 절감하는 순간이었다.

얼마의 시간이 흘렀을까? 갑자기 비릿한 피 냄새가 동굴 안에 가득 차는가 싶더니, 아슈르의 아랫배에 찍혀 있던 흑색 장인에서 검은 피가 송골송골 배어 나왔다. 그렇게 배어 나온 검은 피는 점점 커지다가 방울이 되어 아슈르의 옆구리를 타고 흘러내렸다. 한 방울, 두 방울, 세 방울. 흘러내리는 검은 피의 양이 많아지면 많아질수록 흑색 장인의 색깔이 조금씩 옅어졌다.

*　　　*　　　*

대도를 온통 공포의 도가니 속으로 몰아넣었던 신월지야(新月之夜)에 황궁과 서문을 침입했던 자객의 숫자는 모두 합쳐서 팔십삼 명이었다. 자객의 숫자라고 생각하기 어려울 만큼 많은 숫자였다.

이 팔십삼 명의 자객들은 대원제국에 실로 엄청난 피해를 입혔다. 구중심처인 황궁에서 죽어나간 병사들과 철혈단 무사의 숫자만 해도 무려 삼백여 명이 넘었고, 대도의 방패라는 서문에서 입은 피해 또한 그에 못지않았다.

팔십삼 명의 자객도 무사하지는 못했다. 일흔여덟 명의 자객이 현장에서 주살되었으며, 한 명의 자객이 반 시체 상태로 사로잡혔다. 추격을 피해 도망을 간 자객은 단 네 명뿐이었다. 하지만 이는 대원제국에게 실로 치욕적인 결과였다. 황궁과 서문에서 입은 막대한 피해는 둘째로 치더라도 그러한 피해를 입힌 자객을 무려 네 명이나 놓쳐 버렸으니 대제국의 위신이 땅바닥에 떨어지는 것은 당연했다. 더욱이 사로잡힌 한 명의 자객조차 의식을 찾지 못하고 있어 열흘이 지나도록 자객들의 정체조차 밝혀내지 못하고 있는 상황이었다. 대칸 쿠빌라이가 분노를 터뜨리지 않으면 그것이 오히려 더 이상할 터였다. 결국 대원제국의 황성은 연일 노기충천한 대칸의 분노에 몸살을 앓아야만 했다.

"황궁을 침입했던 자객 중에 살아나간 자가 있다는 소문이 대도의 백성들 사이에 떠돌고 있습니다."

철혈단의 단주 모용진(慕容震)은 보고를 해놓고는 조심스레 바얀의 눈치를 살폈다. 천하구대고수의 일좌를 차지하고 있는 북천일마(北天一魔)답지 않은 소심한 행동이었다. 하지만 바얀은 모용진의 생사여탈권을 쥐고 있는 직속상관이었다. 그런 사람의 눈치를 본다고 해서 뭐라고 할 수 있는 사람이 누가 있겠는가.

"백성들이 그 사실을 어떻게 알았단 말이냐?"

바얀의 눈빛이 깊게 가라앉아 있는 것을 발견한 모용진이 빠르게 입을 놀렸다.

"당시 황궁에서 빠져나간 두 명의 자객이 성내에서 병사들과 추격전을 벌였었습니다. 몇몇의 백성들이 그 추격전을 본 모양입니다."

"병사들의 입을 통해서 소문이 퍼진 것은 아니고?"

"예, 역추적을 해보니 몇몇의 백성들이 그런 소문을 퍼뜨리고 있었습니다. 지금이라도 명령을 내려주시면 그자들을 잡아들이도록 하겠습니다."

대원제국은 신월지야에 황궁과 서문을 침입했던 자객들의 수가 일흔아홉 명이고, 그 자객들을 모조리 주살했다고 대외에 발표를 했었다. 추격을 피해 도망을 친 자객이 있다는 것은 너무나 치욕적인 일이라 자객들의 숫자를 축소 발표했던 것이다. 물론 도망을 친 자객들이 입을 열기 전에 모조리 추살할 수 있다는 자신감이 배경으로 깔려 있었다. 그러나 열흘이 지나도록 도망을 친 자객들은 흔적도 없었고, 숨겼던 사실이 소문으로 떠돌고 있었다. 이렇게 되면 대원제국의 위신이 나락으로 떨어지는 것은 물론이요, 불순한 무리들이 황궁의 경비를 만만하게 보고 또다시 자객을 보낼 가능성도 있었다.

'자객들이 황궁의 경비를 만만하게 보는 것은 결코 바람직한 일이 아니야. 소문이 퍼지는 것은 어떻게든 막아야 할 터인데……. 하지만 지금에 와서 백성들의 입을 강제로 막을 수는 없는 일이 아닌가? 참으로 곤란한 상황이로구나.'

바얀의 귀에 소문이 들어왔으면 대도의 모든 사람이 이미 소문을 들었다고 봐야 했다. 이런 상황에서 소문을 막으려고 무리수를 두다가는 더 나쁜 소문만 양산해 낼 것이 뻔했다. 그럴 바에는 차라리 대응을 하지 않는 것이 더 좋았다. 마음의 결정을 내린 바얀은 조금 싸늘한 어조로 말문을 열었다.

"아무런 죄도 없는 백성들을 왜 잡아들여? 자네가 할 일은 쥐새끼 같은 자객들을 잡아들이는 일이야."

바얀의 어조가 싸늘해지자 가뜩이나 긴장해 있던 모용진이 급히 고개를 조아렸다.

"죄송합니다. 앞으로 조심하도록 하겠습니다."

"그래, 알았으면 되었다. 그건 그렇고, 시킨 일은 어떻게 되었나?"

"예, 명하신 대로 자객들의 무공과 행태 등을 종합적으로 분석해 보았습니다. 그 결과, 황궁을 습격했던 자객들과 서문을 습격했던 자객들 사이에 어떠한 연관성도 찾을 수 없었습니다. 두 개 이상의 자객 집단이 순차적으로 동원되었음이 분명합니다."

"역시 예상했던 대로군. 자객 집단들이 서로 모의(謀議)를 한 흔적은 없었나?"

"예, 없었습니다. 만약에 모의를 했다면 서문을 습격한 자객들이 굳이 비상경계령이 떨어질 때까지 기다렸다가 습격한 이유를 설명할 수 없습니다. 제가 생각하기에 두 자객 집단은 서로 다른 별개의 집단임이 분명합니다."

"좋아. 자객 집단의 정체는 아직도 못 알아냈는가?"

"사로잡힌 자객들이 모조리 독단을 깨물고 자결을 하는 바람에… 아직 밝혀내지 못했습니다. 죄송합니다."

지금 가장 중요한 것은 자객들의 정체였다. 한시라도 빨리 자객들의 정체를 밝혀내서 철저한 응징을 가해야만 했다.

"도망친 자객들은 어떻게 되었나?"

"죄송합니다. 본 단의 무사 이백 명이 계속해서 추격을 하고 있으나 아직까지 별다른 성과가 없습니다."

바얀의 눈살이 슬쩍 찌푸려졌다. 바얀이 황실의 요인들을 적극적으로 보호하기 위해 만든 집단이 철혈단이었다. 철혈단의 무사들을 황궁 외부로 보내는 일은 가급적 삼가야 했다. 그런데 무리를 해서 철혈단의 무사들을 무려 이백 명이나 추격에 동원했으면서도 아무런 성과를 내지 못했다면 문제가 상당히 크다고 할 수 있었다. 하지만 바얀은 모용진을 나무라지 않았다. 모용진에게 철혈단의 운영에 관한 권한을 모두 위임해 주었기 때문이다. 바얀은 식은땀을 흘리고 있는 모용진을 물끄러미 바라보고 있다가 차분한 어조로 입술을 열었다.

"자세히 말해보라."

"예, 아시다시피 서문으로 빠져나간 자객은 모두 네 명입니다. 그중 대도에서 추격전을 벌였던 두 명의 자객은 소오태산으로 숨어들어 간 것이 확실해 보입니다. 본 단의 무사들 백 명이 현재 이 두 명의 자객을 찾아내기 위해 소오태산을 샅샅이 수색하고 있습니다. 그리고 나머지 두 명의 자객 중 한 명은 태원(太原)까지 추격해 갔으나 그때부터 행방이 묘연해져 버렸습니다. 그리고 마지막 한 명의 자객은 서문을 빠져나간 다음부터 종적이 묘연합니다."

"으음, 소오태산과 태원이라……."

철혈단의 무사 중에는 추종술에 능한 자가 여럿 있었다. 모용진이 이백 명이나 되는 추격대를 편성했다면 추종술에 능한 자들이 모조리 추격대에 포진되어 있다는 말이었다. 그럼에도 불구하고 열흘이 지난 지금까지 아무런 소득이 없다면 도망친 자객들은 놓쳐 버렸다고 생각하는 것이 타당했다. 바얀은 곰곰이 생각에 잠겨 있다가, 문득 자신이 직접 잡은 자객을 생각해 내고는 조금은 빠른 어조로 질문을 던졌다.

"뇌옥에 갇혀 있는 자객은 아직까지 의식을 찾지 못하고 있는가?"

"예, 간신히 숨만 붙어 있는 상태입니다."

"좋아, 무슨 수를 쓰든지 산에 그자를 살려내라. 그리고 그자의 입을 통해 자객들의 정체를 밝혀내도록 해라. 필요한 것은 모두 지원해 주겠다."

반 시체의 상태가 되어 있는 자객을 살리는 일이 쉬울 턱이 없었다. 그러나 대원제국의 황궁에는 불가능을 가능케 하는 힘이 여럿 있었다. 모용진은 뭔가 활로가 보이자 힘차게 대답했다.

"예!"

"서둘러라. 그자마저 죽어버리면 자객들의 정체가 영원히 미궁에 빠질 수도 있다."

"예!"

모용진이 서둘러 예를 표하고 물러나자 바얀은 차갑게 가라앉아 있는 시선을 돌려 창밖을 바라봤다. 자객들이 숨어들어 갔다는 소오태산이 있는 방향이었다.

나풀나풀.

겨울을 알리는 첫눈이 내리기 시작하더니 이내 짙은 폭설이 되어 바얀의 시야를 뿌옇게 가려 버렸다.

*　　　*　　　*

아무리 악에 받쳐 있다고 하더라도 병사들을 겨울 산에 투입할 수는 없었다. 자객들을 잡기 전에 병사들을 먼저 잡을 확률이 높았던 것이다. 때문에 소오태산에 들어가 자객들을 추격하는 임무에 투입된 것은 내공을 익힌 백 명의 철혈단의 무사들이었다.

소오태산이 아무리 넓다고 해도 사람이 숨어 있을 수 있는 곳은 한계가 있기 마련이었다. 이를 감안한다면 백 명이라는 숫자는 결코 적은 숫자가 아니었다.

철혈단의 무사들은 그야말로 이 잡듯이 소오태산을 샅샅이 수색하기 시작했다. 하지만 하늘로 솟았는지 땅으로 꺼졌는지 자객들의 종적은 묘연하기만 했다.

“샅샅이 수색해라.”

　백 명의 철혈단 무사들을 이끌고 자객들을 추격하고 있던 철혈단 제십대주 천리추종(千里追蹤) 오극도(吳極燾)의 음성에는 초조한 기색이 역력했다. 눈이 가득 덮여 있는 산속에 남아 있는 것이라고는 철혈단의 흔적뿐이었다. 초조해하지 않을 수 없었다. 하지만 오극도의 심정을 알아주는 이는 아무도 없었다. 아니, 심정을 알아주기는커녕 오히려 불만을 토로했다.

　"대주, 여기는 이미 수색했던 곳이 아닙니까? 다들 지쳐 있는데 오늘은 이만 산을 내려가시지요."

　내공을 익힌 일류의 무사들이라고 해서 겨울 산의 추위를 무한정 버텨낼 수 있는 것은 아니었다. 충분한 보급 덕분에 처음 며칠은 산속에서 버틸 수 있었지만 이내 동상으로 고생을 하는 자들이 생겨났다. 수색 방식을 바꿀 수밖에 없었다.

　오극도가 택한 방식은 해가 뜨면 산에 올라가 수색을 하고, 해가 지기 전에 산을 내려가는 방식이었다. 다행히 얼어 죽는 사람은 없었지만 체력의 소모는 극심했다. 그렇게 이십여 일 가까이 소오태산을 샅샅이 훑고 다녔다.

　극도로 지쳐 버린 철혈단 무사들 사이에서 원성이 터져 나오는 것은 어쩌면 당연한 일이었다. 때문에 오극도는 불만을 토로하는 무사에게 화를 내기보다는 차분한 어조로 설명을 해야만 했다.

"자객의 흔적이 여기서 끊어졌다. 여기서 자객의 흔적을 발견하지 못하면 추격을 계속할 수 없다. 다들 힘들겠지만 조금만 더 수색을 해보고 내려가도록 하자."

"하지만 이곳은 대주가 이미 다 훑어본 곳이 아닙니까? 대주가 발견하지 못한 흔적을 우리가 어찌 발견할 수 있겠습니까?"

사실이었다. 지금 오극도가 철혈단의 무사들을 이끌고 온 이름 모를 계곡의 상류 부분은 오극도가 이미 샅샅이 훑고 지나간 지역이었다. 철혈단 제일의 추종술을 지녔다고 자부하는 오극도가 발견하지 못한 흔적을 다른 무사들이 발견할 확률은 거의 없었다. 하지만 부하의 반발이 두려워 여기까지 힘든 걸음을 했다가 그냥 돌아갈 수는 없었다.

"더 이상 항명(抗命)은 용서하지 않는다. 잡소리하지 말고 샅샅이 수색하도록 해라. 실시!"

철혈단의 위계질서는 엄정하기 그지없어 항명은 곧 사형이었다. 신생 단체로서 기강을 확립하기 위해 어쩔 수 없이 선택한 방법이었다. 덕분에 무사들은 불만을 가슴속에 묻어 두고 수색에 나설 수밖에 없었다.

그렇게 얼마의 시간이 흘렀을까? 한겨울에도 얼지 않고 있는 신기한 물웅덩이 근처를 수색하고 있던 무사들 사이에서 불만에 가득한 음성이 흘러나왔다.

"젠장! 내가 개새끼도 아니고 말이야. 도대체 언제까지 자객들의 냄새를 맡으려고 코를 킁킁거려야 하는 거야?"

추종술의 대가 오극도의 밝은 귀가 놓치기에는 너무도 큰 음성이었다. 오극도가 시뻘겋게 달아오른 얼굴로 버럭 고함을 질렀다.

"방금 개소리를 지껄인 놈이 누구야?!"

이십대 초반의 유난히 큰 눈을 가진 미청년이 불쑥 오극도 앞으로 걸어오며 예의 비비 꼬인 어조로 말을 받았다.

"개소리를 지껄인 놈은 없고, 사람 말을 한 분은 여기 있소이다."

청년을 발견한 오극도의 사나운 기세가 급격히 수그러들었다. 청년은 당금 강호의 후기지수 중에서 첫손에 꼽히는 신진고수 이화창 양소운이었다. 철혈단이 조직될 당시 호기심에 찾아왔다가 단주인 모용진에게 대패해 십 년 동안 얽매인 몸이 된 특이한 이력의 소유자이기도 했다.

'하필이면 양소운 이놈이라니……'

양소운은 성질이 하도 괴팍해 철혈단에서 중책을 맡지 못하고 있으나, 무공만큼은 대주인 오극도보다 높다는 것이 중론이었다. 양소운과 모용진의 대련을 지켜보았던 오극도 또한 그 사실을 잘 알고 있었다.

'젠장!'

대드는 부하를 무력으로 제압할 수 없다는 사실은 상당히 분통이 터지는 일이었다. 오극도는 끓어오르는 분노를 간신히 억눌러야만 했다. 다행히 오극도에게는 전가의 보도가 있었다.

"양소운! 네가 지금 항명을 하자는 것이냐?!"

보통의 철혈단원이라면 항명이라는 단어가 나오면 바로 움츠러들어야 했다. 하지만 양소운은 오극도의 불호령에 움츠러들기는커녕 오히려 창을 꺼내 들고 조립을 하기 시작했다.

"항명이라? 그러면 이제 내가 살기 위해서는 대주를 때려죽이고 도망을 치는 수밖에 없겠구려. 누가 죽나 한번 겨뤄봅시다."

양소운은 정말로 끝장을 보려는 생각인지 조립이 끝난 단창을 휘두르며 오극도에게 다가왔다. 양소운은 한다면 하는 성격이었다. 오죽하면 하늘 같은 철혈단주 모용진에게 심심할 때마다 대련 신청을 해서 죽도록 두들겨 맞겠는가?

"저놈을 포박해라!"

당황한 오극도가 다급히 무사들에게 명령을 내렸다. 하지만 곤경에 처한 오극도를 돕기 위해 나서는 자가 하나도 없었다. 모두들 흥미진진한 표정으로 상황을 지켜보고만 있을 뿐이었다. 단체 항명이었다. 오극도의 얼굴빛이 그만 썩은 돼지

간처럼 변해 버렸다.

"칼을 뽑으시지요."

일 장을 격하고 마주 선 양소운의 표정이 진지하게 변해 있었다. 오극도는 능글맞은 양소운의 얼굴을 한참이나 노려보고 있다가 버럭 고함을 내질렀다.

"네놈이 원하는 것이 무엇이냐?!"

"적당히 하고 좀 쉬게 해달라는 말이오. 우리가 아무리 대주의 부하라고는 하지만, 이렇게 험하게 굴리는데 어떻게 참겠소? 그리고 자객이 바보라면 모를까, 뭐가 좋다고 이렇게 추운 겨울 산에서 지금까지 버티고 있겠소? 이만하면 대주도 할 만큼 했잖소? 이제 그만 돌아가서 쉽시다. 사냥개처럼 산속을 돌아다니는 일이 지겹지도 않소?"

양소운의 말이 끝나기가 무섭게 철혈단 무사들 사이에서 오극도를 질타하는 말들이 흘러나왔다.

"맞아. 이미 뒤질 만큼 뒤졌어. 자객들이 숨어 있었다면 벌써 찾았겠지."

"그러게 말이야. 대주도 이미 자객들이 빠져나갔다는 사실을 잘 알고 있을 터인데 왜 저렇게 고집을 부리는지 모르겠어."

"자네는 아직 그 이유를 모르고 있었는가? 대주가 저렇게 죽어라고 설치는 이유는 공을 세우고 싶은 욕심 때문이야."

"내 생각도 그래. 대주는 지금 공에 눈이 멀어 부하들이 죽어나가든 말든 신경도 쓰지 않고 있는 것 같아."

중구삭금(衆口鑠金)이라는 말이 있다. 여러 사람이 입을 모으면 강한 쇠도 삭여 버린다는 말이었다. 부하들이 이구동성으로 오극도의 공명심을 탓하자 오극도도 버텨낼 재간이 없었다. 오극도는 붉어진 얼굴로 부하들의 얼굴을 외면하고 있다가 힘없는 목소리로 명령을 내렸다.

"알았다. 오늘은 이만 하고 내려가도록 하자."

"대주, 앞서도 말했다시피 우리는 지금 지쳐 있소이다. 다 먹고살자고 하는 짓인데, 산속을 헤매다 지쳐서 죽을 수는 없지 않겠소? 이제 그만 포기합시다."

당장에 때려죽여도 시원치 않을 양소운이 계속해서 오극도를 물고 늘어졌다.

'지금 가장 시급한 것은 추락한 권위를 회복하는 일이야. 어쩔 수 없지.'

오극도는 한참을 고민하다가 대범한 척 미소를 지으며 말했다.

"알았다. 내가 생각해도 소오태산을 수색하는 것은 이제 의미가 없어 보인다. 소오태산에서의 수색은 여기까지다."

오극도의 말이 떨어지기가 무섭게 무사들이 일제히 함성을 내질렀다.

"와아! 대주 만세!"

황제에게나 해야 할 만세라는 소리가 자연스럽게 터져 나왔지만 아무도 뭐라는 사람이 없었다.

휘익!

태고의 정적을 찾아가던 계곡 속에서 불현듯 검은 그림자 하나가 솟아올라 와 철혈단 무사들이 떠나간 자리에 내려섰다. 이십 일 사이에 몰라보게 꾀죄죄하게 변해 버린 이자건이었다.

이자건은 자신의 두 발이 철혈단 무사들이 남긴 흔적 위에 놓여 있다는 사실을 먼저 확인하고는 고개를 들어 멀리 철혈단 무사들이 사라져 간 곳을 쳐다봤다.

"나와 겨루기 위해서 항명을 한다? 참으로 묘한 자야."

철혈단 무사들이 나타났을 때부터 이자건은 동굴 입구에 숨어서 철혈단 무사들의 행동을 몰래 감시하고 있었다. 동굴의 위치가 비록 은밀하기는 했지만 물웅덩이가 있는 곳에서는 발견할 수 있을 만한 위치였기 때문에 안심을 할 수 없었던 것이다. 과연 걱정했던 대로 동굴의 입구를 발견하는 자가 있었다. 바로 양소운이었다.

양소운이 동굴 입구가 있는 쪽을 쳐다봤을 때는 어지간한 이자건도 간이 바닥으로 떨어지는 줄 알았었다. 동굴은 은밀하게 숨겨져 있는 대신 출입구가 계곡 쪽으로 나 있는 구멍 하나밖에 없었다. 들키면 끝장이라는 말이었다. 놀란 이자건이 검을 뽑아 들려고 하는 순간, 양소운의 전음이 귓전을 간질였다.

"거기, 멍청한 자객 맞지?"

"……."

"만약 거기 숨어 있는 놈이 멍청한 자객이 아니라면 남들에게 알려 버린다. 빨리 대답해."

대답을 하면 멍청한 자객이 되는 것이고, 대답을 하지 않으면 목숨을 내놓아야 한다. 대답을 할 수밖에 없었다. 그렇다고 스스로가 멍청한 자객이라고 대답을 할 수는 없는 노릇이었다. 이자건은 곰곰이 생각에 잠겨 있다가 양소운에게 전음을 보냈다.

"양소운, 아직 제대로 겨룰 수 있는 상황이 아닌 것 같은데?"

비록 '내가 멍청한 자객이다' 라는 말을 하지는 않았지만, 대답을 했다는 것 자체가 멍청한 자객이라는 것을 인정한 것이었다. 웃음이 담긴 양소운의 전음이 이자건의 귓전을 두드렸다.

"하하, 멍청한 자객 맞구나. 오늘은 내가 도와줄 테니까 전에 했던 약속 잊지 말아라. 승부를 그렇게 미적지근하게 결정지을 수는 없잖아? 그리고 말이야. 앞으로는 능력도 되지 않으면서 사지에 들어와 사람을 구해가는 멍청한 짓은 하지 마라. 알았냐, 이 멍청한 자객아?"

이자건의 얼굴에 쓴웃음이 떠올랐다. 양소운이 왜 멍청한 자객이라고 부르는지 그제야 이해가 되었던 것이다. 하지만 계속해서 멍청한 자객이라고 불리고 싶은 생각은 추호도 없었다.

"양소운, 내 이름은 이자건이다."

"숨어 있는 주제에 자존심은 있어 가지고. 쯧쯧."

말을 상당히 기분 나쁘게 하는 새주를 가지고 있는 양소운이었다. 다만 그 말속에 악의가 담겨 있지 않아 화를 내기가 무엇했다. 그렇다고 멍청한 자객이라는 소리를 계속해서 듣고 있으려니 그것도 기분이 무잇했다. 이자건이 뭐라고 대꾸도 하지 못하고 쓴웃음만 짓고 있는 사이 양소운이 수작을 부려서 철혈단의 수색을 포기하게 만들어 버렸다.

"선물을 하나 주고 갈 테니까 다음에 만나면 꼭 인사를 하도록 해라. 참, 승부는 최대한 빨리 결정을 짓자고. 난 기다리는 것을 좋아하지 않아."

양소운이 떠나면서 한 말이 아직도 귓전에 선했다. 이자건은 철혈단 무사들이 떠난 자리에 덩그러니 남아 있는 보따리를 풀어보다가 피식 실소를 터뜨렸다.

"후훗, 평생 멍청한 자객 소리를 듣는다고 해도 그놈을 미워할 수는 없을 것 같구나. 하지만 승부의 약속은……. 은혜를 베풀어준 너에게 검을 겨눌 수는 없지. 다른 것으로 이 은혜를 갚으마."

보따리 속에는 건량이 가득 들어 있었다. 지난 이십 일 동안 먹을 것이 없어서 배를 쫄쫄 곯아야 했던 이자건에게는 그어떤 무가지보(無價之寶)보다 더 고마운 선물이었다. 이자건은 보따리를 집어 들고는 동굴 속으로 뛰어들어 갔다.

"낭자, 음식이오!"

이자건이 찾아낸 동굴은 참으로 신기한 곳이었다. 날씨가 추워지면 추워질수록 동굴 속은 상대적으로 점점 더 따뜻하게 느껴졌다. 동굴 속에만 있는다면 추위를 걱정할 필요가 없었다. 물론 내공으로 체온을 덥힐 수 있는 사람에 한해서 그렇다는 말이었다.

문제는 식량이었다. 산속을 뒤지고 다니는 철혈단 무사들 때문에 식량을 구하기가 하늘의 별 따기보다 더 어려운 일이 되고 말았다. 게다가 눈이 온 다음부터는 사정이 더욱 악화되어 식량을 구하러 나가는 일 자체가 불가능한 일이 되어버렸다. 어쩔 수 없이 두 사람은 이자건이 눈이 오기 전에 어렵사리 구해놓은 나무뿌리와 풀뿌리만 가지고 이십 일을 힘겹게 버틸 수밖에 없었다.

　다행히 먹을 것이 거의 없었음에도 불구하고 아슈르의 상세는 점점 호전되어 갔다. 이자건의 도움을 받은 아슈르는 열흘이 지나기도 전에 스스로의 힘으로 진기요상법을 시전할 수 있게 되었다. 그때부터는 일사천리였다. 아슈르의 상세는 하루가 다르게 좋아져 이자건이 한 보따리의 건량을 구해왔을 즈음에는 거동에 큰 불편을 느끼지 않을 정도로 회복이 되어 있었다. 다만 워낙 심한 부상을 입었던 터라 내공의 회복 속도가 상대적으로 느렸다. 아슈르는 하루 종일 운기조식에 매달려 내공을 회복하기 위해 전력을 다했다. 그렇게 십 일의 시간이 훌쩍 지나가 버렸다.

　아슈르의 전신에서는 아지랑이와 같은 기운이 끊임없이 일렁이고 있었다. 체내를 휘돌고 있는 진기의 힘에 의해 외부의 대기가 일렁이고 있는 현상이었다. 실로 믿을 수 없는 일이었다. 연약해 보이는 젊은 여인이 운기조식을 하는 것만으로 외기에 변화를 일으키게 만든다고 한다면 누가 믿을 수 있겠는가?

　'나보다 두 살이 더 많다고 했을 뿐인데, 도대체 어떤 수련을 했기에 저런 내공을 쌓을 수 있었을까? 정말로 대단한 여인이야.'

지난 일 년 동안 이자건은 정말로 옆도 뒤도 안 돌아보고 무공 수련에 매진을 했었다. 하지만 아슈르의 경지에 비하면 이자건이 이룩한 무공의 경지는 그야말로 보름달 앞의 반딧불에 지나지 않았다. 비교 자체가 불가능했다. 아슈르는 최소한 이자건에 비해 몇 단계 이상의 무공을 성취하고 있었다. 어쩌면 이자건이 최고의 고수라고 생각했던 박재현보다 더 높은 경지에 도달해 있는지도 몰랐다. 동년배의 여인이 그런 성취를 이룩한 것을 두 눈으로 확인하자 경쟁심이 들었다.

'이 년 후에 나도 아슈르 낭자 정도의 성취를 이룩할 수 있을까? 전에 형님이 나보고 노력 여하에 따라 절대고수가 될 수도 있다고 하셨는데, 가만히 생각해 보면 아슈르 낭자의 경지가 불가능할 것 같지는 않단 말이야.'

무공이라는 것은 사실 강하면 강할수록 좋은 것이었다. 만약 이자건의 무공이 강했더라면 많은 것들이 바뀔 수 있었을지도 모른다. 청림촌의 혈사를 막아낼 수 있었을지도 모르고, 이자건을 죽이기 위해 귀가까지 쫓아온 악마들을 스스로의 힘으로 처치할 수 있었을지도 모르며, 의형 박재현의 죽음을 막을 수 있었을지도 모른다. 이제껏 불가항력이라고 생각했던 일들이 무공만 강했더라면 모조리 극복할 수 있었던 일들이었다. 무공 성취에 대한 욕심이 무럭무럭 생겨났다.

'복수를 하고 난 다음에는 특별히 할 일도 없는데 무공에

내 인생을 한번 걸어보자.'

　아직은 나이가 어렸던 탓에 이자건은 자신의 미래를 그렇게 충동적으로 결정해 버렸다. 그리고 운기조식을 취하고 있는 아슈르를 한동안 부러운 눈으로 지켜보고 있다가 식량을 구하기 위해 동굴 밖으로 나갔다. 양소운이 몰래 전해준 건량의 양이 많기는 했지만 두 사람이 십 일 동안 먹을 정도는 아니었다. 건량이 떨어진 다음부터는 사냥이나 채집으로 식량을 구할 수밖에 없었다.

　번쩍!

　석상처럼 앉아서 운기조식을 하고 있던 아슈르의 두 눈에서 번개가 뻗어 나왔다. 가히 물리적인 힘이 있지 않을까 하는 착각이 들게 만들 정도의 엄청난 눈빛이었다.

　"후읍! 후!"

　길게 호흡을 고른 아슈르는 주위를 둘러보았다. 한 달 동안 자신을 지켜주었던 사람이 보이지 않았다.

　"식량을 구하러 나가셨나 보네."

　이자건이 밖으로 나간 이유는 쉽게 짐작이 갔다. 생명의 은인이 밖에서 고생을 하고 있는데, 가만히 앉아 있을 수는 없었다. 아슈르는 가부좌를 풀고 일어나 즉시 동굴 밖으로 걸어 나갔다. 동시에 아슈르의 입에서 탄성이 터져 나왔다.

　"아!"

산도 하얀색이었고 발아래 계곡도 하얀색이었다. 한 달 만에 보는 동굴 밖 세상은 온통 하얀색 일색으로 채색되어 있었다. 그리고 하얀색으로 채색되어 있는 공간 속을 검은 옷을 입은 건장한 체격의 이자건이 바람처럼 달려나가고 있는 것이 보였다. 마치 한 폭의 그림과 같은 아름다운 풍경. 아슈르는 자신이 무엇을 하러 나왔는지도 잊어버리고 멍하니 이자건의 뒷모습만 바라보고 있었다.

펄펄!

끝도 없이 쏟아져 내리는 눈송이 중의 하나가 아슈르의 볼에 닿았다. 차가운 느낌. 그제야 현실 세계로 되돌아온 아슈르는 이자건의 신형이 아스라이 사라져 간 곳을 한동안 바라보고 있다가 동굴 속으로 되돌아왔다. 아슈르에게 세상의 아름다움을 다시 감상할 수 있게 해준 이자건에게 도움이 될 수 있는 것이 생각났기 때문이다.

'빠름을 위주로 하는 신법에 변화를 위주로 한 신법을 더한다면… 이 공자를 잡을 수 있는 사람은 많지 않을 거야.'

동굴 속으로 돌아온 아슈르는 유난히 하얗게 보이는 손으로 동굴 벽을 쓰다듬기 시작했다. 그와 함께 거짓말 같은 현상이 벌어졌다. 섬섬옥수(纖纖玉手)라는 말이 꼭 들어맞는 아슈르의 아름다운 손이 스쳐 지나갈 때마다 불꽃이 튀면서 단단해 보이던 동굴의 벽이 맥없이 깎여 나가고 가느다란 선이 그

어졌다. 대성을 하면 대적할 자가 없다는 절세의 소수신공(素手神功)이 거의 극성의 경지에서 펼쳐지는 모습이었다.

스윽, 스윽.

소수신공의 강기를 손톱에 일으켜 글과 그림을 새기는 작업은 아슈르에게도 상당히 힘든 일이었다. 하지만 아슈르는 내력이 달려 몇 번이나 심호흡을 하면서도 동굴 벽에 매달려 글과 그림을 그리는 일을 계속했다.

대략 한 시진 후, 아슈르가 이마에 맺혀 있는 땀을 닦아내면서 흐뭇한 표정으로 자신의 작품을 감상하고 있을 때, 밖으로 나갔던 이자긴이 토끼 한 마리를 들고 동굴로 돌아왔다.

운공조식을 취하지 않고 있는 아슈르를 보면서 이자건이 환한 얼굴로 말을 건넸다.

"낭자, 이제 완쾌되신 것 같군요. 축하드립니다."

"모두 이 공자님께서 보살펴 주신 덕분입니다. 감사합니다."

"별말씀을 다 하십니다. 아는 처지에 당연히 도와야지요. 염두에 두지 마십시오."

"아니에요. 저는 이 공자가 저를 업고 여기까지 오시는 동안 얼마나 많은 고생을 하셨을지 충분히 짐작을 하고 있어요. 그리고 병수발을 해주시며 얼마나 많은 고생을 하셨는지 두 눈으로 보기도 했고요. 저는 죽는 날까지 이 공자의 은혜를 잊지 못할 거예요.”

아슈르가 고마워하면 할수록 이자건은 더욱 민망해져 얼굴을 붉히고 말았다. 이자건이 고생고생해서 구하려고 했던 사람은 아슈르가 아니라 박재현이었다. 그리고 사람을 잘못 구했다는 사실에 분노해 아슈르의 목을 베어버릴 생각까지 했었는데 어찌 인사를 받을 수 있겠는가? 차라리 따귀를 맞아야 할지도 몰랐다.

“그런 말씀 마십시오. 나는 낭자의 인사를 받을 만한 사람이 아닙니다.”

“……?”

아름답기 그지없는 얼굴에 의혹의 빛이 떠올랐다. 이자건은 겸연쩍은 미소를 지으며 재빨리 화제를 바꿨다.

“그렇게만 알고 계십시오. 그나저나 낭자는 앞으로 어떻게 할 생각이십니까?”

“저를 기다리고 있는 수하들에게 돌아가야 해요. 한 달 동안 아무런 소식이 없었으니 걱정을 많이 하고 있을 거예요.”

아슈르는 이자건을 생명의 은인으로 깍듯이 대접했기 때문에 비밀이라 할 수 있는 자신의 신분에 대해서도 이야기를 해주었다. 덕분에 이자건은 아슈르의 말에 당연하다는 듯 고개를 끄덕일 수 있었다.

“자칫 낭자의 수하들이 다시 황궁을 도모하려고 할지도 모르니 서두르는 것이 좋을 것 같습니다. 그리고 열흘이 넘도록 잠잠한 것을 보면 추격대 걱정은 하지 않아도 될 것 같습니다."

"예, 그런데 이 공자는 어떻게 하실 건가요?"

"나는 낭자가 떠나면 바로 대도로 돌아가서 형님의 생사를 확인해 볼 생각입니다. 살아 계시다면 무슨 수를 써서라도 구해오고, 돌아가셨다면 유골을 수습해서 고이 묻어드려야지요."

"이 공자, 대도의 경계가 아직 풀리지 않았을 거예요. 지금 박 대협과 관련된 정보를 입수하려고 하시다가는 큰 위험에 처할 수두 있어요. 당분간은 제가 벽에 새겨놓은 무공을 익히시면서 대도의 경계 상태를 살펴보시는 것이 어떨는지요?"

간곡한 아슈르의 말에 무심코 동굴 벽에 시선을 주던 이자건의 눈이 휘둥그레졌다. 이자건이 자리를 비운 것은 대략 한 시진 정도였다. 그 짧은 시간 동안 동굴 벽은 완전히 모습이 바뀌어 있었다. 해서체(楷書體)의 단아한 글자들과 사람의 움직임을 표현한 그림들이 동굴 벽에 빼곡하게 그려져 있었다.

우상단에 쓰여 있는 '풍운보(風雲步)'라는 글자를 마지막으로 확인한 이자건은 혀를 내두르고 말았다.

'이 단단한 벽에 무슨 재주로 이렇듯 섬세한 글과 그림을

새겼단 말인가? 도구도 없었을 터인데.'

족히 책 한 권 분량의 글과 그림이었다. 풍운보라는 무공이 적혀 있는 책자를 그대로 옮겨놓은 것 같았다.

"정말로 낭자의 능력은 그 끝을 모르겠군요."

"과찬의 말씀이세요."

제대로 씻지 못해서 꾀죄죄하게 변해 있는 아슈르였지만 그 절세의 미모가 어디로 가는 것은 아니었다. 이자건은 얼굴을 살짝 붉히고 있는 아슈르를 멍하니 바라보고 있다가 간신히 정신을 차리고 질문을 던졌다.

"낭자가 신월단의 단주라고 하셨지요?"

"예, 제가 신월단의 제이대 단주예요."

"사문의 무공을 나에게 함부로 전해준다면 낭자에게 큰 피해가 가지 않겠습니까? 뜻은 고맙지만 나로서는 사양할 수밖에 없겠습니다."

어느 문파든지 간에 무공은 극비로 취급하기 마련이었다. 아무리 아슈르가 당대의 주인이라고 하더라도 신월단의 무공을 함부로 유출할 수 없을 것이 분명했다. 이자건으로서는 걱정스럽지 않을 수 없었다.

"풍운보는 신월단의 무공이 아니라 신월단에서 모아놓은 여러 무공 중 하나일 뿐이에요. 공자께서 익히셔도 뭐라고 할 사람은 없습니다."

신월단의 무공이 아니라면 꺼릴 이유가 없었다. 이자건은 반가운 기색으로 사의를 표명했다.

"그렇다면 마음 놓고 익혀도 되겠군요. 고맙습니다."

"생명을 구해주신 은혜에 비하면 아무것도 아니에요."

역시 은혜라는 말은 이자건을 민망하게 만들었다. 이자건은 이번에도 재빨리 화제를 바꿔야만 했다.

"언제 떠날 생각이십니까?"

"내일 아침까지만 여기 있으려고 해요. 은혜도 모르는 계집이라고 욕하지는 말아주세요. 이번에 신월단이 입은 피해가 너무 커서 빨리 수습을 해야만 할 상황이라 저도 어쩔 수가 없군요."

"천만의 말씀입니다. 내가 낭자의 상황이었다고 하더라도 서둘렀을 겁니다. 그 점에 관해서는 신경을 쓰지 마십시오."

말로는 신경 쓰지 말라고 하면서 이자건의 얼굴에는 아쉬운 표정이 가득했다. 그것을 발견한 아슈르의 눈에 자신도 모르게 습기가 차올랐다.

'아! 이 공자와 평생을 같이할 수 있다면 얼마나 좋을까?

이자건은 사지(死地)에서 아슈르의 생명을 구해주었을 뿐만 아니라, 대소변까지 받아주면서 병간호를 해준 사람이었다. 시집도 안 간 처녀의 몸으로 숨기고 싶었던 모든 것을 다 보여주었으니, 그에게 느끼는 감정이 결코 가벼울 리가 없었다. 처음 이자건에게 느낀 감정은 고마움이었고, 그다음 느낀 감정은 부끄러움이었다. 그리고 고마움과 부끄러움이 뒤엉키다가 어느 순간에 사랑으로 변해 버렸다. 아슈르도 인지하지 못하는 사이에 일어난 감정의 변화였다.

'하지만 이 공자는 서문 낭자의 연인이야. 두 사람의 사랑을 깨뜨려 가면서까지 사랑을 쟁취할 수는 없어.'

남의 눈에 눈물이 흐르게 하면 자신의 눈에는 피눈물이 흐르기 마련이었다. 아슈르는 이자건에 대한 사랑을 가슴속으로만 간직하기로 작정하고 억지로 밝은 표정을 지었다.

"공자, 토끼 고기는 언제 먹을 수 있는 건가요?"

힘들여 잡아온 토끼가 한쪽 구석에서 딱딱하게 굳어가고 있었다.

"하하, 제가 정신이 없었네요. 우리 동굴 입구에 나가 토끼를 구워 먹읍시다."

"네."

끈질기게 따라붙던 추격대가 사라진 지 오래였다. 동굴 속에 연기를 가득 차게 할 필요가 없었다. 두 사람은 즉시 동굴 입구에다가 모닥불을 피워놓고 토끼를 손질해 모닥불에 굽기 시작했다.

토끼는 노릇노릇 잘도 익어갔다. 따뜻한 모닥불과 휘영청 밝은 보름달이 맛있게 익어가는 토끼 고기를 비추었다. 세상

사람들이 모르는 깊은 산속에서 쏟아지는 눈을 양념 삼아 청
춘 남녀는 그렇게 만찬을 즐겼다.

　다음날 아침 일찍, 아슈르는 애틋한 눈빛을 남기고 눈 덮인
산을 내려갔다. 그 애틋한 눈빛에는 이야기하지 못한 애절한
그 무언가가 담겨 있었다. 때문에 이자건은 아슈르의 뒷모습
이 멀리 산 아래로 사라진 뒤에도 시선을 떼지 못했다.
　"나에게 무슨 할 말이 있는 것 같았는데. 왜 아무 말 없이
그냥 갔을까?"
　아슈르가 남긴 눈빛이 자꾸만 마음에 걸렸다. 하지만 지금
쫓아가서 하고 싶은 말이 무엇이냐고 물어볼 수는 없었다. 이
자건은 한동안 상념에 잠겨 있다가 걸음을 돌려 동굴 속으로
되돌아왔다. 동굴이 오늘따라 유난히 크게 느껴졌다. 뿐만 아
니라 전에는 느끼지 못했던 싸늘한 한기도 느껴졌다.
　"이제 정말로 혼자가 되었구나."
　무심결에 내뱉은 독백이 동굴 벽에 부딪쳐 메아리가 되어
돌아왔다. 갑자기 외롭다는 느낌이 가슴속에서 북받쳐 올랐
다. 청림촌에서는 언제나 부모님과 함께였고, 청림촌을 떠난
이후에는 언제나 박재현과 함께였기 때문에 느끼지 못했던
그런 외로움이었다.
　"나는 해야 할 일이 있는 사람이야. 이런 감정을 느낄 여유

가 없어!"

　이자건은 버럭 고함을 내지르며 허리춤에 차고 있던 검을 빼 들었다. 뼈에 사무치는 외로움을 잊기 위해서는 수련보다 더 좋은 것이 없었다.

第六章
회색빛 실혼인(失魂人)

屠龍之技

신월지야에 황궁과 서문을 침입했던 자객 집단의 정체는 끝끝내 밝혀지지 않았다. 다만, 황궁을 침입했던 자객들 중의 상당수가 이국인이라, 신월단이 개입되지 않았을까? 하는 추측을 해볼 수는 있었다. 하지만 신월단은 그 행사가 은밀하기 짝이 없어서 아직까지 꼬리조차 잡지 못하고 있는 자객 집단이었다. 응징을 하려고 해도 방법이 없었다.

황궁에서 삼백 장 정도 떨어진 곳에는 아흔아홉 칸짜리 거대 저택이 있었다. 거대 저택의 대문 위에는 상당한 필력의 소유자가 쓴 것이 분명해 보이는 현판이 하나 달려 있었는데, 거기 적혀 있는 글자가 바로 태양부(太陽府)였다. 바로 당금 천하에서 일인지하 만인지상의 위치에 있는 바얀의 저택이었다.

겉보기와 달리 소박한 장식물밖에 없는 저택의 대청에 붉은 옷에 붉은 모자를 쓴 노라마승이 침통한 표정으로 말을 하고 있었다.

"바얀 공(公), 대칸의 분노가 날이 갈수록 더욱 무섭게 불타오르고 있습니다. 무슨 좋은 방법이 없겠습니까?"

노라마승 게사르의 질문을 받은 바얀의 표정도 밝지는 않았다. 지난 두 달간의 노력에도 불구하고 얻은 성과가 전무했다. 기분이 좋을 까닭이 없었다. 자연 입에서 나오는 말 또한 퉁명스러웠다.

"나라고 해서 무슨 방법이 있겠소이까."

"이대로 가다가는 자칫 신월지야에 경비를 섰던 장수들과 병사들이 형장의 이슬로 사라질 수도 있습니다."

넓은 전장이었다면 모를까. 한 치 앞도 분간하기 어려운 짙은 어둠 속에서 뛰어난 무공을 익힌 자객들이 지형지물을 무기 삼아 침입해 오면 일반 병사들로서는 막아내기가 어려웠다. 그 사실을 누구보다 잘 알고 있었던 바얀은 냉엄한 눈빛으로 게사르를 노려보며 말했다.

“만약에 그런 일이 일어난다면 내가 대칸을 말릴 것이오.”

“사실은 공께 그 부탁을 드리기 위해 찾아왔습니다. 국사(國師)께서 말씀하시길 공이 아니면 대칸의 분노를 누그러뜨릴 수 있는 분이 없다고 하셨습니다.”

국사 팍파는 뛰어난 학식과 지혜를 지니고 있어 쿠빌라이 칸의 신임을 얻고 있는 라마승이었다. 라마승이 국사에 개입하는 것을 탐탁지 않게 여기고 있는 바얀도 그의 학식과 지혜만큼은 존경을 하고 있던 터였다.

“최선을 다한 장수들과 병사들의 죽음을 내 좌시하지는 않을 터이니 쓸데없는 걱정일랑은 접어두시오.”

“예, 알겠습니다. 그런데 뇌옥에 있는 자객의 정체는 밝혀졌습니까?”

“으음, 아직 아무런 소식이 없소. 안 그래도 뇌옥에 한번 들러볼 생각이었는데, 존자(尊者)도 바쁘지 않다면 나와 함께 가봅시다.”

“예, 뒤를 따르겠습니다.”

두 사람은 태양부의 정원 뒤편에 은밀히 자리를 하고 있는 철혈단의 지하 뇌옥으로 걸음을 옮겼다. 몇몇 사람들로부터 마옥(魔獄)이라는 무시무시한 별칭을 얻고 있는 지하 뇌옥은 바얀이 신월단의 위협에 대비해 철혈단을 조직하면서 만들어 놓은 곳이었다.

특수한 훈련을 받은 자객들을 심문하기 위해서는 일반인들을 상대로 하는 심문 방법을 쓸 수 없었다. 그에 걸맞은 특수한 방법이 필요했다. 특수한 방법이 무엇인가는 불문가지(不問可知). 대원제국 내에서 최고라 자부하는 고문(拷問)의 전문가들이 모두 모여 있는 곳이 바로 마옥이었다.

마옥으로 들어가는 두 사람을 반긴 것은 끔찍한 비명 소리였다.

"끄―아―아―악!"

지옥의 맨 밑바닥에 있다는 무간지옥(無間地獄)에서나 터져 나올 것 같은 무시무시한 비명 소리는 세인들로부터 달관의 경지에 이르렀다고 평가받고 있는 게사르의 온몸에 소름이 돋게 만들었다.

'저렇게 끔찍한 비명 소리라니? 내 생전에 이런 비명 소리를 들을지 몰랐구나.'

게사르는 자신도 모르게 식은땀을 흘리며 바얀의 얼굴을 곁눈질했다. 바얀은 이미 저 끔찍한 비명 소리에 만성이 되어 있는지 아무런 내색도 하지 않고 있었다. 하지만 게사르는 바얀의 미간이 조금 좁아져 있다는 사실을 발견할 수 있었다. 철혈의 장부인 바얀도 심적 동요가 있음이 분명했다.

'하기야 이런 비명 소리라면 그 누구인들 태연할 수 있겠는가. 정말로 자객이 얼마만한 고통을 겪고 있을지 짐작이 가

지 않는구나.'

　게사르가 알고 있기로 자객이 고문을 받기 시작한 지 한 달이 넘었다고 했다. 소름이 끼치지 않을 수 없었다. 비명 소리는 두 사람이 뇌옥의 고문실로 이동할 때까지 계속해서 이어졌다. 그런데 두 사람이 막 뇌옥의 고문실 앞에 도착했을 때였다. 이번에는 비명 소리 대신 커다란 웃음소리가 터져 나와 게사르를 깜짝 놀라게 만들었다.

　"크―하―하―하!"

　그것은 절대로 좋아서 터뜨리는 웃음이 아니었다. 그것은 인간의 한계를 넘어서는 크나큰 고통을 이겨내기 위해 내지르는 절규였다. 적을 대함에 있어 그 누구보다 냉정하다고 소문이 나 있는 홍교(紅敎)의 장교 게사르의 몸이 저절로 떨리기 시작했다.

　끼이익!

　철문이 열리며 드러난 광경은 인세의 지옥이었다. 온통 피와 오물로 뒤범벅이 되어 있는 열 평가량의 좁은 석실에서 쇠사슬에 매달려 공중에 들려 있는 혈인(血人)이 끊임없이 절규를 내지르고 있었다. 혈인. 혈인이 맞았다. 전신의 피부가 모조리 벗겨져 붉게 보이는 사람을 혈인이라는 말 이외에 달리 뭐라고 부를 수 있겠는가?

　그 혈인에게 달라붙어 불에 시뻘겋게 달군 인두를 들이대고 있는 고문 기술자 하나가 유난히 섬뜩하게 게사르의 눈을 파고들었다.

"으음."

침음성을 토하고 있던 게사르는 도저히 그 장면을 보고 있을 수가 없어 고개를 돌리고 말았다. 그런데 눈을 돌린 곳에도 기분을 불쾌하게 만드는 것들이 죽 진열되어 있었다. 피에 절어 있는 각종 고문 기구들이었다. 손톱, 발톱을 뽑는 기구들과 무엇에 쓰는지 짐작도 가지 않는 날카로운 금속 물체들. 모두 피에 절어 있는 것이 사용한 지 얼마 되지 않은 듯했다. 그리고 어울리지 않게 향긋한 약 냄새를 풍기고 있는 단지 하나도 보였다.

'약단지?'

게사르의 눈에 의혹의 빛이 떠오르는 것을 보았는지 바얀이 나지막한 목소리로 설명을 해주었다.

"만금을 주고도 구할 수 없다는 외상의 성약(聖藥) 묵룡철액(墨龍鐵液)이오. 저자가 죽지 않도록 상처를 치료하기 위해 쓰이는 것이오."

"그러면 고문을 하다가 치료를 하고, 치료를 하고 난 다음에 다시 고문을 한단 말씀입니까?"

"그렇소. 그런 고문을 무려 한 달간이나 지속해 왔소. 그런데도 저자의 입은 굳게 다물려 열리지가 않는구려."

"정말로 지독한 자로군요."

게사르가 혀를 내두르자, 바얀이 아무런 말 없이 침중한 눈빛으로 이제는 의식을 잃고 늘어져 있는 혈인을 쳐다봤다.

'지독한 정도가 아니지. 내 평생에 저런 자를 보게 될 줄은 몰랐으니까.'

혈인은 신월의 밤에 황궁과 서문을 침입했던 팔십삼 명의 자객들 중에서 유일하게 살아서 붙잡힌 인물이었다. 아니, 살아서 붙잡혔다고 하기에는 무리가 있었다. 그 당시 자객은 살아 있다고 보기 어려울 만큼 심한 부상을 입고 있었다. 그런 자객을 살리기 위해 투입된 영약(靈藥)이 실로 간단치가 않았다.

전설의 영약 삼왕(蔘王)이 통째로 자객의 몸속으로 녹아들어 가 육신을 떠나려는 혼백을 붙잡았고, 그 이름만으로도 가슴을 떨리게 하는 소림사의 지보(至寶) 대환단(大還丹)이 무려 세 알이나 투입되어 식어가던 자객의 심장을 다시 뛰게 만들었다. 그리고 고문으로 너덜너덜해진 그의 몸을 치료하기 위해 만금을 주고도 구할 수 없다는 묵룡철액이 매일같이 사용되었다.

실로 상상하지도 못할 엄청난 영약을 투입해 자객을 살려 낸 이유는 물론 정보를 얻기 위해서였다. 하지만 그렇게 살려 낸 자객의 입을 통해 얻어낸 정보는 아무것도 없었다.

"오늘도 알아낸 것은 없겠지?"

바얀의 부정적인 질문에 바짝 얼어 있던 고문 기술자가 무릎을 꿇으며 사정을 했다.

"살려주십시오! 저자는 인간이 아닙니다! 도저히 제 실력으로는……."

역시 예상했던 대로였다. 바얀은 고문 기술자를 싸늘한 눈빛으로 노려보고 있다가 골똘한 표정을 짓고 있는 게사르를 쳐다봤다. 돌아가자는 뜻이었다. 그때, 게사르가 조심스럽게 바얀에게 말을 건넸다.

"바얀 공, 한 달이나 고문을 버텨냈다면 더 이상 육체적인 고문은 의미가 없어 보입니다."

뭔가 생각이 있어 보이는 게사르의 말에 바얀이 즉각 반문했다.

"좋은 방법이 있겠소?"

"제게 무슨 방법이 있는 것은 아닙니다만, 도가(道家)의 문파 중에서 사람의 정신을 조종하는 비술(秘術)을 연구하는 문파가 있다는 말을 얼핏 들은 기억이 있어서……."

"좋은 충고요. 내 한번 고려해 보리다. 이만 돌아갑시다."

고문실이라는 것은 바얀과 같은 사람에게도 불쾌한 곳이었다. 바얀은 더 이상 고문실에 있고 싶지가 않아서 바로 발걸음을 돌려 버렸다. 게사르가 빠른 걸음으로 바얀을 따라왔

음은 물론이었다.

'사람의 정신을 조종하는 비술이라……. 나중에 무왕성에 연락을 넣어봐야겠구나.'

두 사람이 고문실을 빠져나가자 죽다가 살아난 고문 기술 자가 이빨을 갈며 묵룡철액을 혈인의 전신에 바르기 시작했 다.

"언제까지 입을 다물고 있을 수 있는지 두고 보자."

고문 기술자도 평생에 이런 독종은 처음이었다. 이제 자존 심은 문제가 아니었다. 자신 이전에 혈인을 고문하던 기술자 들이 어떻게 되었는지 잘 알고 있는 고문 기술자였다. 자신의 목숨을 건사하기 위해서는 반드시 혈인이 입을 열어야만 했 다.

"너와 나는 악연이다, 악연. 내가 살기 위해서는 네가 입을 열 수밖에 없어."

기다란 장침을 골라 든 고문 기술자는 묵룡철액의 신비한 효능에 의해 서서히 딱지가 앉고 있는 혈인을 칙칙한 눈빛으 로 노려봤다.

*　　　　*　　　　*

해가 바뀌고 나자 잠시 주춤했던 추위가 갑자기 기승을 부리기 시작했다. 그야말로 혹한(酷寒)이라 해야 할 그런 날씨의 연속이었다. 매서운 한파(寒波)가 몰아치기 이전에도 추웠던 북방 지역은 해가 바뀌면서 찾아온 한파에 바짝 얼어붙고 말았다.

북방 지역 사람들은 바깥출입을 아예 자제하고 따뜻한 아랫목에 이불을 덮고 누워서 이 매서운 한파가 빨리 지나가기만을 바랐다. 소오태산에서 빠져나오는 길목을 형식적으로 폐쇄하고 있던 병사들도 매서운 한파에 도망치듯 철수를 해버렸다.

덕분에 소오태산 근처에서는 사람을 보기가 하늘의 별 따기보다 더 어려워졌다. 하지만 언제나 예외는 있기 마련이었다. 이 혹한의 추위에도 불구하고 소오태산 심처의 계곡 속에는 웃통을 벗어젖힌 채 가부좌를 틀고 앉아 있는 사람이 있었다. 누가 보더라도 미친 짓임이 분명했지만, 희한하게도 그의 몸은 바짝 얼어 있는 것이 아니라 오히려 뜨겁게 달구어져 있었다.

"후웁! 후! 후웁! 후!"

천지일기공을 수련하고 있는 이자건의 호흡은 예전과는 사뭇 달라져 있었다. 들이쉬고 멈추고 내쉬는 호흡의 간격이 상당히 길어 자세히 살펴보지 않으면 숨을 쉬는지 쉬지 않는지 구분이 가지 않을 정도였다. 이자건의 변화는 겉으로 드러나는 호흡에만 있는 것이 아니었다. 이자건의 내부에는 귀가에 있을 때보다 두 배는 더 많은 양의 진기가 특유의 복잡한 경로에 따라 쏜살같이 흘러 다니고 있었다. 귀가를 떠난 이후로 단 하루도 거르지 않고 천지일기공의 수련에 매진한 덕분에 이루어낸 장족의 발전이었다.

마침내 운기행공을 마친 이자건의 얼굴에 흡족한 미소가 떠올랐다.

'생각보다 천지일기공의 진척이 더 빠르구나.'

하루가 다르게 통제할 수 있는 진기의 양이 늘어나고 있었다. 그 늘어나는 정도가 얼마나 많은지 매번 운기행공을 할 때마다 확연히 느낄 수 있을 정도였다. 이자건은 흡족한 마음에 자리를 박차고 일어나서 바위 위에 걸쳐 두었던 검을 집어 들었다.

스릉!

이제는 볼품이라고는 눈을 씻고 찾아봐도 찾을 수 없는 흉측한 검신이 모습을 드러냈다. 날이 숭숭 빠져 있고 녹까지 슬어 있는 검신은 한 번도 손질을 하지 않은 티가 역력했다. 실로 병기를 생명과 같이 중히 여기는 여타의 무인들이 보았다면 눈살을 찌푸릴 만한 모습이었다. 하지만 이자건은 아무렇지도 않은 듯 그 흉측한 검을 들고 천천히 휘둘렀다.

느릿느릿.

거북이에게 손이 있어 검을 잡고 휘두른다면 그런 모습일까? 이자건이 검을 휘두르는 동작은 하품이 나올 만큼 느렸다. 이상한 것은 그렇게 천천히 움직이고 있으면서도 검을 들고 있는 손이 떨리거나 자세가 흐트러지지 않고 있다는 것이었다. 이자건은 무슨 기계가 움직이듯 조금의 흔들림도 없이 도룡검법의 서른여섯 개 검로를 천천히 풀어나갔다.

그러던 어느 순간이었다. 정확한 동작으로 서른여섯 개의 검로를 모두 펼친 이자건의 움직임이 갑자기 눈에 보이지 않을 정도로 빨라졌다. 바로 도룡검법의 섬전결이었다.

팟! 팟! 팟! 팟!

섬뜩한 파공음과 함께 날카롭고 강력한 검광이 대기를 베고 지나갔다. 느리게 펼칠 때는 무려 한 시진이나 걸렸던 도룡검법의 서른여섯 개 검로가 이번에는 눈 깜짝할 사이에 모조리 펼쳐졌다. 그야말로 섬전이었다. 이자건의 검은 마치 공간을 격하고 나타나듯 이곳저곳에서 불쑥불쑥 튀어나왔다. 변화는 그것뿐이 아니었다. 너무도 빠른 검격이 미처 눈에 익기도 전, 또 다른 변화가 일어났다.

스윽!

분명히 아무런 소리도 들리지 않았다. 하지만 투명한 무언가가 불쑥 솟아나 이자건의 검신을 한 치나 더 길게 만들어 놓은 듯했다. 그것은 검기도 아니고 검강도 아니었다. 그것은 바로 대도의 외곽에서 박재현을 놀라게 했던 정체불명의 그 무엇이었다. 굳이 말하자면 천지일기 특유의 검기, 혹은 검강이라고 불러야 할 그 기운은 어느새 연환결의 검의에 따라 펼쳐지는 도룡검법에 의해 대기를 끊임없이 찢어발기고 있었다.

파파파팟!

'역시 예상대로야. 도룡검법을 몸에 완전히 익히면 되는 거였어.'

대도의 서문 근처에서 속보를 펼치면서 깨달았던 것은 사실이었다. 수련에 수련을 거듭하여 도룡검법을 완전히 몸에 익히자 진기를 도룡검법에 이용하는 것이 가능해졌다. 이자건이 무형검강(無形劍罡)이라는 거창한 이름을 붙여놓은 정체불명의 기운은 천지일기공을 운용해 도룡검법을 시전하려는 노력을 하는 과정에서 얻은 가외의 소득이었다. 가외로 얻은 소득치고는 너무도 가공할 위력을 지니고 있는 무형검강이었지만, 아직은 이자건도 무형검강의 진실한 위력을 모르고 있었다.

척!

이자건은 도룡검법의 연환결을 한 시진 동안 수련하고 검을 회수했다. 그사이 온 전신이 땀으로 흠뻑 젖어 있었다. 하지만 그런 격렬한 수련에도 불구하고 호흡은 크게 거칠어져

있지 않았다. 경인할 체력을 가지고 있는 이자건다운 모습이
었다.

"후—우!"

이자건은 길게 호흡을 한번 고르고는 겨울에도 얼지 않고
있는 물웅덩이에서 대충 땀을 씻어냈다. 따뜻한 아랫목에 몸
을 묻고 있는 사람들이 보았다면 기겁을 할 일이었지만, 환골
탈태를 한 데다가 천지일기공의 힘으로 몸을 지키고 있는 이
자건에게는 그다지 대수롭지 않은 일이었다.

수건으로 물기를 대충 닦아낸 이자건은 벗어놓은 웃옷을
걸치고 동굴 속으로 들어갔다. 아슈르가 떠난 다음부터 완전
히 방치해 놓은 동굴 속은 엉망진창이 되어 있었다. 동굴 속
은 이자건의 식량이 되어주었던 짐승들의 가죽, 불을 피우기
위해 모아놓은 나뭇가지들, 먹다가 버린 나무뿌리와 풀뿌리,
그리고 잠시 산을 내려가 구해온 몇 가지의 생필품 등이 뒤섞
여 본래의 모습을 완전히 잃고 있었다.

'이건 너무 지저분하잖아. 배를 채우는 것보다 청소가 먼
저야.'

이자건은 계곡에다가 불을 피워놓고, 동굴 속에 어질러져
있는 각종의 쓰레기들을 모조리 옮겨다가 불속에 집어넣었
다. 따로 신법을 수련할 필요도 없었다. 계곡의 바닥에서부터
삼 장 높이에 있는 동굴을 들락날락하는 것 자체가 신법의 수

련이었다. 지저분하게 어지럽혀져 있기는 했지만, 치울 것이 그렇게 많지는 않아서 청소는 순식간에 끝이 났다.

이자건은 훤해진 동굴 내부를 휘 둘러보다가 한쪽 구석에 고이 모셔놓은 건량을 찾아 허기를 채웠다. 일부러 산을 내려가서 구해온 건량은 고소하고 짭조름한 맛이 있을 뿐만 아니라 영양가가 높아 야인(野人)처럼 살아가는 이자건에게는 꼭 필요한 음식이었다. 아쉬운 것은 이제 양이 얼마 남지 않았다는 것이었다. 다시 사오든가 아니면 다른 먹을거리를 찾아야 했다. 하지만 이자건이 내린 결론은 다른 것이었다.

"이제 먹을 것도 다 떨어졌으니 그만 떠나야겠구나."

이자건이 허기를 채우러 왔다가 청소를 먼저 한 이유가 사실은 떠날 결심을 하고 있었기 때문이다. 사람이 떠난 자리가 깨끗하면 그 사람의 기억 속에 남아 있는 장소도 깨끗한 모습으로 남아 있는 법이었다.

허기를 채운 이자건은 다시 검을 빼어 들고 동굴 벽으로 다가갔다. 복잡하기 그지없는 풍운보의 도해가 이자건을 반겼다.

풍운보는 명칭 그대로 변화에 중점을 둔 운신법이었다. 얼마나 변화가 많은지 도해 속에 담겨 있는 그림의 숫자만 해도 무려 백팔 개에 달했다. 그리고 백팔 개의 그림 하나하나가 서로 연결되는 동작들로 이루어져 있어서 수련이 보통 어려운 것이 아니었다.

그동안의 뼈를 깎는 수련을 통해 얻은 성과가 고작 사성 정도였다. 당연히 천지일기공을 운용해 풍운보를 밟는다는 것은 아직 꿈도 꾸지 못하는 상황이었다. 하지만 그 미흡한 성취만으로도 이자건의 전체적인 운신법은 크게 발전해 있었다.

아슈르가 정성 들여 새겨놓은 풍운보의 도해는 예술품이었다. 지워 버리려고 하니 아까운 마음이 들어 선뜻 손이 나가지 않았다.

"하지만 어쩔 수 없지."

이미 내용만큼은 고스란히 머릿속에 간직되어 있었다. 동굴을 떠나는 마당에 무공의 도해를 그냥 남겨놓고 갈 수는 없었다.

스윽!

이자건은 무형검강을 이끌어내어 동굴에 그려진 도해를 지워 나갔다. 아슈르가 소수신공의 강기를 이용해 동굴의 벽에 풍운보의 도해를 남겼던 것과는 정반대의 현상이 일어났다. 이자건의 검극이 벽과 한 치나 떨어져 있음에도 불구하고 섬세하게 그려져 있던 글과 그림들이 거짓말처럼 사라져 버렸다. 불꽃도 없고 소리도 없었다. 동굴의 벽면이 마치 저절로 없어져 버리는 듯했다. 이자건도 동굴 벽이 너무 쉽게 깎여 나가자 고개를 갸웃거렸다.

"이 벽면이 이렇게 물렀던가?"

이자건은 무형검강을 거둬들이고 벽면을 만져 보았다. 손바닥에 느껴지는 느낌은 단단한 암석의 느낌 그 이상도 이하도 아니었다. 손가락으로 쿡쿡 찔러봐도 역시 마찬가지였다. 단단한 암석이 주는 압박감과 함께 찌르는 손가락만 아플 뿐이었다.

"이럴 리가 없는데 이상하네."

호기심을 참지 못한 이자건은 들고 있던 검을 벽에다 대고 냅다 휘둘러 보았다.

챙!

요란한 소음과 함께 가뜩이나 손질을 하지 않아 흉측하게 변해 있던 검극의 날이 왕창 나가 버렸다. 지극히 정상적인 현상이었다.

"으음."

단단한 검을 들고 단단한 석벽을 후려쳤으니 당연히 검병을 잡고 있는 손을 통해 상당한 충격이 밀려왔다. 이자건은 욱신거리는 손바닥을 쥐었다 폈다 하면서 벽면을 살펴보았다. 단단해 보이는 벽면이었지만 정련된 강철보다는 강하지 않았는지 반 치 정도의 흠집이 남아 있었다. 하지만 그것은 보통의 화강암이 보일 수 있는 정도의 흠집일 뿐이었다. 무르다고 생각했던 벽면은 오히려 어지간한 암석보다 더 강한 강도를 지니고 있었다.

"이거 참, 이해할 수가 없네."

호기심이 생기면 풀어야 했다. 이자건은 다시 천지일기라 이름 붙인 진기를 이끌어내어 검에 주입했다.

스윽!

눈에 보이지는 않았지만 투명한 무언가가 검극에 한 치 정도 솟아나는 느낌이 들었다. 이자건은 검을 들고 그대로 동굴 벽에다 대고 찔러 넣었다.

쑤욱!

"헛!"

이자건은 얼마나 놀랐는지 자신도 모르게 헛바람을 집어삼키고 말았다. 동시에 진기가 단전으로 되돌아가며 무형검강이 사라져 버렸다. 기가 막힌 일이었다. 눈앞에 보이는 현실은 이자건의 두 눈을 부릅뜨게 만들기에 충분했다. 이자건이 무심결에 밀어 넣은 곳까지 검이 동굴 벽에 틀어박혀 흔들거리고 있었다.

"아무런 저항감을 느끼지 못했는데 어떻게 이런 일이 일어날 수 있는 거지?"

하도 놀라 자문을 해보지만 답은 당연히 '모른다' 였다. 짐작이 가는 것이라고는 이러한 조화가 기억도 나지 않는 어린 시절에 먹었던 하얀색 구슬 때문에 벌어지는 현상이라는 것뿐이었다. 아니, 천지일기로 모습을 바꾼 하얀색 구슬의 힘 때문에 벌어지는 현상이라고 해야 정확한 표현일 것이다.

"조부님께서 알라무트에서 얻으신 황금색 상자가 도대체 무엇이기에?"

의문이 들지 않을 수 없었다. 하지만 이 역시 모르기는 마찬가지였다. 황금색 상자가 이자건에게 있었다면 어떻게 연구라도 해볼 텐데 지금은 그것조차도 없었다.

이자건은 한동안 멍하니 동굴 벽에 틀어박혀 흔들거리고 있는 검을 보고 있다가 고개를 젓고는 검을 뽑아 들려고 했다. 그런데 들어갈 때는 그렇게 쉽게 들어가던 검이 바위에 물렸는지 빠질 생각을 하지 않았다. 이자건은 어쩔 수 없이 다시 진기를 검에 주입했다. 아니나 다를까, 이번에는 검이 거짓말처럼 쉽게 빠져나와 버렸다.

"이건 도대체가……?"

천지일기의 신비는 어느 정도 무공에 대해 눈을 떠가고 있는 이자건으로서도 짐작조차 할 수 없었다. 하지만 천지일기의 신비가 상식의 저편에 있다고 해서 고민할 이유는 하나도 없었다.

"내가 세상에서 제일 강하고 날카로운 절대병기를 손에 넣었구나."

그야말로 절대병기였다. 단단한 바위를 아무런 느낌도 없이 깎아내고 뚫어버릴 수 있는 무시무시한 위력의 절대병기였다. 그런 절대병기를 얻었으니 기쁘지 않을 수 없었다. 놀람과 의문이 가라앉자 가슴 벅찬 기쁨이 밀려왔다. 이자건은 한동안 기쁨을 억누르지 못하고 있다가 박재현의 얼굴을 떠올리면서 주먹을 불끈 쥐었다.

"형님께서 나를 돕고 계시는 것이 분명해. 이제는 머뭇거릴 이유가 없어. 서둘러야겠어."

이자건은 빠른 속도로 풍운보의 도해를 지워 버리고는 동굴을 벗어났다. 몇 달 동안이나 보금자리가 되었던 곳을 떠나는 것이 조금은 아쉽게 여겨졌다. 이자건은 계곡 아래에서 잠시 동굴을 바라보고 있다가 이내 속보를 전개했다.

팟!

더욱 강력해진 천지일기의 힘을 기반으로 속보가 예전보다 훨씬 더 빠른 속도로 펼쳐졌다. 달라진 것은 속도만이 아니었다. 그전에는 빠르기만 하던 속보가 상당히 유연하고 부드럽게 변해 있었다. 이자건은 앞을 가로막고 있는 나무와 바위들을 어렵지 않게 돌아나가고, 높고 낮은 언덕과 계곡을 흔들림없이 통과했다. 새로 익히기 시작한 풍운보의 영향이었다.

풍운보를 남기고 떠나간 아슈르의 바람대로 이자건의 운

신법은 한 단계 이상 진보해 있었다. 비록 아직은 속보도 상승의 경지에 이르렀다고 하기에는 무리가 있었지만, 얼어붙어 있는 대기를 가르는 그의 몸놀림은 그간의 노력이 결코 헛되지 않았음을 여실히 증명해 주고 있었다.

*　　　*　　　*

게사르 존자의 의견을 일리있다고 판단한 바얀은 손수 장문의 편지를 써서 천하의 내로라하는 무인들이 모두 모여 있는 무왕성으로 보냈다. 무왕성은 몽골인인 절대무왕 카이잔의 영향으로 발족 당시부터 대원제국과 긴밀한 관계를 유지해 오고 있어서 협조 요청서를 보내는 것이 새삼스러운 일은 아니었다.

바얀이 보낸 서찰을 받고 태양부로 찾아온 사람이 바로 하늘조차 꺼려하는 환술의 스승 천기환사(天忌幻師) 여문탁(呂文卓)이었다. 여문탁은 진(晉)나라 때부터 내려오는 유서 깊은 도가의 명문 모산파(茅山派) 출신으로 무공과 환술을 접목해 그만의 경지를 개척해 나가고 있는 뛰어난 인물이었다. 무왕성을 실질적으로 이끌어 나가고 있는 사각 중 천기각(天忌閣)의 주인이기도 했다. 쉽게 움직일 수 있는 인물이 아니었다. 그런 인물이 직접 찾아왔으니 바얀이 흡족해하는 것은 당연했다.

바얀의 앞에는 하얗게 샌 머리카락에 불그스레한 얼굴을 지닌 노인이 앉아 있었다. 약간은 왜소한 체격이었으나 끝이 휜 매부리코와 벼린 비수처럼 날카롭게 번뜩이는 눈빛으로 인해 전체적인 인상은 강인해 보였다.

'과연 무왕성의 천기각주다운 풍모야.'

바얀은 미소를 지으며 치하의 말을 건넸다.

"서신을 보내놓고도 설마했는데 여 대협께서 직접 찾아와 주셨구려. 고맙소이다."

"대원제국 어사대부(御史大夫) 바얀 공께서 부르시는데 저 같은 강호의 필부(匹夫)가 어찌 거역을 할 수 있겠습니까? 사정이 있어서 서두르지 못한 것이 죄송스러울 따름입니다."

대원제국의 삼대 관청인 중서성(中書省), 추밀원(樞密院), 어사대(御史臺) 중 어사대의 책임자 어사대부가 바로 바얀이었다. 중서성과 추밀원을 황태자가 책임지고 있다는 것을 고려해 볼 때, 황제와 황태자를 제외한 최고의 권력자는 바얀이라고 할 수 있었다. 따라서 여문탁은 바얀을 만난 이후부터 계속해서 공손한 자세를 견지하고 있었다.

"여 대협이 그렇게 말씀해 주시니 내 모든 걱정이 다 사라지는 것 같구려. 차를 들며 말씀을 나눕시다."

바얀은 상당히 기분이 좋은지 손수 여문탁에게 차를 따라 주었다.

"감사합니다."

여문탁으로서는 실로 황송하기만 한 일이었다. 여문탁은 두 손으로 공손히 찻잔을 받쳐 들고는 심안공(心眼功)을 일으 켰다. 심안공은 정신의 영역을 확장시켜 눈에 보이지 않는 것 까지 볼 수 있게 하는 모산 비전의 정신 공부로, 상대의 역량 을 가늠해 보는 데 있어서 탁월한 효과가 있었다.

쪼르륵.

찻잔에 찻물이 부어지는 소리가 작게 실내에 퍼져 나갔다. 동시에 찻잔을 받쳐 들고 있던 여문탁의 두 손이 가늘게 떨렸 다.

'어, 엄청나구나. 설마 이 정도일 줄이야. 흡사 사자검 황 보승 그자를 보는 것 같구나.'

사자검 황보승은 절대무왕 카이잔을 호위하기 위해 만들 어진 호천단의 단주로 세상에 그 이름이 알려지지 않고 있는 자였다. 하지만 무왕성의 수뇌부 인물들만큼은 사자검 황보 승의 무공이 천하에 적수가 없다는 사실을 잘 알고 있었다. 황보승은 무왕성의 부성주이자 당대 천하구대고수의 제일인 자인 팽기평과의 비무에서 무승부를 기록한 절세의 고수였 다. 그런데 강호무림인도 아닌 바얀의 일신에 사자검 황보승을 연상시킬 정도의 기운이 어려 있으니 놀랍지 않을 수가 없었다.

여문탁의 놀람이 얼마나 큰지 모르는 바얀이 예의 그 미소를 지으며 잔잔한 어조로 대화를 재개했다.

"여 대협, 이번 일만 잘 해결되면 내 섭섭지 않게 보답을 하리다."

"보답이라니요? 그런 말씀은 거두어주십시오. 그런데 사람의 정신을 제압하는 비술이 필요하다고 하셨습니까?"

"그렇소. 꼭 입을 열게 해야 할 자가 하나 있는데, 그자의 입이 그야말로 만근의 바위보다 더 무거워 갖은 수를 다 써보았지만 열게 할 수가 없었소. 그래서 여 대협을 청한 것이오. 그자의 정신을 제압해 입을 열게 하는 일인데 가능하겠소?"

바얀의 말속에는 입을 다물고 있는 자에 대한 일말의 존경심마저 담겨 있었다. 실로 여문탁이 손을 써야 할 자가 어떤 자일지 짐작케 하는 일이었다. 적인 바얀에게까지 일말의 존경심을 불러일으키게 할 정도로 지독한 자라면 정신력이 보통 강한 자가 아닌 것이 분명했다. 여문탁은 신중한 표정으로 조심스럽게 입을 열었다.

"장담을 드릴 수는 없습니다."

"으음, 가능은 하지만 성공을 장담하지는 못하겠다는 말씀이오?"

"바로 그렇습니다. 제가 익히고 있는 섭혼대법(攝魂大法)은 정신을 제어하는 분야에 있어서 가장 뛰어난 술법이라고 자부할 수 있습니다. 하지만 섭혼대법의 성공 확률은 채 오 할이 되지 않습니다."

확실히 성공 확률이 오 할이라면 믿음을 가지기에는 무리가 있었다. 하지만 자객의 입을 열 수 있는 방법이 전무한 현재로서는 택할 수 있는 길이 하나밖에 없었다.

차를 마시며 생각에 잠겨 있던 바얀이 이내 마음의 결정을 내린 듯 찻잔을 탁 소리가 나도록 내려놓으며 질문을 던졌다.

"실패를 하면 어떻게 되는 것이오?"

"섭혼대법이 실패하면 피시술자는 죽거나 실혼인(失魂人)이 되어버립니다."

생전 처음 듣는 단어에 바얀이 약간 의아한 표정을 지으며 반문했다.

"실혼인이라면 넋을 잃어버린 사람을 말하는 것이오?"

"그렇습니다. 실혼인은 넋을 잃어버린 사람, 생각을 할 수 없는 사람, 마음이 없는 사람을 뜻하는 말입니다."

"신체는 살아 있으되 정신은 죽어 있다? 그런 사람이라면 살아 있는 사람이라고 부르기 어렵겠구려."

"제 생각도 그렇습니다. 다만 살아 있다는 기준을 어디에 두느냐에 따라 달라질 수는 있겠지요."

"좋소. 더 이상 고민할 필요가 없겠소. 비록 실패를 한다고 하더라도 여 대협에게는 내 나름의 성의를 표시하겠으니 수고를 좀 해주시오."

실패를 두려워하지 않으면 세상천지에 못할 일이 없다. 바얀이 실패를 추궁하지 않고 오히려 보상을 하겠다는 뜻을 비치자 여문탁의 얼굴에 강한 자신감이 떠올랐다.

"실망을 시켜 드리지 않도록 최선의 노력을 다하겠습니다."

마옥의 고문실에 갇혀 있는 자객은 정말로 신비한 존재였다. 여문탁은 자객을 살펴보다가 세 번을 크게 놀라고 말았다.

"이런 몸으로 아직까지 살아 있다니 도저히 믿을 수가 없구나!"

마옥에서 자객을 처음 본 여문탁이 자신도 모르게 터뜨린 감탄의 말이었다. 자객은 그야말로 살아 있는 것이 신기할 정도로 망가져 있었다. 손발톱이 모조리 빠져 있는 것은 기본이었고, 전신의 뼈마디와 근육이 마치 해부라도 해놓은 것처럼 철저히 부서지고 찢겨져 있었다. 그럼에도 불구하고 자객은 살아 있었고, 살아 있음을 여실히 증명하고 있었다. 그것이 바로 여문탁을 두 번째로 놀라게 한 것이었다.

죽어도 열 번은 죽었어야 할 몸으로 자객은 시퍼런 안광을 줄기줄기 뿜어내고 있었다. 철판이라도 당장에 꿰뚫어 버릴 것 같은 강렬한 눈빛. 흡사 지옥의 사신(死神)을 연상케 하는 무서운 눈빛이었다. 오죽하면 천하의 천기환사 여문탁이 자객의 눈빛을 마주 보지 못하고 고개를 돌렸을까. 자객은 범인으로서는 상상도 하지 못할 강인한 정신력의 소유자임이 분명했다. 하기야 그런 정신력이 있었으니 지옥 같은 고문을 두 달이나 버텨낼 수 있었을 것이다. 여문탁은 자객의 시선을 피해 고개를 돌리고 있다가 내심 중얼거렸다.

'쉽지는 않겠어.'

여문탁을 세 번째로 놀라게 한 것은 자객의 내부에서 꿈틀거리고 있는 내공과 잠력이었다. 자객은 본래부터 상당한 내공의 고수였는지 단전에 금제되어 있는 내공의 힘이 장난이 아니었다. 일반적인 자객과는 차원을 달리하는 자였다. 거기에다 천하구대고수를 바라보고 있는 여문탁이 부러움에 침을 삼킬 만큼 거대한 잠력이 자객의 내부에서 꿈틀거리고 있었다. 자객을 살리기 위해 투입되었다던 삼왕과 대환단, 그리고 묵룡철액의 약력이 뭉쳐 있는 것이 분명했다.

'만약 이 거대한 잠력을 모조리 내공으로 승화시킨다면……?'

생각만 해도 아찔했다. 최소한 사자검 황보승 정도의 절세고수가 아니라면 잠력을 내공으로 모두 승화시킨 자객을 상대할 수 없을 것 같았다. 하지만 자객은 영어(囹圄)의 몸이었고, 죽기 전에는 마옥을 빠져나갈 수 없는 운명이었다.

"흐음, 좋은 승부가 되겠어. 누가 이기나 한번 겨루어보도록 하자. 나는 여문탁이라고 한다."

자객의 형형한 눈빛에 의문의 빛이 떠올랐다. 여문탁의 행태가 기존의 고문 기술자들과는 완전히 달랐던 것이다. 그러나 자객의 굳게 닫힌 입에서는 여전히 아무런 말도 흘러나오지 않았다.

그런 자객을 여문탁이 유심히 지켜보고 있다가 서서히 몸을 돌리며 말했다.

"내일 보도록 하자."

섭혼대법을 시술하기 위해서는 부적(符籍), 초, 향로, 침(針) 등과 같은 도구들을 준비해야 했다.

여문탁이 고문실 밖으로 나오자, 북천일마 모용진이 초조한 표정으로 기다리고 있다가 말을 걸어왔다.

"여 대협의 섭혼대법이 정신을 제압하는 비술이라 들었습니다. 그런데 저자의 정신력이 보통 강한 것이 아니라서 걱정이 되는군요. 어떻습니까? 저자의 입을 여는 것이 가능하겠습니까?"

여문탁을 존중하는 의미에서 스스로 안내를 자처하고 있

는 모용진이었다. 천하구대고수의 일인인 모용진이 그렇게까지 대접을 해주는데 고마운 마음이 들지 않을 수 없었다. 여문탁은 즉시 예의를 갖추어 모용진의 말을 받았다.

"모용 대협께서 걱정하시는 것이 무엇인지 잘 알고 있습니다. 그러나 현재로서는 제가 드릴 수 있는 말씀이 없습니다. 죄송합니다."

한마디로 예측이 불가능하다는 말이었다.

"그렇군요. 혹시 도움이 필요하면 말씀만 하십시오. 바얀공께서 여 대협을 적극 지원하라는 명령을 내려놓으셨습니다."

모용진은 실로 보통 인물이 아니었다. 그 무공은 둘째로 치더라도 사람을 대하는 것이 여간 정성스러운 것이 아니었다. 대인관계가 좋을 수밖에 없는 인물이었다. 거기에다 명색이 황궁의 비밀 세력이라는 철혈단의 단주가 아닌가.

여문탁은 모용진의 호의에 모용진보다 더욱 부드러운 표정으로 감사를 표시했다.

"이렇게 신경을 써주서서 감사합니다. 앞으로도 많이 도와주십시오."

"예, 이만 나갑시다."

바얀과 모용진의 극진한 대접을 받은 여문탁은 다음날 아

침 일찍부터 고문실에 들러 제단을 차리기 시작했다. 물론 여
문탁이 한 일이라고는 그저 동원된 간수들을 지시하는 것이
다였다.

"다 했습니다."

"수고했다."

여문탁은 제단이 다 차려지자 미리 구해놓은 닭의 피로 진
법을 그려놓고, 밤사이 지독한 고문을 받아 의식을 잃고 있는
자객의 머리에 스물네 개의 금침을 박아 넣었다.

"크윽!"

세 치 길이의 침들이 머리에 박혀 들어가자 의식을 잃고 늘
어져 있던 자객이 비명을 지르며 두 눈을 번쩍 떴다. 핏발이
곤두서 있는 두 눈에서 예의 소름 끼치도록 무서운 안광이 번
뜩였다.

"이것도 다 너의 운명이니 행여 나를 원망할 생각일랑은
하지도 마라."

아무리 마음을 모질게 먹어도 마주칠 엄두가 나지 않는 무
서운 안광이었다. 여문탁은 께름칙한 마음에 책임을 회피하
는 말을 먼저 던지고는 이내 자객의 백회혈에 오른손을 올려
놓고 주문을 외기 시작했다. 동시에 닭의 피로 그려진 진에서
회색빛 안개 같은 기운이 솟아 나와 여문탁의 손을 타고 자객
의 백회혈로 흘러들었다.

"헉!"

헛바람 집어삼키는 소리와 함께 시퍼런 안광을 뿜어내던 자객의 눈이 서서히 회색빛으로 물들어가기 시작했다.

*　　　*　　　*

소오태산을 봉쇄하고 있던 병사들과 철혈단의 무사들은 모조리 철수를 해버렸는지 흔적조차 없었다. 덕분에 거리낄 것이 없어진 이자건은 속보를 전개해 거침없이 대도가 있는 방향으로 달려갔다. 이자건이 걸음을 멈춘 곳은 일반인의 걸음으로 서문을 반나절 정도 앞둔 곳에 있는 객잔이었다.

"여기에서 대도로 들어갈 준비를 해야겠구나."

이제 세상 물정에 대해 상당히 눈을 뜬 이자건이었다. 초라한 행색으로 서문을 통과하고자 했다가는 잡혀갈 수도 있다는 사실을 잘 알고 있었다. 그래서 객잔에 묵으면서 소위 말하는 때 빼고 광내는 작업을 열심히 했다. 물론 백련정강(百鍊精鋼)의 장검을 새로 구입하는 것도 잊어버리지 않았다. 수중에 적잖은 돈이 있었으니 흉측한 검을 계속해서 들고 다닐 이유가 없었다.

서문을 지키고 서 있던 수문병들이 마치 천장과 같은 기품을 뿜어내고 있는 이자건이 다가오자 다른 백성들을 대할 때와는 사뭇 다른 공손한 어조로 질문을 했다.

"어디에서 오시는 길입니까?"

이미 박재현과 같이 여행을 하면서 겪어보았던 상황이다. 이자건은 싸늘한 눈빛으로 맡은 바 직무를 열심히 수행하고 있는 병사를 노려보았다.

"너희들이 그걸 알아서 무엇 하려고?"

"저희들의 임무가 그것인지라……."

"흠, 임무가 그렇다? 좋다. 나는 동승(東勝)에서 오는 길이니라. 이제 다 물어보았으면 어서 길을 열거라."

하늘 높은 줄 모르는 명문 귀족가의 자제들이 보이는 전형적인 행태였다. 수문병은 이자건의 신분을 물어보기 위해 입을 열려고 하다가 옆에 있는 다른 수문병의 눈치를 받고는 즉시 고개를 조아렸다.

"죄송합니다. 어서 들어가십시오."

"술이나 한잔 받아 마시도록 해라. 임무에 충실한 모습이 보기 좋아서 주는 것이다."

이자건이 품속에서 은 한 냥을 꺼내어 수문병들에게 던져주자 검문을 하고 있던 수문병사 네 명이 일제히 앞으로 엎어졌다.

"어이쿠, 감사합니다."

"살펴 가십시오."

확실히 대도의 경계망은 많이 느슨해져 있었다. 이자건의 옷차림을 보고도 막는 것을 보면 병사들의 군기가 제법 빠릿빠릿했으나, 결국은 신분도 물어보지 않고 통과시켜 주었다. 신월지야 이전과 비교해서 별 차이가 없는 모습이었다.

'사람들은 망각의 동물이라고 하더니 그 말이 사실이었구나.'

예상보다 쉽게 서문을 통과한 이자건은 서둘러 걸음을 옮겼다. 목표는 귀가가 아니라 개방의 대도 분타였다.

은인인 이자건이 찾아오자 분타주 황개가 신법까지 전개해 산신묘 밖으로 뛰쳐나왔다. 아껴 쓴 덕분에 이자건이 악불패를 통해서 건네준 돈이 아직도 남아 있는 상태였다. 황개의 입장에서는 이자건의 방문이 보살(菩薩)의 방문이나 마찬가지였다.

"공자, 어서 오십시오."

황개가 허리를 거의 구십도로 굽히자, 이자건이 놀란 표정을 지으며 급히 황개를 부축해 일으켰다.

"연세도 많으신 분이 어찌 그러십니까? 편하게 대해주십시오. 그나저나 몇 달 만에 뵙는군요. 그동안 잘 계셨습니까?"

"저희 같은 거지야 잘 지내고 말고 할 것이 어디 있겠습니까? 그저 죽지 못해 사는 거지요. 그보다 공자의 신수가 더욱 훤해지셨습니다."

 개방의 분타주는 나이만 많다고 해서 되는 것이 아니었다. 어느 정도의 안목과 식견이 필요한 자리였다. 그런 면에서 황개는 분타주의 직위가 어울리는 사람이었다. 황개는 이자건이 자신을 부축하는 움직임을 보고는 단번에 이자건의 무공 정도를 파악해 버렸다.

 '지난 몇 달 사이 이 공자의 무공이 크게 늘어났구나. 그런 자연스러운 움직임이라니. 소방주보다 최소한 한 단계 이상의 실력임이 분명해.'

 개방의 분타주로서 소방주 악불패와 비슷한 나이의 외인이 소방주보다 더 뛰어난 실력이라면 질투가 나야 정상이었다. 하지만 이자건은 굶어 죽어가는 대도 분타의 거지들을 살려준 큰 은인이었다. 황개는 이자건의 무공이 크게 증진한 것을 마치 자신의 일인 양 기뻐했다.

 '어떤 식으로 축하를 해줘야 기분이 나쁘지 않을까?'

 원래 강호의 무인들은 자신의 실력을 일정 수준까지는 숨기려고 애를 썼다. 그렇게 숨겨놓은 능력이 크면 클수록 험난한 강호에서 살아날 확률이 높았던 것이다. 그래서 황개는 이자건의 무공이 크게 늘어난 사실을 알고 있으면서도 쉽게 축하를 해주지 못하고 적당한 축하의 말을 찾기 위해 궁리를 했다.

황개가 머리를 굴리고 있는 사이, 이자건이 쑥스러운 기색으로 겸양의 말을 했다.

"노력을 조금 하기는 했습니다만, 칭찬을 받을 정도는 아닙니다."

역시 겸손한 사람은 보기가 좋았다. 황개는 더욱 흐뭇한 표정으로 이자건을 지켜보고 있다가 문득 의아한 표정으로 질문을 던졌다.

"그런데 박 대협은 어딜 가셨습니까?"

"…형님에 관한 이야기는 나중에 기회를 봐서 말씀드리겠습니다."

평범한 질문에 어렵게 대답을 하는 이자건이었다. 황개는 뭔가가 이상하다는 것을 눈치 채고 재빨리 말을 돌렸다.

"알겠습니다. 그런데 이 공자님께서 이 누추한 곳까지 어인 일이십니까?"

"실은 분타주님께 여쭤볼 것이 있어서 이렇게 찾아왔습니다."

다른 것은 몰라도 대도 내의 사정에 관해서 황개의 눈을 피해갈 수 있는 것은 없었다. 황개는 어색한 분위기도 없앨 겸해서 너털웃음을 터뜨리며 말했다.

"허허, 무엇이든지 물어만 보십시오. 성심성의껏 대답해 드리겠습니다."

"예, 전날에 황궁을 침입했던 자객들이 어떻게 되었는지 알 수 있겠습니까?"

이자건의 질문이 떨어지자마자 황개의 눈이 주위를 빠르게 훑었다. 아니나 다를까, 분타의 거지들이 모두 두 사람의 대화에 귀를 기울이고 있었다. 황개는 초조한 기색이 역력한 이자건의 얼굴을 보면서 짐짓 아무렇지도 않은 듯 미소를 지으며 말했다.

"이 공자, 바람이라도 쐬면서 이야기를 하십시다."

그제야 이자건도 주위에 귀가 많은 것을 알아차렸는지 얼굴을 슬쩍 붉히며 고개를 끄덕였다.

"예."

황개는 이자건을 밖으로 안내하면서 빠르게 머리를 굴렸다.

'이 공자와 박 대협이 대도를 떠난 시점이 워낙 미묘해 의심을 했었는데 역시 내 짐작이 맞았구나.'

황개가 걸음을 옮겨 간 곳은 대도 분타에서 상당히 멀리 떨어진 깊은 산중이었다. 날씨가 너무 추워 오래 이야기를 나눌 만한 환경은 아니었지만, 은밀한 이야기를 나누려면 사람의 귀를 피해야 했다. 황개는 주위에 인기척이 없음을 몇 번이나 확인한 다음에야 차분한 어조로 이자건의 질문에 대답을 했다.

"황궁을 침입했던 자객은 모두 마흔한 명이었습니다. 그리고 그 자객들 중에 두 명이 탈출에 성공했습니다."

"제가 알고 싶은 것은 그날 탈출에 성공하지 못한 자객들에 관한 것입니다. 그 자객들이 어찌 되었는지 알 수는 없겠습니까?"

황개는 이자건의 질문에 대답을 하기보다는 오히려 반문을 던졌다.

"이 공자는 탈출에 성공하지 못한 자객들이 어찌 되었을 것이라고 생각하십니까?"

"으음."

이자건이 아무런 대답도 못하고 침음성만을 토하자 황개가 다시 한 번 주위를 둘러보면서 고개를 끄덕였다.

"이 공자의 짐작이 맞습니다. 나머지 자객들은 모두 죽임을 당했습니다."

뻔히 짐작하고 있는 일이었음에도 불구하고 이자건은 숨이 콱 막히는 충격에 한동안 말문을 열지 못했다. 그저 멍하니 황개의 얼굴을 바라보는 것이 다였다. 그렇게 일다경의 시간이 지난 후에야 간신히 정신을 추스른 이자건이 떨리는 음성으로 재차 질문을 하였다.

"그… 그들의 시신은 어떻게 되었는지… 아십니까?"

"독단을 먹고 자결한 자객들의 시체는 모두 화장을 했고,

병장기에 죽임을 당한 자객들의 시체는 개밥이 되었을 확률
이 높습니다.”

뿌드득!

이자건은 자신도 모르게 이빨을 갈아붙이고 말았다. 사람
의 시체를 어찌 짐승의 먹이로 줄 수 있단 말인가? 아무리 큰
죄를 지은 사람이라 하더라도 시체를 훼손해서는 안 되는 일
이었다. 가슴속에서 참을 수 없는 극심한 분노가 치밀어 올랐
다.

“지금 개밥이라고 하셨습니까?”

이자건의 두 눈에서는 서슬 푸른 살기가 뿜어져 나오고 있
었다. 물론 황개를 향한 살기는 아니었다.

‘확실히 자객들과 밀접한 관계가 있구나. 큰 충격을 받은
것 같은데 어찌한다? 에라, 모르겠다. 어차피 알게 될 사실인
데, 내가 아는 것을 모두 말해주는 것이 나중을 위해서도 좋
겠지.’

황개는 마음을 독하게 먹고 단호한 어조로 말문을 열었다.

“정확한 것은 나도 모르겠습니다. 작년에 황궁을 침입했던
자객들의 시체가 모두 개밥이 되었다는 것은 확실하지만, 이
번에는 어떻게 되었는지 확실치가 않습니다. 예년에 그렇게
했으니 올해도 그렇지 않을까 하는 추측만 가능할 뿐이지
요.”

"으음."

이자건의 살기가 순식간에 수그러들었다. 분노보다는 자객들 중의 누군가에 대한 걱정이 훨씬 더 큰 것 같았다. 황개는 안타까운 마음에 자신만이 알고 있는 미확인 소문에 대한 이야기를 슬쩍 언급하였다.

"믿을 수는 없지만, 자객 중의 하나가 사로잡혔다는 소문도 있습니다."

황개의 말이 떨어지기가 무섭게 이자건이 마치 다그치듯이 연이어 질문했다.

"분타주님은 어떻게 생각하십니까? 과연 사로잡힌 자객이 있겠습니까?"

"만약 사로잡힌 자객이 있었다면 무슨 일이 일어나도 크게 일어났을 겁니다. 원나라 황제가 대범하다고 소문이 나 있지만, 잔인할 때는 그 누구보다 잔인한 사람입니다. 그런데 지금까지 황궁에 자객을 침입시킨 죄로 응징을 받은 사람이나 단체는 없었습니다."

사로잡힌 자객이 있다는 소문이 헛소문일 확률이 높다는 말이었다. 이자건이 길게 한숨을 내쉬었다.

"휴우."

"이 공자에게 무슨 걱정이 있어 한숨을 쉬는지는 모르겠습니다만, 젊은 사람이 어찌 한숨을 내쉽니까? 박 대협이 여기

에 계셨더라면 이 공자가 한숨을 쉬는 것을 보고 크게 나무라
셨을 겁니다."

이자건의 속내를 뻔히 짐작하고 있으면서도 모르는 척 충
고를 하는 황개였다. 하지만 이자건은 힘없는 표정으로 멍하
니 땅만 바라보고 있었다.

'이런, 정말로 상심이 큰가 보네. 이거 곤란한데……'

젊은 사람이 침통한 표정을 짓고 있는 모습은 정말로 보기
좋은 모습이 아니었다. 황개는 이자건의 관심을 다른 곳으로
돌리기 위해 질문을 던졌다.

"이 공자, 앞으로 어떻게 하실 생각이십니까?"

"……"

"이 공자!"

"죄송합니다. 제게 무슨 말씀을 하셨습니까?"

평소 빠릿빠릿하던 이자건과 지금의 이자건은 너무도 달
랐다. 황개의 입에서 절로 탄식이 터져 나왔다.

"허! 앞으로 어떻게 하실 생각이시냐고 물었습니다."

"아!"

지나간 일은 지나간 일이었다. 이제는 박재현을 잊고 복수
만을 생각할 때였다. 그러나 황개가 말한 미확인 소문이 자꾸
만 마음에 걸렸다. 이자건은 한동안 곰곰이 생각에 잠겨 있다
가 자신의 결정을 이야기했다.

"저는 당분간 집에 있으면서 분타주님이 말씀하신 그 내용을 조금 더 알아보려고 합니다."

"그 이야기는 내가 계속 알아봐 드리겠습니다. 그건 그렇고, 지금 귀가에 돌아가시면 거지 두 명이 살고 있을 겁니다. 그들은 바로……."

황개는 자객들이 야밤에 황궁과 서문을 침입했다는 소식을 듣자마자 거지 두 명을 이자건과 박재현으로 분장—깨끗하게 씻기고 좋은 옷을 입히는 정도—시켜 귀가에 살게 했다. 두 의형제가 귀가를 떠난 시점이 워낙 미묘해 애꿎은 피해(?)를 입을 가능성이 높다고 판단했기 때문이다. 이웃이 두 의형제에 대해서 자세히 알고 있다면 큰일이 날 일이었지만, 다행히 귀가가 워낙에 주변 사람들로부터 경원시되던 곳이라 거지들이 그렇게 분장을 하고 살아도 알아보는 사람은 아무도 없었다. 신월지야 이후로 대도의 모든 집을 샅샅이 수색했던 병사들 또한 마찬가지였다.

"…그러니 오해없으시길 바랍니다."

황개의 조금은 긴 설명이 끝났지만, 이자건의 머릿속에 남아 있는 말은 사로잡힌 자객에 대한 이야기를 계속 알아봐 주겠다고 한 말뿐이었다. 이자건이 발이 부르트도록 돌아다니면서 정보를 수집해 봐야 황개가 가만히 앉아서 얻는 정보보다 못할 것이 뻔했다. 그런 사람이 일부러 나서서 알아봐 주겠다고 하는데 거절할 까닭이 없었다. 아니, 거절하기는커녕 이자건은 황개의 두 손을 꼭 움켜쥐면서 다른 말을 하지 못하도록 못을 박아버렸다.

"분타주님, 약속하신 겁니다? 사로잡힌 자객에 대한 소문을 꼭 알아봐 주신다고 약속을 하신 겁니다?"

"허허, 이 황개가 비록 거지라고는 하나 한입으로 두말하는 사람은 아닙니다. 그 문제는 나에게 믿고 맡기셔도 됩니다. 다만 앞서도 말했다시피 소문은 소문일 뿐이니 기대는 하지 않는 것이 좋을 겁니다."

맞는 말이었다. 소문을 믿었다가는 큰 실망을 할 수도 있었다. 하지만 이자건에게는 소문이 최후의 보루나 마찬가지였다.

'아니 땐 굴뚝에 연기가 날 리 없잖아?'

황개와 헤어진 이자건은 한가닥 실낱같은 희망을 가지고 귀가로 발걸음을 돌렸다.

거지들이 얼마나 열심히 청소를 하고 보살펴 놓았는지 귀가는 이자건이 떠날 때보다 더 깨끗했다. 이자건이 챙기지 못한 옷 보따리와 조부가 남겨주신 귀물들을 싸놓은 보따리 또한 이자건의 방에 있는 장롱 속에 그대로 보관이 되어 있었다. 장롱은 열어보았어도 보따리는 풀어보지 않았음이 분명했다. 고마운 마음이 들지 않을 수 없었다.

"그동안 고생이 많으셨습니다. 이건 제 성의 표시입니다."

이자건이 인사를 하면서 내민 주머니에는 각각 은 열 냥씩이 들어 있었다. 이자건과 박재현으로 분장하고 있던 거지 둘이 동시에 엎어졌다.

"어이쿠, 당연히 해야 할 일을 했을 뿐입니다요. 그렇지만 주시겠다면……."

"잘 먹고 잘 지내다가 돈까지 받아가다니요? 이러시면……. 그런데 분타주님께는……."

구걸로 연명하는 거지들이 주는 돈을 마다할 이유가 없었다. 거지들은 누가 볼까 연신 주위를 둘러보며 잽싸게 돈주머니를 챙겨 넣었다.

"황개 분타주님께는 비밀로 하겠습니다. 걱정하지 마십시오."

다시 한 번 거지들의 허리가 직각으로 꺾였다.

"이 공자님은 참말로 보살이십니다요."

"복받으실 겁니다요. 그런데 한참 전부터 이 공자님을 찾는 분이 있었습니다요."

예상치 못했던 이야기에 이자건이 반문했다.

"저를 찾는 사람이라고요?"

"예. 관부의 사람은 아닌 듯했고, 며칠에 한 번 꼴로 찾아와서는 이 공자님이 돌아오셨는지 물어보고 가는 사람이 있었습니다요."

세상에 나와 사람들과 친분을 쌓은 경험이 거의 없는 이자건이었다. 찾아올 사람이라고 해봐야 악불패, 서문하, 아슈르 정도가 다였다.

"혹시 젊은 여자 분이었습니까?"

"아닙니다요. 노인이라고 하기에는 젊고, 중년이라고 하기에는 늙은 그런 남자 분이셨습니다요. 또 찾아온다고 했으니 조만간에 만나보실 수 있을 겁니다요. 그리고 팔이 하나밖에 없는 분이니 쉽게 알아보실 수 있을 겁니다요."

"예, 가르쳐 주셔서 감사합니다."

"그럼 저희들은 이만 분타로 복귀하겠습니다요. 필요하면 언제든지 불러주십시오."

거지들은 품속에 챙겨 넣은 거금을 생각하고 있는지 희희낙락하면서 귀가를 떠났다.

"사십대 후반이나 오십대 초반 정도의 외팔이 남자? 뭐… 나중에 만나보면 알겠지."

의아한 생각이 들었지만, 관부의 사람만 아니라면 문젯거리는 아니었다. 서문하나 아슈르와 관련된 자가 찾아오면 반갑게 맞으면 되는 것이고, 청림촌에서 혈사를 저질렀던 악마들과 관련된 자가 찾아오면 싸우면 되는 것이었다. 이자건은 더 이상 고민하지 않고 본채로 들어갔다.

*　　　*　　　*

　도인, 혹은 도사라 부르는 사람들 중에는 사도(邪道)에 빠지는 자들이 적잖이 있었다. 도(道)라는 것이 워낙 뜬구름 같은 것이라 심지가 굳지 못한 자들은 수행을 하다가 심마의 유혹을 이기지 못하는 경우가 종종 있었다. 이러한 경향은 엄격한 출가수행만을 인정하는 도가의 명문 모산파라고 해서 예외는 아니었다.

　사도에 빠진 모산파의 한 도인이 악령(惡靈)을 제압하기 위해 창안된 비술 제령대법(制靈大法)을 멀쩡히 살아 있는 사람에게 시술할 수 있도록 변형시켜 버린 일이 발생했다. 그것이 바로 피시술자의 심령(心靈)을 제압해 시술자의 종으로 만들어 버리는 악독한 대법 섭혼대법의 탄생이었다. 당연히 모산파에서는 그 도인의 도적을 파버리고 뇌옥에 가두었다. 섭혼대법과 관련한 모든 서적이 불태워졌음은 물론이었다.

　여문탁은 타고난 천재성으로 인해 모산파에 입문한 지 오래지 않아 차기 종사(宗師)감으로 큰 기대를 받았다. 하지만 여문탁의 천성은 세속적인 욕망에 너무 약해 도사의 신분이 어울리지 않았다. 여문탁이 치성을 드리러 온 여신도와 눈이 맞은 것은 어쩌면 당연한 일이었는지도 모른다. 결국, 신성한 사당에서 색계를 범한 여문탁은 오 년 동안 뇌옥에 갇혀 있다가 결국은 파문당하고 말았다. 그리고 이십 년의 세월이 흐른 뒤 강호에 사공(邪功) 섭혼대법을 익힌 천기환사가 등장했다.

평생을 전장에서 떠돌며 현세의 지옥을 수십 년 동안 온몸으로 체험한 자객이었다. 그 어떠한 고문도 능히 막아낼 자신이 있었다. 하지만 자객의 자신감은 섭혼대법이 시술됨과 동시에 무너져 버리고 말았다.

여문탁이 시술한 섭혼대법은 이제까지 자객이 받았던 고문과는 차원을 달리하는 것이었다. 이제까지의 고문이 자객의 육체를 공격해 정신을 허물고자 하는 것이었다면, 섭혼대법은 정신을 직접적으로 공격하는 것이었다. 그리고 자객은 모르고 있었지만, 그의 정신은 깨어지기 쉬운 유리잔과 같은 상태였다. 현세의 지옥을 경험하면서 그의 육체와 정신을 둘러싸고 있는 껍질은 극도로 강화되었지만, 그 하나의 껍질 속에는 휴식과 안정을 필요로 하는 극도로 지친 영혼이 있었다. 사악한 섭혼대법은 바로 그 약점을 파고들었다.

수십, 수백 가지의 끔찍한 고문을 모조리 이겨냈던 강인한 의지가 서서히 섭혼대법에 무너져 갔다.

'이건… 이건 도저히… 이겨낼 수가 없어.'

섭혼대법은 강요를 하지 않았다. 그저 쉬고 싶어하는 자객에게 편한 자리를 깔아줄 뿐이었다. 다독여 줄 뿐이었다. 차라리 고통이라도 있었으면 독한 마음을 품을 수도 있었을 텐데, 섭혼대법은 그저 자객에게 아름다운 산, 금강산의 봄을 보여줄 뿐이었다. 그 속에서 편하게 잠을 자라고 속삭일 뿐이었다.

아름다운 꽃과 나비, 그 위로 날아다니는 새와 벌, 자객은 봄꽃이 가득한 금강산에서 오수(午睡)를 즐기고 싶었다. 점점 졸음이 밀려오기 시작했다.

'모두… 환상이야. 사실이… 아니야. 이겨내야 해. 이겨내야 해.'

자객은 점점 흐려져 가는 이성을 일깨우려고 갖은 애를 다 썼다. 만일 자객이 신분을 밝히면 애꿎은 조국의 백성들이 큰 피해를 볼지도 몰랐다. 가장 아끼고 사랑하는 의동생에게 큰 화가 미칠 수도 있었다. 무슨 일이 있어도 이겨내야만 했다. 하지만 그런 결심을 하는 와중에 자객은 잠이 들고 말았다.

기다리고 있던 여문탁이 기이한 눈빛을 번뜩이며 질문을 던졌다.

"네 이름이 무엇이냐?"

꿈속의 자객은 멸문지화를 당한 뒤, 천애고아로 떠돌다가 의병에 막 합류했던 그 시절로 되돌아가 있었다. 지병으로 인해 창백한 표정을 하고 있는 김선기가 자애로운 미소를 지으며 자객에게 물었다.

"네 이름이 무엇이냐?"

너무도 따뜻한 그 말투에 자객은 왈칵 눈물을 흘리고 말았다. 자객의 뇌리에 '제 이름은 박재현입니다' 라는 말이 자연스럽게 떠올랐다.

"제 이름은……."

박재현은 뇌리에 떠오른 이름을 말하려고 하다가 갑자기 머리를 세차게 흔들었다. 이름을 말하려고 하자 왠지 섬뜩한 느낌이 들어 말을 하고 싶지가 않았다. 박재현은 김선기에게 죄송한 마음을 가득 담아 고개를 숙였다. 동시에 끔찍한 고통이 박재현의 머릿속을 뒤집어엎어 버렸다.

"크악!"

그때, 김선기의 음성이 다시 들려왔다.

"내가 널 도와줄 터이니 내 말에 집중을 하렴."

기이한 일이었다. 김선기의 말이 들리자마자 그 끔찍한 고통이 씻은 듯이 사라져 버렸다. 정말 희한한 꿈이었다.

"너의 이름을 몰라서 부를 수가 없구나. 나를 남이라고 생각하지 않는다면 네 이름을 부를 수 있게 가르쳐 주려무나."

박재현이 세상 그 누구보다 존경하고 따랐던 김선기였다. 비록 오랜 시간을 같이하지는 못했지만, 김선기는 천애고아가 된 박재현에게 아무런 조건 없이 큰 사랑을 베푼 사람이었다. 아무리 꿈속이라고 하더라도 김선기의 말을 계속해서 모른 척할 수는 없었다. 박재현은 입을 열어 이름을 말하려고 했다. 그런데 입속에 뭔가가 꽂혀 있어서 말을 하기가 너무나 거북했다. 박재현은 김선기에게 일단 사과를 먼저 했다.

"죄송합니다. 제 입속에 뭔가가 꽂혀 있어서……."

평소의 목소리가 아니었다. 목이 쉴 대로 쉬어 그르렁거리는 것 같은 목소리가 흘러나왔다.

'어? 내 목소리가 왜 이렇게 변한 거지?

의문이 들자 갑자기 김선기의 자애로운 모습이 사라져 버렸다. 그리고 눈앞에 여문탁이라고 했던 자가 거짓된 미소를 짓고 있었다. 다시 한 번 지독한 통증이 뇌를 뒤집어엎어 버렸다.

"크―아―악!"

너무도 극심한 고통이었다. 조금 전보다 몇 배는 더한 고통이었다. 그 고통에 의해 꿈을 꾸고 있던 박재현이 현실로 되돌아와 버렸다.

'이… 놈들이 이제는 사… 술을 쓰는… 구나…….'

소름이 끼쳐 왔다. 함정인 줄 알고서도 당할 수밖에 없는 지독한 함정이 박재현의 발밑에 놓여 있었다. 할 수만 있다면 당장이라도 혀를 깨물어 자결을 하고 싶었다. 그러나 쇠로 만들어진 막대기 같은 것이 양쪽 어금니 사이에 박혀 있어 혀를 깨물 방법이 없었다. 단전의 진기를 폭주시켜 심맥을 끊어 자살하는 방법도 금침에 의해 내공이 봉쇄되어 있어 불가능했다. 자살은 불가능했다. 그렇다면 방법은 하나밖에 없었다.

'정신을… 다른 곳에 집중… 해야 해……. 절대로 이자의 말을 들어서는 안 돼…….'

박재현은 마지막 남은 이성의 끈을 붙잡고 온 정신을 금단수심결의 법문에 집중했다. 그렇게 섭혼대법에 저항을 하기 시작하자 머릿속을 뒤집어엎어 버릴 것 같은 끔찍한 고통이 들불처럼 일어나 전신으로 퍼져 나갔다. 인간의 몸으로는 절대로 이겨낼 수 없을 것 같은 끔찍한 고통이었다. 박재현의 몸이 의지와는 상관없이 저절로 뒤틀리기 시작했다.

"끄― 아― 악!"

[의식의 세계는 무의식의 세계에 비하면 빙산의 일각에 불과할 뿐이다. 금단수심결은 무의식의 세계를 의식의 세계로 이끌어내어…….]

전설의 자부문이 자랑하던 최고의 내공심법 금단수심결은 연성 과정에서 의식과 무의식에 대한 이해와 통찰이 필요한 공부였다. 섭혼대법을 이겨내기 위해, 고통을 이겨내기 위해 법문에 집중하던 박재현은 문득 여문탁이라는 자의 술법이 어떤 것인지 깨닫게 되었다.

‘이자의 사술은 내 속에 있는 무의식의 세계를 통제하려는 술법임이 분명해. 믿을 것은 금단수심결밖에 없어.’

박재현은 내공을 운용하지 못하는 몸으로 섭혼대법에 맞서 금단수심결의 법문을 외우며 맞대응을 하기 시작했다. 저항을 하면 할수록 고통이 점점 더 심해졌다. 반면에 그 고통을 이겨내고 있는 정신은 점점 더 맑아졌다. 회색빛으로 물들어 있던 박재현의 눈이 서서히 본래의 시퍼런 빛을 되찾아갔다. 그렇게 얼마의 시간이 흘렀을까?

“쿨럭!”

섭혼대법을 시전하고 있던 여문탁이 갑자기 격한 기침과 함께 한 모금의 선혈을 토해냈다. 누가 보더라도 심각한 내상을 입었음이 분명한 모습이었다.

섭혼대법이 한참 절정에 다다랐을 때부터 고문실에 들어와 구경하고 있던 모용진이 급히 여문탁을 부축했다.

“여 대협, 괜찮으십니까?!”

“괜찮… 습니다. 내일 다시… 시도를 해야… 쿨럭!”

“내일 이야기는 내일 하는 것이 좋을 듯합니다. 그보다 여 대협께 실례를 좀 해야겠습니다.”

무공의 강약 여부를 떠나 열네 살이나 더 많은 여문탁에게 깍듯한 선배 대접을 해주고 있던 모용진이었다. 갑자기 실례를 하겠다고 하자 께름칙한 기분이 들지 않을 수 없었다.

‘설마 한번 실패를 했다고 해서 나를 바로 내치려는 것은 아니겠지.’

여문탁이 당황한 눈빛으로 모용진을 바라보자, 모용진이 안심하라는 듯 부드러운 미소를 지어 보이며 말했다.

“여 대협의 내상이 심한 것 같습니다. 서둘러 의원에게 모셔가려고 하는 것이니 무례하다고 욕을 하지는 마십시오.”

“자, 잠깐…….”

여문탁이 미처 거절의 말을 하기도 전이었다. 모용진은 붉어진 얼굴의 여문탁을 안아 들고 신법을 전개해 버렸다.

파앗!

천하구대고수 중의 일인인 북천일마의 명성은 과연 허명이 아니었다. 세찬 파공음이 터져 나와 모용진의 발걸음에 맞추어 흔들거리는 여문탁의 귓전을 두드렸다.

‘이 무슨 망신이란 말인가?’

천하의 천기환사에게 어찌 오늘과 같은 일이 있을 것이라 상상이나 했겠는가. 망신살이 뻗쳐도 보통 뻗친 일이 아니었다. 자신하던 섭혼대법을 시전하다가 피를 토하고 쓰러진 뒤에 남의 품에 안겨 의원을 찾아가고 있었다. 여문탁으로서는 실로 쥐구멍이라도 있으면 당장에 뛰어들고 싶은 심정뿐이었다. 그러면서도 한편으로는 치솟는 의문을 억누를 수가 없었다.

'도대체 왜 이런 부작용이 발생했단 말인가?'

원래 섭혼대법은 완벽한 정신금제대법이 아니었다. 실패를 하면 피시술자가 죽거나 실혼인이 되는 심각한 부작용이 있었다. 그렇지만 섭혼대법의 실패가 시술자에게 악영향을 미치지는 않았다. 아니, 그렇게 믿고 있다고 하는 것이 정확한 표현이었다. 거의 불가능한 일이었지만, 시술자가 피해를 보는 경우가 단 하나 있기는 있었던 것이다.

'설마하니 그자의 정신력이 나보다 더 강하다는 말인가? 어찌 그런 일이 있을 수가 있단 말인가? 그자는 숱한 고문으로 인해 정신이 황폐해져 있는 자인데. 하지만 그것이 아니라면 답이 없지 않은가?'

실로 만에 하나라도 있어서는 안 되는 일이었다. 정신대법인 섭혼대법을 익힌 자신보다 지옥 같은 고문으로 황폐해져 있는 자의 정신력이 더 강하다는 사실을 어찌 쉽게 받아들일 수 있겠는가?

'저자를 제압하지 못하면 내 천기환사라는 별호를 버리고 말 것이다.'

섭혼대법은 여문탁의 자존심이었다. 나보다 정신력이 강한 사람에게는 섭혼대법이 통하지 않는구나 하면서 그냥 포기할 성질의 것이 아니었다. 자존심에 상처를 입은 여문탁은 이빨을 뿌드득 갈다가 의식을 잃어버렸다.

＊　　　＊　　　＊

있어야 할 사람이 없는 곳. 혼자가 된 이자건에게 넓은 귀가는 유난히 쓸쓸한 곳이었다. 그 때문인지 몇 달 만에 비싼 음식을 사 먹어도 맛이 없었고, 좋은 이부자리를 깔고 누워도 잠자리가 편하지 않았다.

불을 때지 않아 스며든 한기가 밤새 잠을 설친 이자건을 깨웠다. 부스스 눈을 뜬 이자건은 마치 몽유병에 걸린 사람처럼 힘없는 걸음걸이로 박재현의 방으로 갔다. 박재현의 방은 떠나기 전과 똑같은 상태로 이자건을 반겼다. 달라진 것은 아무것도 없었다. 다만 있어야 할 사람만이 없을 뿐이었다.

"형님……."

지난밤 이자건을 슬프게 했던 꿈이 다시금 뇌리에 떠올랐다. 이자건의 눈에 저절로 습기가 맺혔다.

"형님!"

산발에 피칠갑을 한 박재현이 나타났을 때 이자건은 반가워 소리를 질렀다. 얼마나 걱정을 했던 분인가? 얼마나 보고 싶었던 분인가? 하지만 이자건의 반가움은 오래가지 못했다.

박재현은 너무도 충격적인 모습으로 나타났다. 그의 입술은 꿰매져 있었고, 그의 눈은 찢어져 피눈물을 흘리고 있었다. 그리고 피눈물 사이로 보이는 그의 눈동자에는 고통의 빛이 가득 떠올라 있었다. 너무도 섬뜩한 그의 모습에 이자건이 깜짝 놀라 뒷걸음질을 치자, 박재현이 갑자기 지옥에서나 들을 수 있을 것 같은 비명을 질렀다.

"끄— 아— 악!"

굵은 실로 얼키설키 꿰매져 있는 입술이 터져 나가고 분수 같은 피가 뿜어져 나왔다. 참혹한 그 모습에 대경실색한 이자건이 급히 다가서려고 하자, 박재현이 슬픈 표정으로 이자건을 바라보고 있다가 등을 돌려 걸어갔다. 이자건이 놀라 뒷걸음질을 치는 모습이 그에게 큰 슬픔을 준 것 같았다.

"형님, 제가 잘못했습니다."

이자건은 후회의 눈물을 흘리며 급히 박재현을 쫓아갔다. 어떻게든 사과를 해야 했다. 어떻게든 용서를 받고 박재현의 고통을 나눠 가져야 했다. 그러나 이자건이 아무리 악을 쓰면서 쫓아가도 박재현을 따라잡을 수는 없었다. 당황한 이자건이 발을 동동 구르고 있을 때, 박재현은 그렇게 저 멀리 어둠 속으로 사라져 버렸다.

"…서둘러야겠구나."

박재현의 방을 나온 이자건은 식사도 거른 채 곧바로 개방

대도 분타의 황개를 찾아갔다. 하루 만에 다시 찾아온 이자건을 황개가 의아해하면서도 반갑게 맞아주었다.

"이 공자를 자주 뵈니 좋기는 합니다만… 무슨 급한 일이라도 있으신지?"

"예, 사로잡힌 자객이 있다는 그 소문 말입니다. 그 소문에 대한 확인 작업을 서둘러 주십사 하는 부탁을 드리고자 이렇게 찾아왔습니다."

"공자, 마음이 급하신 것은 알겠지만, 지금은 날씨가 너무 추워서 제자들을 밖으로 내보내기가 무엇합니다. 며칠 내로 날씨가 풀릴 터이니 잠시만 참고 기다려 주십시오."

"어젯밤 꿈이 너무 심상치 않았습니다. 그래서 과한 부탁인 줄 알면서도 이렇게 찾아뵙지 않을 수 없었습니다. 그리고 이건… 제 성의 표시입니다."

이자건은 품속에서 주머니 하나를 주섬주섬 꺼내어 황개에게 건넸다. 무심결에 주머니를 받아서 열어보던 황개의 두 눈이 크게 부릅떠졌다.

"아, 아니… 이건?!"

이자건은 주머니 속에 황금 이십 냥을 넣어두었었다. 청탁의 대가로는 지나치게 많은 금액. 그만큼 이자건의 마음이 급하다는 뜻이었다. 이자건은 재차 황개에게 간곡한 어조로 말을 했다.

“분타주님, 꼭 부탁드리겠습니다.”

지독한 한파가 끊이지 않고 몰아치는 겨울에 월동 준비라고는 발싸개가 고작인 거지들의 우두머리가 황개였다. 황개는 이자건이 내놓은 거금을 사양하는 시늉 한번 없이 바로 챙겨 넣어버렸다.

“이 공자는 그저 집 안에서 기다리기만 하십시오. 제가 다 알아서 하겠습니다.”

“아닙니다. 저도 나름대로 수소문을 해보려고 합니다.”

“이 공자, 정보 수집에도 나름의 방법들이 있습니다. 경험이 없는 이 공자가 나섰다가는 정보 수집은커녕 오히려 위험을 자초할 확률이 높습니다. 관부로부터 의심을 받게 된다면 큰일이 아닙니까? 그렇게 되면 이 공자뿐만 아니라 우리의 활동에도 지장이 생길 것이 분명합니다. 그러니 믿고 맡겨주십시오.”

어색한 미소를 지으며 조심스럽게 말하는 황개였다. 하지만 그 속에 담긴 뜻만은 명확했다. ‘경험도 없는 네가 나서면 오히려 방해만 될 뿐이다’ 라는 뜻이었다.

‘하기야 정보 수집은 아무나 하는 일이 아니지.’

아무리 마음이 급해도 박재현과 관련된 일이었기에 더욱 신중을 기해야 했다. 고집을 부릴 수 있는 상황이 아니었다.

“무슨 말씀을 하시려는지 잘 알겠습니다. 그러면 저는 분타주님만 믿고 기다리도록 하겠습니다."

"예, 빠른 시일 내에 확실한 정보를 가지고 찾아뵙겠습니다."

황개의 일 처리가 얼마나 깔끔한지는 이미 경험을 해본 터. 더 이상 쓸데없는 말을 늘어놓을 이유가 없었다. 이자건은 곧바로 예를 취하고 귀가로 돌아왔다. 그런데 귀가의 대문 앞에 난생처음 보는 사람 하나가 이자건을 기다리고 있었다.

"말씀 좀 물어봅시다. 여기가 공자의 집이오?"

맨 먼저 눈에 들어온 것은 눈처럼 하얗게 세어 있는 머리카락과 머리카락과는 상반되게 주름 하나 없이 팽팽한 얼굴 피부였다. 전체적으로 오십대 초반 정도로 보이는 나이였다. 그다음으로 눈에 들어온 것은 찬바람에 나풀거리는 왼쪽 소매였다. 바로 거지들이 말했던 그 사람이었다.

"제 집이 맞습니다. 무슨 일로 그러십니까?"

나름대로 예의를 갖춘 이자건의 말에 노인이 공손한 표정으로 입을 열었다.

"나는 청림촌 출신의 이 공자를 찾아왔소이다. 혹시 공자가 청림촌 출신의 이 공자이시오?"

청림촌을 알고 있는 사람 중에 귀가까지 찾아올 사람은 단한 종류밖에 없었다. 박재현에 대한 걱정으로 축 늘어져 있던 이자건의 오른손이 거의 본능적으로 허리춤에 꽂혀 있는 검병으로 옮겨갔다.

노인과의 거리는 불과 일 장 정도. 도룡검법의 섬전결이 펼쳐지면 노인은 왜 죽는지도 모르고 염라대왕을 만나러 갈 확률이 높았다. 하지만 검을 뽑아 휘두르기에는 뭔가가 석연치 않았다. 노인은 이자건이 검병을 움켜잡는 것을 뻔히 보고 있으면서도 아무런 저항 의지를 보이지 않고 있었다. 청림촌에서 혈사를 일으켰던 악마들과는 너무도 다른 태도였다.

'악마들과는 관련이 없는 자인가?'

사람의 목숨이 여벌로 있다면 모를까, 죽여 버린 다음에는 아무리 후회를 해도 돌이킬 수가 없었다. 일단은 자세히 알아볼 필요가 있었다.

이자건은 싸늘한 눈빛으로 상대를 노려보고 있다가 간신히 예의를 갖춰 질문을 던졌다.

"처음 뵙는 분인 것 같습니다만, 무슨 일로 저를 찾아오셨습니까?"

청림촌에서 왔다는 것을 간접적으로 시인하는 말이었다. 노인의 얼굴에 가는 경련이 스치고 지나갔다. 상당히 큰 감정의 기복을 겪고 있는 모습이었다.

'도대체 이 노인이 누구기에?'

노인은 이자건이 알고 있는 사람이 아니었다. 궁금증을 참지 못한 이자건이 막 뭐라고 말을 하려는 순간, 노인이 긴 한숨을 내쉬면서 정체를 밝혔다.

"휴—우, 내 이름은 제갈금이라고 하오. 이 공자께 꼭 하고 싶은 이야기가 있어서 이렇게 찾아왔소."

노인의 대답을 듣고 나자 의문이 더욱 커져 갔다. 제갈금이라는 이름은 태어나서 처음 듣는 이름이었다.

"꼭 하고 싶은 이야기라고요?"

빨리 말을 해보라는 뜻이었다. 그러자 제갈금이 주위를 둘러보다가 씁쓸한 미소를 지으며 말했다.

"여기서 이야기를 하기는 좀 그렇구려."

제갈금이 악마들과 관련이 있는 사람이라면 모를까, 명색이 이자건을 찾아온 손님인데 집 안으로 들이지도 않고 추궁을 하듯이 질문만 퍼부어대는 것은 결례도 보통 결례가 아니었다. 이자건은 온 얼굴에 미안한 표정을 지으며 서둘러 제갈금을 대청으로 안내했다.

"보시다시피 제가 혼자 살고 있어서 대접을 할 것이 마땅치 않습니다. 양해해 주십시오."

"나는 이 공자께 대접을 받으려고 찾아온 것이 아니오."

제갈금의 심상찮은 말에 이자건은 단도직입적으로 질문을 던졌다.

"제게 하실 말씀이 무엇입니까?"

"나는 이 공자의 원수요. 내가 바로 청림촌의 혈사를 일으킨 장본인이오."

"……?!"

이자건은 일시 자신이 잘못 들은 것이 아닌가 하는 착각을
하게 되었다. 청림촌에서 혈사를 일으킨 악마가 왜 이자건을
찾아와 스스로의 죄를 고백한단 말인가? 악마들의 행태는 이
런 것이 아니었다. 이자건을 보면 막무가내로 검부터 휘두르
는 것이 악마들의 행태였다. 의문은 또 있었다. 조금 전 이자
건이 검병을 움켜잡았을 때, 제갈금은 분명히 아무런 저항 의
지조차 보이지 않았었다. 제아무리 초고수라고 하더라도 검
을 맞으면 죽는 것은 매한가지. 죽으려고 작정을 한 사람이
아니라면 최소한 경계의 움직임 정도는 보여야 했다. 이자건
은 너무도 의외인 제갈금의 말에 어떻게 대응을 해야 할지 갈
피를 잡을 수가 없었다.

갑작스런 침묵이 두 사람 사이를 맴돌았다. 그 침묵이 견디
기 힘들었는지 제갈금의 입이 다시 한 번 힘겹게 열렸다.

"사실이오. 경천검 곽운학의 명을 받고 청림촌에 무정살수
들을 투입한 것이 바로 나요."

거짓말을 하는 것 같지는 않았다. 그리고 무엇보다 청림촌
에서 일어났던 혈겁을 알고 있다는 사실이 제갈금의 말이 진
실임을 증명해 주고 있었다. 그렇다고 하더라도 이해가 가지
않는 것은 마찬가지였다. 살심보다 의문이 더 크게 들었다.

"나를 찾아와 이런 말을 해주는 이유가 무엇이오?"

"이 공자에게 사실을 밝히고 죽음으로 용서를 구하고 싶었기 때문이오. 이제 사실을 밝혔으니 공자가 내 목을 치는 일만 남은 것 같구려."

더 이상 의심할 필요가 없었다. 제갈금은 그의 말대로 청림촌에 악마들을 투입한 장본인임이 분명했다. 그게 아니라고 하더라도 책임이 있는 자임은 확실했다. 이자건의 가슴속에 잠들어 있던 살기가 갑작스레 뇌리로 치솟아올랐다.

스릉!

이자건은 검을 빼 들고 제갈금의 목을 겨누었다. 이제 손에 힘만 주면 제갈금은 죽을 것이다. 그런데 제갈금의 얼굴에는 일말의 두려움도 없었다. 아니, 두려움은커녕 오히려 편안한 미소가 떠올라 있었다.

'정녕 죽고 싶어 안달이 난 자란 말인가?

개똥밭을 뒹굴어도 이승이 더 낫다고 했는데, 죽으려고 기를 쓰는 자가 눈앞에 있다. 미친 자임이 분명했다. 그러나 미쳐서 왔든 멀쩡한 정신으로 왔든 제갈금이 이자건의 원수라는 사실은 달라지지 않는다. 죽고 싶어하는 원수라면 죽여주면 되는 것이다. 원수 중의 한 명이 목을 늘어뜨리고 있는데 망설일 이유가 없었다.

"비명에 가신 분들이 멀쩡하게 살아 돌아오실 수 있다면 모를까, 이제 와서 당신이 후회를 한다고 해도 달라지는 것은 아무것도 없소."

"알고 있소. 어서 손을 쓰시오."

이자건은 두 눈을 질끈 감고 검을 휘두르려고 했다. 그런데 과감하게 검을 휘둘러야 할 팔에 힘이 들어가지 않았다. 기가 막힌 일이었다.

'거짓으로 죄를 뉘우치는 척하는 거야. 이자는 악마야. 절대로 살려둘 수 없어!'

가증스러운 얼굴이었다. 수백 명의 무고한 사람들을 도살한 악마가 편안한 미소를 지으며 죽음을 기다리고 있다. 너무도 울화통이 치미는 모습이었다. 그러나 아무리 악을 쓰고 발버둥을 쳐도 팔에 힘이 들어가지 않았다. 문득 뇌리를 스치는 생각이 있었다.

'맞아. 내가 왜 원수의 소원을 들어준단 말인가? 지금은 이자를 놓아줘야 해. 그리고 나중에 이자가 안심할 즈음이 되었을 때 찾아가서 죽여 버려야 해.'

이자건은 내심 스스로도 납득할 수 없는 변명을 하면서 버럭 고함을 내질렀다.

"내 눈앞에서 당장 사라지시오!"

이자건이 검을 내리자 제갈금이 마치 기다렸다는 듯이 이자건을 자극했다.

"독하지 않으면 장부가 아니라고 했소. 망설이지 말고 검을 휘두르시오. 한 가지 더 알려 드리자면… 청림촌을 피에 잠기게 했던 무정살수들은 이미 다 죽었소. 이제 나를 죽이고 곽운학을 죽이면 이 공자의 복수가 끝이 나는 거요."

무슨 수를 써서라도 죽이겠다고 맹세를 했던 원수 중의 하나가 죽여달라고 발버둥을 치고 있다. 그럼에도 불구하고 이자건은 검을 휘두를 수가 없었다. 믿기지 않는 현실이었다.

'간밤에 꿈속에서 보았던 형님의 모습 때문에 내 마음이 약해진 거야.'

다른 날이었으면 아무 생각 하지 않고 바로 검을 휘두를 수 있었을지도 몰랐다. 그러나 오늘은 유난히 우울하게 시작한 하루였다. 아무리 독한 마음을 먹으려고 해도 마음이 독해지지가 않았다. 이자건은 마침내 긴 한숨을 토하고 말았다.

"휴―우! 한 가지만 물어봅시다. 왜 청림촌에서 그런 참혹한 짓을 벌였던 것이오?"

"곽운학이 나에게 청림촌 촌장의 집에 있는 황금색 상자를 찾아오라고 했소. 아무도 모르게 말이오."

황금색 상자 속에 들어 있던 하얀색 구슬이 상상을 초월하는 보물임에는 분명했지만, 아무리 값진 보물이라고 하더라도 사람의 생명에 비할 수는 없는 법이다. 이자건의 가슴속에서 수그러들었던 살기가 다시금 용솟음을 쳤다.

"단지 그 이유만으로 무고한 사람을 수백 명이나 죽였단 말이오?!"

이자건이 제갈금의 아픈 곳을 찌르자 제갈금의 언성도 올라가기 시작했다.

"그렇소. 단지 그 이유만으로 무고한 사람을 수백 명이나 해쳤소. 내 별호가 바로 독심호리요. 그런 흉측한 별호가 내 이름 앞에 붙어 있을 정도이니 평생 동안 얼마나 많은 잘못을 저질러 왔겠소? 다른 생각이 있어서 그런 잘못을 저질렀던 것도 아니오. 그저 곽운학에게 충성을 한다는 명목으로 오만 가지 나쁜 짓을 도맡아서 저질렀던 거요. 그런데 그렇게 섬겨왔던 곽운학이 청림촌에서 얻은 황금색 상자가 비어 있다는 사실을 알고는 나에 대한 신뢰를 거두어 버리고, 그의 아들 곽무경은 나를 사지에 버려두고 저 혼자 도망을 쳐버리더이다. 어금니를 악물고 사지를 벗어났소. 그런데……."

제갈금은 서문에서 무정살수들을 모두 잃어버리고 말았다. 성벽을 내려가는 도중에 받은 화살의 비는 어떻게 막아낼 방법이 없었다. 제갈금이 무사하게 살아남은 것은 그야말로 천운이었다.

다행히 서문을 벗어난 다음부터 제갈금을 위협할 수 있는 것은 없었다. 제갈금은 무정살수들을 가르쳤던 실력을 이용해 추격을 따돌리고 경천장이 있는 태원까지 무사히 갈 수 있었다.

경천장에 도착한 제갈금의 눈에 맨 처음 들어온 것은 연무장에서 고문을 받고 있는 사람들이었다. 바로 그의 가족들이었다. 제갈금의 아내와 열일곱 살짜리 딸은 나체가 되어 고문을 받고 있었고, 영재라 불리던 세 명의 아들은 피투성이가 되어 연무장 바닥에 쓰러져 있었다. 사정을 알게 된 제갈금은 피를 토하고 말았다.

제갈금과 무정살수들을 사지에 버려두고 혼자 도망을 쳤던 곽무경은 고수들로 이루어진 일단의 추격대를 떨어뜨리지 못하고 서면으로 구조 요청을 보냈다. 그런데 그 서신에는 제갈금의 배신으로 무정살수들을 잃고 쫓기고 있다는 내용이 담겨 있었다. 마침 원단을 맞아 경천장에 돌아온 곽운학은 곽무경이 보낸 서신의 내용만 믿고 제갈금의 가족들에게 제갈금의 행적을 밝히라고 모진 고문을 가했다.

연무장에는 경천장의 모든 무사들이 모여 있었다. 곽운학이 배신을 하면 이런 식의 대접을 받는다는 것을 경천장의 무사들에게 모두 알리려고 했기 때문이다.

그 자리에서 제갈금은 곽운학의 아들인 곽무경이 얼마나 어리석고 비열했는지를 모든 경천장의 무사들에게 샅샅이 고했다. 그리고 충격에 휩싸여 있는 곽운학과 경천장의 무사들이 지켜보고 있는 가운데 가족들을 데리고 경천장의 대문을 박차고 나왔다.

막상 경천장을 벗어난 제갈금은 다급한 심정이 되고 말았
다. 제갈금은 누구보다 곽운학의 인간성에 대해 잘 알고 있었
다. 곽운학은 자신이 위험하면 극도로 몸을 사리지만, 자신이
안전하기만 하면 얼마든지 나쁜 짓을 저지를 수 있는 사람이
었다. 지금은 제갈금이 밝힌 진실 때문에 경천장 무사들의 눈
치를 보느라 제갈금이 떠나는 것을 막지 못했지만, 경천장 무
사들을 설득시킬 방법을 찾기만 하면 바로 제갈금을 죽이기
위해 무사들을 파견할 사람이었다. 아니나 다를까, 경천장을
떠난 다음날부터 일단의 무리가 뒤를 따라붙기 시작했다. 제
갈금이 짐작했던 대로 그들은 경천장의 무사들이었다.

제갈금은 곽운학에게까지 숨겼던 진신무공을 모조리 발휘
해 경천장의 무사들을 물리칠 수 있었다. 하지만 위기는 그때
부터 시작이었다. 곽운학은 하나의 목적을 달성하기 위해서
수십 년 동안이나 끈질긴 노력을 계속하는 지독한 인간이었
다. 당장 경천장 무사들의 손에서 빠져나왔다고 해서 안심을
할 수는 없었다. 제갈금은 궁리에 궁리를 거듭하다가 가족들
을 이끌고 대도로 향했다. 대도는 무림인들이 기를 펴지 못하
는 곳이었다. 곽운학같이 소심한 자라면 대도 근처에도 오지
않을 것이 분명했다.

이후, 대도까지 오는 길은 그야말로 혈로였다. 무공을 익히

지 못한 처와 딸이 그 과정에서 살해를 당하고 말았다. 제갈금은 벌판에 처와 딸의 시신을 버려두고 피눈물을 흘리면서 대도로 도망쳤다. 천신만고 끝에 대도로 들어오자, 과연 경천장의 무사들이 더 이상 쫓아오지 못했다.

제갈금은 대도 성내의 객잔에 아들들을 남겨놓고는, 처와 딸의 시신을 수습하기 위해 곧바로 왔던 길을 되돌아갔다. 시신들을 버려두었던 곳에 도착한 제갈금은 또다시 피눈물을 흘려야 했다. 극도로 훼손이 되어 있는 시신들. 분명히 짐승들이 그렇게 한 것은 아니었다. 흩어진 육편과 골편을 쓸어모으며 제갈금은 극심한 슬픔과 분노를 참지 못하고 계속해서 피를 토하고 말았다.

'사람이 어찌 이런 짓을 저지를 수 있단 말인가?

간신히 정신을 차리고 조그마한 봉송을 만들어놓고 나니 서 있을 힘조차 없었다. 제갈금은 맥없이 땅바닥에 드러누워 그저 차가운 잿빛 하늘만 바라봤다. 그 하늘 속에는 제갈금에 의해 죽어간 수많은 영혼들이 싸늘한 비웃음을 흘리며 제갈금을 내려다보고 있었다. 누구에 대한 원망과 분노보다 스스로에 대한 자괴감만이 물밀듯이 밀려왔다.

'내가 저지른 죄가 하늘에 닿았는데 남의 탓을 하고 있었구나.'

제갈금은 참으로 많은 살인을 저질렀다. 황금색 상자의 행방을 찾기 위해 무정살수들을 움직여 죽인 사람의 숫자만 무려 사백 명에 가까웠다. 살인마도 보통의 살인마가 아니었다.

'사백 명 가까운 생명을 해쳐 놓고 행복한 삶을 살아갈 것이라 기대를 했었다니, 제갈금아, 너는 참으로 어리석었구나.'

제갈금은 한참을 목 놓아 울다가 지친 몸을 이끌고 일어났다. 이 업보를 풀어놓지 않는다면 죽어서도 후회를 할 것 같았다. 아무 죄도 없는 자식들에게까지 화가 미칠 것 같았다. 대도로 돌아온 제갈금은 세 아들에게 자신의 뜻을 밝히고 죗값을 치를 수 있는 곳을 찾아 나섰다.

"…내가 저지른 악행 중에서 청림촌에서 저지른 살겁이 가장 마음에 걸렸소. 그래서 이 공자를 찾아온 것이오. 이제 검을 휘두르시오."

격해졌던 제갈금의 어투가 길고 긴 이야기가 끝이 날 즈음에는 다시 처음의 차분한 어투로 되돌아가 있었다.

'저자는 자신이 저지른 짓에 대한 대가를 이미 받고 있었구나. 그래, 이게 바로 인과응보(因果應報)인 거야.'

이자건은 제갈금의 얼굴을 묵묵히 바라보고 있다가 검을 회수해 버렸다. 그러자 제갈금이 자리를 박차고 벌떡 일어나더니 이자건에게 간절한 어조로 말했다.

"내 말에 마음이 약해질 필요가 없소. 내가 저질렀던 잘못

들은 용서받을 수 있는 것들이 아니오. 이 공자가 아니면 다
른 사람의 손에 죽을 것이오. 그러니 어서 손을 쓰시오. 이 공
자의 손에 깨끗하게 죽고 싶소."

"가시오. 평생 동안 후회 속에서 살든지, 아니면 또다시 악
행을 저지르면서 살든지 당신 마음대로 하시오. 나는 당신의
더러운 피로 내 손을 더럽히고 싶지 않소."

"나는 이미 죽을 결심을 하고 이곳에 왔소. 귀신이 되지 않
는 한 이곳을 떠나지 않을 것이오. 나중에 후회하지 않으려면
지금이라도 내 목을 베시오."

원수에게 협박까지 받게 된 이자건은 하도 어이가 없어 입
만 벌리고 있다가 버럭 고함을 질렀다.

"당신 마음대로 하시오!"

제갈금이 어떠한 응보를 받고 있건 간에 이자건의 원수라
는 사실이 달라지는 것은 아니다. 이자건은 더 이상 원수의
얼굴을 보고 싶지 않아 대청 밖으로 나와 버렸다.

"제발 나를 죽여주시오!"

자신의 삶을 후회로 가득 채운 자의 비통한 고함 소리가 이
자건의 등 뒤를 쫓아왔다.

'저런 자 때문에 아까운 시간을 낭비할 수는 없지.'

대청 밖으로 나온 이자건은 제갈금에 대한 생각을 잊고, 아
침에 계획했던 일을 하기 위해 시장으로 찾아갔다.

저번에 귀가의 수리를 맡았던 대목(大木)이 마침 일거리가 없어 쉬고 있었다. 대목의 뛰어난 실력을 알고 있는 이자건은 세 배의 일당을 제시해 엄동설한에 따뜻한 화롯가에서 몸을 녹이고 있던 대목의 마음을 단번에 녹여 버렸다.

대목이 정해진 다음부터는 일사천리였다. 굳이 뭐라고 지시를 할 필요도 없었다. 귀가의 비어 있던 건물 중의 하나가 서서히 사당(祠堂)으로 탈바꿈을 해갔다.

이자건은 날을 잡아 소오태산에 들어가 사람의 손이 한 번도 타지 않은 향나무들을 구해왔다. 조상님들과 조부모님, 부모님, 이름을 알고 있는 동네 사람들, 그리고 박재현의 위패(位牌)가 침식을 잊고 정성을 다하는 이자건의 손끝에서 하나씩 만들어져 사당 안으로 옮겨졌다. 모든 위패가 다 옮겨지던 날, 이자건은 참회의 눈물을 흘리는 제갈금을 뒤에 두고 위령제(慰靈祭)를 지냈다.

매일같이 이자건을 찾아와 죽여달라고 사정하던 제갈금의 행동이 달라진 것은 그때부터였다. 위령제가 있은 다음날, 제갈금은 짐 보따리를 싸 들고 들어와 귀가의 하인 노릇을 하기 시작했다. 제갈금은 하루 종일 사당을 비롯하여 귀가의 건물들을 청소하고 마당을 쓸었다.

원수와의 동거를 원하는 사람이 세상천지에 어디 있겠는가? 이자건이 불같이 화를 내었음은 물론이었다. 하지만 제갈금은 이자건이 뭐라고 하든 간에 신경도 쓰지 않았다. 죽일 테면 죽이라는 식이었다. 질릴 대로 질린 이자건은 결국 소 닭 보듯 제갈금을 외면하고 말았다.

*   *   *

빛도 들어오지 않는 컴컴한 어둠 속. 매일같이 지옥의 고문에 시달렸던 박재현에게 간만에 휴식이 찾아왔다. 박재현은 어둠에 적응된 눈으로 피떡이 되어 있는 자신의 몸을 내려다보면서 씁쓸한 미소를 지었다.

'이 꼴을 하고 있으면서도 살아 있다니. 내 목숨이 이리도 질길 줄이야.'

전신에 성한 곳이 하나도 없었다. 전신이 찢기고, 파이고, 부서진 상처들로 도배가 되어 있었다. 시간의 흐름조차 느낄 수 없는 이곳에서 세상에 존재하는 고문이란 고문은 모조리 당한 것 같았다. 전장을 떠돌며 나름대로 터득한 '고통을 이겨내는 비법'이 없었다면 절대로 버텨낼 수 없는 고문들이었다.

고통을 이겨내는 비법이란 사실 별것이 아니었다. 통증을 잊기 위해 다른 곳에 정신을 집중하는 것이 다였다. 그 간단한 방법이 의외로 고통을 상당히 격감시켜 주었다. 하지만 그런 비법도 머리끝까지 통증이 치밀어 오를 때면 아무런 소용이 없었다. 그때는 무조건 비명을 지르거나 고함을 지르면서 통증을 이겨내는 수밖에 없었다. 어찌어찌 참아내기는 했지만, 그것은 정말로 박재현의 의지로도 견뎌낼 수 있는 고통이 아니었다.

'죽을 수만 있다면 얼마나 좋을까.'

고문을 받고 정신을 잃었다가, 고문을 받으며 정신을 차리는 일상의 반복. 차라리 죽는 것이 백번은 더 좋았다. 그러나 죽는 것도 바얀이라는 자의 허락이 있어야만 가능했다. 이자들은 박재현에게 엄청난 양의 영약을 강제로 투입해 생명을 이어가게 만들고 있었다.

자신의 몸을 내려다보면서 생각에 잠겨 있던 박재현의 입에서 문득 허탈한 웃음소리가 흘러나왔다.

"허허."

이제는 약단지 속에 있는 시커멓고 걸쭉한 액체를 바르지 않아도 상처가 빠른 속도로 낫고 있었다. 흡사 이자건의 경이적인 상처 회복력이 자신에게도 생긴 것 같았다. 지금의 박재현에게는 끔찍하기만 한 일이었다.

'조금 있으면 여섯 번째 고문 기술자가 찾아오겠지?'

이렇게 잠시간의 공백이 생긴 것을 보면, 그렇게 발악을 하던 다섯 번째 고문 기술자도 기어이 쫓겨난 것 같았다. 박재현에게는 결코 좋은 일이 아니었다. 여섯 번째 고문 기술자가 온다는 말은 그나마 익숙해져 있는 고문 기술 대신 새로운 고문 기술을 온몸으로 체험해야 한다는 말이었다. 암담하기 그지없는 현실이었다.

'허허, 내 능력이 모자라 마음대로 죽지도 못하는구나.'

전장의 혈귀(血鬼)가 되어 살아온 삶은 어린 시절 박재현이 꿈꾸던 삶과는 너무도 거리가 먼 것이었다. 하지만 나름대로 최선을 다해 살아온 삶이었다. 아쉬움은 많았지만, 후회는 없었다. 다만, 화려하게 장식하고 싶었던 삶의 마지막이 고문으로 얼룩지고 있다는 사실이 서글플 뿐이었다.

끼이익!

지하 뇌옥의 녹슨 철문이 열리면서 내는 소름 끼치는 소리가 박재현의 상념을 일깨웠다.

저벅. 저벅.

묵직한 발걸음 소리와 함께 고문실의 철문 사이로 일렁이는 불빛들이 다가오는 것이 보였다. 이윽고 지하 뇌옥으로 들어오는 문보다 더 녹이 슬어 있는 고문실의 철문이 요란한 비명을 토하며 열렸다.

끼이익!

들을 때마다 신경을 곤두서게 만드는 거북한 소리와 함께 낯익은 네 명의 간수가 들어왔다. 간수들은 곧장 박재현을 일으켜 세운 뒤, 사지를 포박하고 있던 천잠사를 풀고, 다시 쇠사슬에 매달았다. 평소라면 욕설부터 내뱉었을 간수들이 일련의 반복된 작업이 끝나는 동안 말 한마디 없었다. 박재현이 의아함을 느끼기도 전에 여섯 명의 간수들이 새로 나타나 제단을 차리기 시작했다.

'이, 이건 설마?'

어둠에 적응이 되어 시퍼렇게 빛나는 박재현의 안광이 분주히 움직이는 간수들의 뒤로 유령처럼 불쑥 나타난 한 사람을 보고는 크게 흔들렸다. 바로 사술을 쓰던 여문탁이라는 자였디.

'오늘은 정말로 쉽지 않겠구나.'

불길한 예감이 박재현의 등골을 서늘하게 만들었다. 여문탁이라는 자는 그 어떤 육체적 고문보다 더 무서운 정신적 고문을 가했던 자였다. 그의 고문은 의지력만 가지고 이겨낼 수 있는 것이 아니었다. 피칠갑이 되어 있는 박재현의 얼굴에 결연한 표정이 떠올랐다.

'금단수심결을 믿을 수밖에.'

여문탁이라는 자의 사술에 크게 혼이 난 다음부터 박재현은 온 정신을 집중해 금단수심결을 끝없이 파고들었다. 금단수심결에 사술을 이겨낼 수 있는 비법이 있다고 믿었기 때문이다. 물론 고문의 고통을 이겨내기 위한 방편으로 금단수심결을 파고들기도 했다. 전심전력으로 금단수심결에 집중하고 있으면 고통이 한결 약해졌기 때문이다.

지옥을 경험하면서 전심전력을 기울여 금단수심결을 파고드니 얻는 소득이 실로 적지가 않았다. 한 달이라는 짧은 시간 동안 박재현의 금단수심결에 대한 이해도는 최고조에 달해 있었다.

'사술을 막기 위해서는 내 정신을 금강석처럼 단단하게 만들어야 해. 한마음 한뜻으로 금단수심결에 집중을 하면 사술 따위가 내 정신을 농락하는 일은 없을 거야.'

사술에 대한 방비책은 있었다. 그러나 여문탁이라는 자의 사술은 결코 만만치가 않았다. 열려진 고문실의 철문 밖에 십여 명의 사람들이 더 있었지만, 박재현의 시선은 여문탁이라는 자의 두 눈에 꽂혀 떨어질 줄을 몰랐다.

뿌드득!

여문탁은 자객의 소름 끼치는 눈과 시선이 마주치자마자 이빨을 갈아붙였다.

'치욕은 한 번이면 족해!'

섭혼대법의 실패로 인한 후유증은 장난이 아니었다. 극심한 내상을 치료하느라 망신은 있는 대로 다 당했고, 내상이 완치된 다음에도 원인을 알 수 없는 현기증에 무려 한 달 동안이나 침상 신세를 져야만 했었다. 침상에서 일어나기만 하면 치밀어 오르는 현기증은 어떻게 버텨낼 재간이 없었다. 무리해서 일어나다가 온 세상이 빙글빙글 도는 것 같은 어지러움에 먹은 것을 토해낸 것이 한두 번이 아니었다.

가장 자신하던 섭혼대법에 자신이 당해 그런 꼴을 하고 누워 있으니, 아무리 얼굴이 두꺼운 사람이라고 하더라도 부끄럽지 않을 수 없었다. 병문안을 온 바얀이나 모용진의 걱정스러운 시선에도 상처 입은 여문탁의 자존심은 갈가리 찢겨졌다.

이번에도 피를 토하게 되면 다시는 낯을 들고 다닐 수 없을지도 몰랐다. 치리리 깨끗하게 포기를 하고 무왕성으로 돌아가는 것이 더 좋은 선택이 될 수도 있었다. 그러나 볼썽사나운 모습만 잔뜩 보여주고 꼬리를 말기에는 그의 자존심이 너무도 강했다.

콰악!

여문탁은 두 주먹을 불끈 쥐어 결의를 다지고는 뒤를 돌아봤다. 바얀이 화려한 태사의에 앉아서 여문탁을 물끄러미 지켜보고 있었다. 여문탁은 바얀에게 고개를 숙여 예를 표하고는 조심스럽게 의견을 물었다.

"시작해도 되겠습니까?"

바얀이 빙긋 미소를 지으며 허락을 했다.

"물론이오. 시작하시오."

여문탁은 즉시 바얀에게 고개를 숙여 감사를 표시하고는, 바얀의 옆에 시립한 채 사뭇 진지한 표정으로 자신을 지켜보고 있는 모용진과 눈을 마주쳤다. 모용진이 작게 고개를 끄덕이는 것이 보였다. 최선을 다해보라는 뜻인 것 같았다. 여문탁은 지난 한 달 동안 신경을 많이 써준 모용진에게 역시 작게 고개를 끄덕여 답을 했다. 그리고는 한편에 조심스럽게 서 있는 애제자 냉운비(冷雲飛)를 돌아보며 짧게 명령을 내렸다.

"진법을 그려라."

"예!"

쟁쟁한 인물들 사이에서 잔뜩 주눅이 들어 있던 냉운비가 기다렸다는 듯이 앞으로 나와 준비해 온 닭의 피로 몽환진(夢幻陣)을 그리기 시작했다. 여문탁의 하나뿐인 제자인 냉운비는 강호십대후기지수 중의 일인으로 소천사(小天師)라는 별호를 얻을 만큼 뛰어난 성취를 이룩한 무재(武才)였다. 섭혼대법에도 상당한 조예가 있었다. 무왕성에서 낭자들을 꾀여 놀고 있던 냉운비를 여문탁이 급히 호출한 이유가 바로 그것이었다. 초인적인 의지력을 지닌 자객을 상대하기 위해서는 아직은 미약한 냉운비의 힘조차도 합칠 필요가 있었다.

"사부님, 준비를 마쳤습니다."

여문탁은 냉운비가 그려놓은 몽환진을 꼼꼼히 살펴보고는

고개를 끄덕였다.

"나보다 훨씬 낫구나. 수고했다. 이제 너는 상황을 지켜보고 있다가 내가 신호를 하면 움직이도록 해라."

"예, 사부님."

냉운비가 뒤로 한 걸음 물러나자 여문탁은 곧장 몸을 돌려 자객의 시퍼런 안광에 시선을 맞추었다. 엄청나게 강한 눈빛에 몸이 절로 떨려왔다. 여문탁은 어금니를 질끈 깨물면서 자객의 두 눈을 직시했다.

"내 살아생전에 너처럼 강한 정신력의 소유자가 있을 줄은 몰랐다. 순수한 마음으로 경의를 표하는 바이다. 그런 의미에서 한 가지 충고를 하겠다. 내가 섭혼대법을 시술하기 전에 순순히 자백을 해라. 자백을 하면 너의 의지로 너의 삶을 깨끗하게 마무리 지을 수 있도록 도와주겠다."

"……."

예상대로였다. 자객은 여문탁의 호의를 깨끗하게 무시해 버렸다. 여문탁은 고개를 끄덕이며 자객에게 다가갔다.

"좋다. 누가 이기나 겨루어보자."

섭혼대법에 대한 내성이 생긴 때문일까? 자객은 전보다 훨씬 더 수월하게 섭혼대법을 방비해 냈다. 여문탁이 아무리 주문 소리를 높여도 자객의 눈빛은 달라지지 않았다. 진땀을 흘

리던 여문탁은 채 일각이 지나기도 전에 냉운비에게 전음을
보냈다.

"시작해라!"

"예!"

기다리고 있던 냉운비가 즉시 여문탁의 등 뒤에 가부좌를
틀고 앉아 격체전력을 실시했다. 잠시 후, 여문탁의 주문 소
리가 급격히 커지면서 몽환진에서 솟아나는 회색빛 기류가
자객의 백회혈로 밀려들어 갔다. 일각이 넘도록 시퍼렇게 빛
나던 자객의 눈빛이 서서히 회색빛으로 물들어갔다. 모두가
자객이 마침내 섭혼대법에 무너진다고 생각할 때였다.

"크아악!"

갑자기 자객의 입에서 끔찍한 비명 소리가 터져 나왔다. 자
객의 의지력이 섭혼대법을 이겨내고 있다는 증거였다. 참관
을 위해 여문탁에게 섭혼대법에 대한 개괄적인 설명을 들었
던 바얀은 이름 모를 자객의 고군분투(孤軍奮鬪)에 탄식을 터
뜨리고 말았다.

"아! 저런 인물이 내 밑에 있어야 하는데… 아까워."

정신금제대법의 최고봉인 섭혼대법을 익힌 자가 두 명이
나 합공을 하고 있는 데도 불구하고 버텨내고 있는 자객이었
다. 상상도 못할 만큼 강한 정신력의 소유자임이 분명했다.
거기에다가 검강을 시전할 정도의 검도고수였다. 아까운 마

음이 들지 않을 수 없었다.

모용진이 바얀의 탄식을 들었는지 조심스럽게 동조의 말을 했다.

"죽이기 아까운 자입니다. 그래서 드리는 말씀입니다만, 회유를 해보시는 것이 어떻겠습니까?"

"아니야. 저자는 절대로 회유가 통할 자가 아니야. 아깝지만 어쩔 수 없지."

"제 생각도 그렇습니다. 하지만 섭혼대법이 성공한다면 사정이 달라질 수도 있습니다."

귀가 솔깃해진 바얀은 다시 여문탁 사제와 자객 간의 사투를 관심있게 지켜봤다. 여문탁 사제의 합공을 이겨내기 어려웠는지 자객의 눈빛은 완연한 회색빛으로 물들어 있었다.

"섭혼대법이 성공한다면……."

바얀의 입가에 슬며시 미소가 떠올랐다. 잘만하면 날카로운 보검 한 자루를 얻을 수 있을 것 같았다. 바로 그때였다.

부르르르.

갑자기 자객의 몸에 경련이 일어나더니, 자객의 단전에 꽂혀서 내공을 금제하고 있던 금침이 스르르 밀려 나왔다. 아니, 그렇게 느끼는 순간, 금침은 이미 바닥에 떨어져 있었다. 동시에 자객의 전신에서 거대한 기세가 폭발적으로 뿜어져 나오면서 콩 볶는 소리가 터져 나오기 시작했다.

뚜둑! 뚝! 뚜둑! 뚝!

바얀의 입가에 떠올랐던 미소가 씻은 듯이 사라져 버렸다.

"저건?!"

변화는 끝이 아니었다. 여문탁이 자객의 머리에 박아 넣었던 스물네 개의 금침들 중 하나가 날카로운 파공음과 함께 천장으로 튀어 올랐다.

핑!

자객의 머리에서 튀어 나온 금침은 그야말로 살인무기였다. 섭혼대법을 시전하고 있던 여문탁이 대경실색해 헛바람을 집어삼켰다.

"헉!"

다행히 금침이 천장으로 튀어 올랐지만, 여문탁의 위기는 끝이 아니었다. 자객의 머리에 박혀 있던 스물세 개의 금침이 튀어 나오려는 듯 움찔움찔하는 것이 보였다. 금침에 찔려 죽지 않으려면 당장에 손을 떼고 방어를 해야만 했다.

'섭혼대법이 한참 절정에 이르러 있는 상태야. 여기서 손을 떼면 진기의 역류로 나와 운비가 함께 피를 토하고 죽을 것이 뻔해.'

여문탁은 울며 겨자 먹기로 손도 떼지 못하고, 바얀과 모용진에게 고개를 돌려 눈빛으로 도움을 청했다. 그사이에도 자객의 몸에서는 끊임없이 콩 볶는 소리가 터져 나오고 있었다.

타닥! 탁! 탁! 타닥!

자객의 피부가 갑자기 마른 논바닥 갈라지듯이 터져 나가고, 전신의 근육이 불쑥 솟아올랐다가 푹 꺼지며 마구 뒤틀리기 시작했다.

'서, 설마?

여문탁은 전설로 전해지는 어떤 현상을 생각해 내고는 두 눈을 부릅뜨고 말았다. 고도의 정신대법인 섭혼대법을 시전하면서 마음의 동요가 일어나니 결과는 한 가지뿐이었다. 여문탁과 냉운비의 입에서 동시에 피가 흘러내렸다.

주르륵!

바얀이 어느새 날아와 여문탁의 앞을 가로막으며 빠르게 소리쳤다.

"여 대협, 내가 도울 터이니 정신을 차리시오! 모용진, 냉소협에게 격체전력을 실시해라!"

여문탁의 암담한 눈빛을 보고 바얀과 함께 날아온 모용진이 즉시 냉운비의 등 뒤에 가부좌를 틀고 앉아 격체전력을 시도했다. 그와 함께 자객의 머리에 박혀 있던 스물세 개의 금침이 일제히 튀어 오르기 시작했다.

핑! 피핑! 핑! 핑!

여문탁이라는 자의 사술은 과연 무서웠다. 한마음 한뜻으로 금단수심결의 법문에 집중해 저항을 하는 것도 한계가 있었다. 하지만 박재현은 무너지면 안 되는 사람이었다. 박재현은 그야말로 필사의 의지로 금단수심결의 법문을 계속해서 암송했다.

기이한 일이 발생한 것은 박재현의 의식이 거의 무너져 갈 즈음이었다. 그때, 박재현은 거의 의식을 잃기 직전의 상태에 몰려서 금단수심결의 법문을 반복 암송하고 있었다.

'마음을 갈고 닦아 기를 움직인다. 기를 갈고 닦아 금단을 이룬다. 고로 지고한 금단을 이루려면 지고한 마음을 갖추어야 한다.'

갑자기 텅 비어 있는 박재현의 머릿속으로 금단수심결의 법문들이 집채만 한 크기로 변해 하나씩 박혀들었다.

'지고한 마음이란 무엇인가? 수많은 풍상을 묵묵히 견뎌내는 거암의 꿋꿋함이다. 지고한 기란 무엇인가? 극한으로 달아오른 화로에서 피어나는 백색의 불꽃이다. 금단이란 무엇인가? 거암의 꿋꿋한 마음으로 백색의 불꽃을 다져 만든 기의 정화(精華)이다. 지고한 마음을 움직여 빛나는 금단을 이루어라.'

박재현은 단전이 금제되어 있다는 사실도 잊고 무의식중에 금단수심결의 도인법을 시도했다.

꿈틀!

금제되어 있던 내공이 박재현의 의지에 반응해 크게 꿈틀
거렸다. 동시에 박재현의 체내에 잠력으로 존재하던 약기운
들이 자석에 끌리는 쇳가루처럼 박재현의 단전으로 서서히
끌려갔다. 그리고 이내 장강대하와 같은 커다란 기의 흐름이
되어 박재현의 단전으로 밀려들어 갔다.

체내의 모든 약기운들이 좁은 단전으로 몰려들자 단전이
급격히 팽창을 하기 시작했다. 그와 함께 내공을 금제하고 있
던 금침이 빠져나가 버렸다.

스르르! 툭!

폭발이 일어났다. 박재현의 단전을 금제하고 있던 금침이
빠져나감과 동시에 단전에 갇혀 있던 엄청난 진기가 폭발했
다. 폭발과 함께 단전을 박차고 나온 진기는 금단수심결의 경
로에 따라 박재현의 전신 경맥을 질주했다.

뚜둑! 뚝! 뚜둑! 뚝!

자신의 신체에서 일어나는 변화를 전혀 모르고 있는 박재
현은 금단수심결의 마지막 구결만 반복해서 암송하고 있었
다.

'백색의 불꽃을 다져 만든 기의 정화. 빛나는 금단을 이루
어라.'

박재현의 머릿속에 빛나는 금단의 모양이 형상화되기 시
작했다.

쿠르르릉!

금단수심결의 경로를 따라 전신 경맥을 질주하던 진기가 대주천을 끝내고 단전으로 되돌아가 박재현의 머릿속에 떠오른 금단과 같은 모양으로 탈바꿈을 시도했다.

번쩍!

너무나 깨끗해 티 한 점조차 찾을 수 없는 온화한 빛깔의 금색 구체가 박재현의 단전에 자리를 잡는가 싶더니, 눈 깜짝할 사이에 금단수심결의 진기도인법을 따라 독맥(督脈)으로 치달아 올라갔다.

핑!

백회혈에 박혀 있던 금침이 금단의 힘에 튕겨 나가 버렸다.

'크윽!'

흐릿해져 있던 눈앞이 서서히 맑아지면서 그때까지 모르고 있던 극통들이 물밀듯이 밀려들어 왔다.

타닥! 탁! 탁! 타닥!

전신의 뼈가 모조리 부서지고, 전신의 근육이 모조리 뒤틀렸다. 그것은 이제껏 박재현이 겪었던 그 어떠한 고통보다 더 큰 고통이었다.

핑! 피핑! 핑! 핑!

머릿속에 박혀 있던 금침들이 튕겨 나가는 것에 비례해서 눈앞이 점점 더 명경지수처럼 맑아지고 고통이 더욱 심해졌

다. 박재현이 아니라 그 누구도 참을 수 없는 환골탈태의 고
통이었다.

'의식을 잃으면 안 돼. 지금 여기서 의식을 잃어버리면 끝
장이야.'

한없이 맑아졌던 의식이 고통으로 인해 다시 흐릿해지면
서, 엄청난 역도에 맥없이 밀려났던 회색빛 안개가 박재현의
백회혈로 다시 밀려들었다. 동시에 박재현의 뇌리로 이자건
과 함께했던 즐거운 시간들이 주마등처럼 흘러갔다. 무미건
조했던 박재현의 인생에 있어 가장 보람있고, 행복했던 시간
들이었다.

휘이이익!

좁은 고문실 안을 허깨비처럼 날아다니며, 불규칙적으로
튕겨 나가는 스물세 개의 금침을 잡아낸 바얀의 두 눈이 믿을
수 없다는 듯 크게 부릅떠져 있었다.

뚜둑! 뚝! 뚜둑! 뚝! 타닥! 탁! 탁! 타닥!

콩 볶는 소리가 끊임없이 터져 나오며 자객의 전신 뼈가 모
조리 부서졌다가 새롭게 재구성되고, 자객의 전신 근육이 모
조리 뒤틀렸다가 새롭게 자리를 잡아가고 있었다. 바얀은 자
객의 몸에서 일어나는 변화를 두 눈을 부릅뜨고 지켜보다가
자신도 모르게 고함을 지르고 말았다.

"설마, 전설의 환골탈태?!"

절세고수라 불러도 손색이 없을 바얀에게 있어서도 환골탈태는 그저 전설 속에나 나오는 허황된 이야기일 뿐이었다. 바얀은 이때까지 환골탈태가 실제로 가능하다는 생각을 한 번도 해본 적이 없었다. 하지만 지금 바얀의 눈앞에서 전설이 실제로 구현되고 있었다.

"실로 믿을 수가 없구나!"

풀썩!

마른 논바닥처럼 쩍 갈라져 있던 자객의 피부가 먼지가 되어 흩어지고, 조금은 작아 보였던 자객의 키가 조금씩 커져가기 시작하더니, 눈 깜짝할 사이에 반 자나 훌쩍 커져 버렸다. 지독한 고문으로 인해 사람의 몰골을 잃어버리고 있던 자객은 어느새 은은한 황금빛 선기(仙氣)를 뿜어내는 청수한 중년인의 모습으로 탈바꿈해 있었다. 그런데 투명해 보이기까지 하는 자객의 눈동자는 회색빛으로 물들어 있었다.

'섭혼대법이 성공하고 있구나!'

여문탁, 냉운비, 모용진의 합력에는 자객도 버텨내지 못하는 것 같았다. 아니, 그렇게 단순하게 생각하기에는 여문탁, 냉운비, 모용진의 표정이 심상치 않았다. 힘을 합쳐 자객을 상대하고 있는 세 사람의 얼굴은 크게 일그러져 있는 것이 힘이 부치는 기색이 역력했다.

'이자를 무조건 내 품 안으로 끌어들여야 해.'

회유가 불가능한 자였지만, 방법은 있었다. 모용진의 말대로 섭혼대법을 성공시키기만 하면 되는 것이다.

"여 대협, 자객의 머릿속에 나에 대한 절대적인 충성을 각인시키시오!"

여문탁에게 전음을 보낸 바얀은 대답도 듣지 않고 바로 모용진의 등 뒤에 가부좌를 틀고 앉아 격체전력을 시도했다. 바얀의 장심을 타고 막대한 내공이 모용진의 명문혈로 스며들었다. 그렇게 스며든 내공은 냉운비를 거쳐 자객을 직접적으로 상대하고 있는 여문탁의 명문혈로 스며들었다.

'이렇게 엄청난 내공이라니?'

여문탁은 명문혈로 흘러들어 오는 엄청난 내공의 힘에 몸을 부르르 떨었다. 바얀의 내공은 여문탁의 몸이 도저히 감당하지 못할 정도로 많았다. 몸이 터져 나가지 않게 하려면 그 내공을 즉시 몸 밖으로 밀어내야 했다. 여문탁의 입에서 흘러나오는 사이한 주문 소리가 급격히 커지더니 마옥 전체를 흔들리게 만들었다.

"크윽!"

"컥!"

"으악!"

눈앞에서 벌어지는 신기한 현상을 넋 놓고 구경하고 있던

간수들이 일제히 단말마의 비명을 토하며 바닥으로 쓰러졌
다. 여문탁의 입에서 나오는 주문 소리를 견뎌내지 못하고 고
막과 뇌가 한꺼번에 터져 버린 것이었다. 실로 고래 싸움에
새우 등 터지는 격이었지만, 불쌍한 간수들의 죽음에 신경을
쓰는 사람은 아무도 없었다.

바얀과 모용진의 힘을 등에 업은 여문탁은 자객의 정신을
제압하기 위해 최선을 다하고 있었다.

"아이야, 왜 그렇게 저항을 하느냐? 나는 그저 너와 친해지
고 싶을 뿐이란다. 저항을 하면 고통만 심해질 뿐이니, 경계
심을 풀도록 하여라."

"…예……."

회색빛으로 변해 있는 자객의 눈에서 서서히 빛이 사그라
졌다.

"남들이 너를 부를 때 뭐라고 부르느냐?"

"혈적검……."

이름을 말하라는 질문에 자객은 피를 쫓는 검이라는 섬뜩
한 별호를 대었다. 실로 자객다운 별호였다. 모골이 송연해진
여문탁은 재차 자상한 말투로 질문을 던졌다.

"이름은 없느냐? 부모님이 너에게 지어주신 이름을 말해다
오."

"부모님이… 지어주신… 이름은… 으아악!"

자객이 비명을 지름과 동시에 자객의 백회혈로 스며들어 갔던 회색빛 기운이 또다시 밀려 나오려고 했다. 그렇게 되면 여문탁을 포함한 네 사람이 모조리 극심한 내상을 입고 쓰러질 수도 있었다. 아니, 재수가 없으면 죽을 수도 있었다.

'헉! 위험하다!'

여문탁의 명문혈로 스며드는 내공의 힘이 폭증했다. 격체전력을 시전하고 있던 바얀 등도 위기를 느꼈음이 분명했다. 각설하고, 세 사람의 도움을 받은 여문탁은 두 손을 뻗어 눈에 보이지도 않을 만큼 빠른 속도로 금침이 빠져나온 자객의 머리 요혈들을 두드렸다.

타타타탁!

조심스럽게 침을 놓아야 할 자리였으나 지금 상황에서 침을 찌른다는 것은 불가능한 일. 일단 요혈을 제압하고 봐야 했다. 과연 그렇게 하자, 밀려 나오고 있던 회색빛 기운이 자객의 백회혈로 급격히 밀려들어 갔다.

'후우! 간신히……'

"으아악! 건아! 쿨럭!"

비명을 지르고 있던 자객이 의문의 단어를 토해내고는 울컥하고 핏물을 뿜어냈다. 자객이 뿜어내는 핏물을 온 얼굴에 뒤집어쓴 여문탁이 대경실색해 고함을 내질렀다.

"모두 격체전력을 중지하십시오!"

이것은 분명히 섭혼대법이 성공하는 모양새가 아니었다. 당황한 여문탁은 명문혈로 스며드는 내공의 힘이 끊어지자마자 재빨리 바닥에 쓰러져 있는 자객의 눈꺼풀을 뒤집어보았다. 한 줄기 눈물이 주룩 흘러내리며 회색빛으로 변해 있는 눈동자가 빛을 잃어가고 있는 것이 보였다.

"어떻게 된 것이오?"

바얀이었다. 여문탁은 자객의 머리를 조심스럽게 바닥에 내려놓고 고개를 숙였다.

"죄송합니다. 실패했습니다."

"죽었다는 말이오?!"

찬바람이 씽씽 부는 냉정한 고함 소리. 바얀은 마치 잡아먹을 것 같은 매서운 눈빛으로 여문탁을 쏘아보고 있었다. 심신이 크게 위축된 여문탁은 기어들어 가는 목소리로 조심스럽게 대답을 했다.

"아닙니다. 보통은 죽는 것이 정상이지만, 이자는… 실혼인이 되어버렸습니다."

"……!"

第七章
도룡장(屠龍莊)

屠龍之技

이자건은 집에서 기다리고 있으라는 황개의 당부에도 불구하고 수시로 대도 분타를 찾아왔다. 그렇게 찾아와서는 별다른 말도 하지 않았다. 그저 '아직 아무런 소식도 없습니까?' 하는 질문만 던질 뿐이었다. 하지만 그 짧은 말이 가지는 위력은 대단했다.

황금 이십 냥을 받은 죄가 있는 황개는 연일 거지들을 닦달할 수밖에 없었다. 그런데 사로잡힌 자객의 이야기는 어디에서 나왔는지조차 불분명한 것이었다. 황개가 한 달 동안 대도 분타의 제자들을 모조리 동원해 얻은 최종 결론은 '사로잡힌 자객은 없다'였다. 아무리 낯가죽이 두꺼워도 황금 이십 냥이라는 거금을 사례금으로 받고, 이러한 정보 같지도 않은 정보만을 건네줄 수는 없었다. 황금 두 냥을 이미 한 달 동안 사용해 버린 까닭에 돈을 돌려줄 수도 없었다.

황개는 엄동설한에 바짝 얼어 있는 제자들을 계속해서 밖으로 내몰아 정보를 수집하게 하고는 이자건을 피해 도망을 다녔다. 그렇게 며칠이 지났을까? 대도 분타 근처의 동굴에 숨어 지내다가 양심의 소리에 혼이 날 대로 난 황개는 더 이상 양심의 준열한 비판을 견뎌내지 못하고 다 죽어가는 모습으로 귀가를 찾아갔다.

"사로잡힌 자객은 없습니다. 황궁을 침입한 자객은 모두 죽었습니다."

이자건은 짧은 말 한마디만을 남겨놓고 도망치듯 귀가를 떠나는 황개의 등을 물끄러미 바라보다가 기어이 눈물을 흘리고 말았다. 실낱같은 마지막 희망마저 사라져 버린 것이다. 하지만 예상하고 있었던 일이다. 힘이 빠지기는 했지만 큰 충격은 없었다. 이자건은 소매를 들어 눈물을 닦아내고는 자리에서 벌떡 일어났다.

"이곳을 떠나야겠어."

박재현이 없는 귀가에 더 이상 머물러 있을 이유가 없었다.

이제는 전심전력으로 복수만을 생각할 때였다. 밖으로 나온 이자건은 제갈금을 찾아갔다. 역시 이자건의 짐작대로 제갈금은 사당에 있었다.

마른 걸레를 들고 먼지를 닦아내고 있던 제갈금이 이자건을 보자마자 바로 공손하게 허리를 굽혀 인사를 했다.

"공자, 어서 오십시오."

짐 보따리를 싸들고 들어온 다음부터 제갈금은 정말로 하인 노릇을 할 작정이었는지 이자건에게 주인 대접을 깍듯이 하고 있었다. 이자건으로서는 실로 거북하기만 한 태도였다.

"으음."

이자건이 침음성만 토하고 멀뚱거리며 서 있자, 제갈금이 한편에 놓여 있는 향이 들어 있는 상자를 손으로 가리키며 말했다.

"들어오십시오. 향은 충분히 준비해 놓았습니다."

귀가에 들어온 이후 제갈금은 먹는 것과 입는 것을 자기가 알아서 해결하고 있었다. 이자건은 원하지 않는 하인 하나를 공짜로 부리는 것이나 마찬가지였다. 그 하인이 제사에 사용할 향까지 자기 돈으로 구입해 놓았다면 아무리 제갈금이 미운 이자건이라고 해도 가만히 있을 수가 없었다. 이자건은 미간을 찌푸리면서 제갈금에게 말을 건넸다.

"제사를 지내기 위해 찾아온 것이 아니오. 그런데 향은 무슨 돈으로 산 거요?"

"제가 구입한 것이 아니라 어제 자식 놈들이 다녀가면서 놓고 간 것입니다."

이자건의 미간이 더욱 찌푸려져 버렸다. 제갈금의 세 아들은 이자건이 조부의 유물을 처분했던 만보당(萬寶堂)에 점원으로 취직을 해 있었다. 신분을 숨기고자 함이었겠지만, 보수는 후하지 않을 것이 분명했다. 이자건은 품속에서 은 한 냥을 꺼내어 제갈금의 발치 앞에 던졌다.

"향 값으로는 충분할 것이오."

제갈금은 바닥에 떨어진 은자를 주워 들어 먼지를 털고는 이자건에게 공손하게 바쳤다.

"받을 수 없습니다. 제 자식 놈들이 아비의 잘못으로 인해 무고하게 죽어간 영혼들에게 바치는 향입니다. 기분이 나쁘시더라도 이해를 해주십시오."

원수는 제갈금이었지 그 아들들이 아니었다. 제갈금의 아들들이 부친을 위해 정성을 바치는데, 일부러 막고 싶지는 않았다. 이자건은 어쩔 수 없이 은자를 다시 받아 들고 말았다.

두 사람 사이에 잠시 침묵이 흘렀다. 이윽고 이자건이 툭 내뱉듯이 말을 던졌다.

"나는 이 집을 떠날 생각이오."

은은한 미소를 짓고 있던 제갈금의 안색이 퍼뜩 굳어버렸다.

"혹시?"

"그렇소. 곽운학이라는 자를 찾아갈 생각이오. 당신을 죽이지 못했으니 그자라도 죽여야 하지 않겠소?"

이자건의 쌀쌀한 말투에 제갈금이 걱정스러운 표정을 지으며 이자건을 말리기 시작했다.

"이 공자, 이 공자가 당금 천하를 떨어 울릴 정도의 실력이 된다면 모를까, 현재 이 공자의 실력으로는 무왕성에 숨어 있는 곽운학을 죽일 수 없습니다. 곽운학 그자는 천하구대고수의 일인입니다. 그리고 주위에 인의 장벽을 둘러치고 있는 자입니다. 원수를 갚고자 한다면 실력을 먼저 쌓으셔야 합니다. 원수는 그다음에 갚으셔도 충분합니다. 원수를 갚으러 갔다가 목숨을 헌납할 수는 없지 않겠습니까?"

의형인 박재현이 했던 말과 비슷한 내용의 말이었다. 이자건은 자신도 모르게 한숨을 내쉬고 말았다.

"휴우, 당신 말이 옳소. 하지만 나는 떠나야겠소. 이 집은 당신에게 줄 터이니 타지에서 고생하고 있는 자제들을 데리고 와서 함께 살도록 하시오."

억지로 가장하고 있던 싸늘함까지 없어진 이자건의 말투에 제갈금이 눈물을 글썽이며 질문을 했다.

"앞으로 어떻게 하실 생각이십니까?"

"곽운학이라는 놈에게 목숨을 헌납할 생각은 추호도 없으니 한동안 조용한 곳을 찾아가 수련이나 할 생각이오.”

“그러면 저도 이 공자를 따라갈 수 있게 해주십시오.”

참으로 끈질긴 사람이었다. 이자건이 피식 실소를 터뜨리며 말했다.

“아직도 내게 죽여달라는 말을 하고 싶은 것이오?”

“아닙니다. 저도 이제는 살고 싶습니다. 살아서 이 공자를 모시고 싶습니다. 저도 제가 얼마나 염치없는 부탁을 드리는지 잘 알고 있습니다. 하지만 저는 이렇게 할 수밖에 없습니다. 부디 지은 죄를 씻기 위해 발버둥을 치는 불쌍한 자의 소원을 거절하지 말아주십시오. 이렇게 부탁을 드리겠습니다.”

말을 마치기도 전에 제갈금이 바닥에 무릎을 꿇고 앉아 고개를 조아렸다. 이자건은 고개를 조아리고 있는 제갈금을 묵묵히 바라보고 있다가 나직한 음성으로 말을 꺼냈다.

“위령제를 지내던 날, 나는 당신의 눈물을 보았소. 어린 내가 보기에도 당신의 눈물은 거짓이 아니었소. 솔직히 말해서 나는 그때부터 이미 당신을 용서하고 있었소. 그러나 용서를 한다고 해서 당신과 내가 원수라는 사실이 변하는 것은 아니지 않소? 서로 모른 척하고 삽시다. 그게 서로를 위해서 좋을 것 같구려.”

용서를 한다고 해서 원수와 친하게 지내고 싶은 마음은 없었다. 할 말을 다 한 이자건은 제갈금에게 등을 돌렸다. 그리고 한 분 한 분의 위패를 향해 공손히 절을 하고는 미리 준비해 온 보따리 속에 정성 들여 옮겨 담기 시작했다.

갑자기 무릎을 꿇고 있던 제갈금이 비통한 음성으로 부르짖었다.

"공자! 저는 이제까지 자결을 생각해 본 적이 없습니다! 하지만 이 공자가 제게 죄를 갚지 못하게 하신다면 저는 자결을 할 수밖에 없습니다!"

제갈금의 갑작스러운 고성에 조심스럽게 위패를 옮기고 있던 이자건은 하마터면 위패를 떨어뜨릴 뻔했다. 위패는 돌아가신 분과 똑같이 모셔야 하는 것이었다. 바닥에 떨어뜨린다면 실로 큰 죄가 아닐 수 없었다. 화가 난 이자건은 제갈금에 못지않게 언성을 높여 고함을 내질렀다.

"도대체 그게 무슨 말이오?! 이미 용서했다고 하지 않았소?!"

"이 공자의 용서는 받았으나 청림촌 사람들의 용서는 받지 못했습니다. 이 공자를 모시면서 죄를 갚고자 하오니 부디 받아주십시오."

실로 기가 막힌 말이었다. 돌아가신 청림촌 사람들이 용서를 했는지 안 했는지 제갈금이 어떻게 안단 말인가? 이자건은 하도 기가 막혀 말도 하지 못했다. 그 와중에 제갈금의 말이 계속 이어졌다.

"저는 처자식의 무덤 옆에서 인과응보라는 말의 의미를 깨달았습니다. 제 자식들이 제가 저지른 잘못으로 인해 업보를 받을 수도 있습니다. 부디 자식들을 걱정하는 아비의 심정을 이해해 주십시오. 결코 이 공자에게 짐이 되지는 않을 것입니다."

부모님을 비명에 잃은 이자건은 유독 자애(慈愛)라는 단어에 약했다. 부모님을 해친 원수인 제갈금의 입에서 나오는 자식 사랑이 가증스럽게 느껴져야 하는 것이 당연했지만, 가증스럽게 느껴지기는커녕 그 단어 하나하나가 가슴속을 파고들었다.

'자식들을 걱정하는 아비의 심정……'

참으로 가슴이 따뜻해지는 말이었다. 이자건은 무릎을 꿇고 있는 제갈금을 보면서 어떻게 해야 하나 고민을 하기 시작했다. 바로 그때였다.

"저희들의 아비는 진심으로 참회를 하고자 하는 것입니다. 부디 받아주십시오."

"공자님, 자식들 걱정 때문에 마음대로 죽지도 못하는 불쌍한 사람입니다. 이렇게 간청을 드리옵니다."

"공자님을 위해서 저희들이 견마지로(犬馬之勞)를 다하겠습니다. 부디 죄 많은 아비를 받아들여 주십시오."

갑작스러운 소란에 사당 문을 열고 밖을 내다보던 이자건은 이마에 손을 얹고 말았다. 누가 보더라도 영준하다고 생각할 세 명의 젊은이가 사당 앞에서 무릎을 꿇고 읍소를 하고 있었다. 그들은 바로 제갈금이 목숨보다 더 아끼는 세 아들 제갈우(諸葛宇), 제갈기(諸葛奇), 제갈문(諸葛聞) 삼 형제였다.

"당신들의 아비를 받아들이고 말고를 말하기 전에 한 가지만 물어봅시다. 문을 열어준 사람도 없었을 터인데, 도대체 어떻게 여기까지 들어온 것이오?"

스물세 살로 세 형제의 맏이인 제갈우가 이마를 땅에 박으며 말을 했디.

"문이 열려 있었습니다. 그래서 허락도 받지 않고 이렇게 불쑥 찾아들어 왔습니다. 무례를 용서해 주십시오."

"문이 열려 있었다고요?"

"예."

제갈우의 대답에 이자건의 시선이 자연스레 사당 안에서 무릎을 꿇고 있는 제갈금에게 향했다. 이자건의 시선을 받은 제갈금이 얼굴을 붉히면서 자백을 했다.

"제가 문을 열어놓았습니다."

"왜 대문을 함부로 열어놓는단 말이오?"

집주인인 이자건이 당연히 가져야 할 의문이었다.

"사실은… 자식 놈들이 매일 사당에 와서 분향(焚香)을 했었습니다. 그래서 자식 놈들이 올 시간이 되면 제가… 공자의 허락도 받지 않고 제 임의대로 문을 열어놓았습니다. 죄송합니다.”

사당에 와서 향을 살랐다는 말에 굳어 있던 이자건의 안색이 스르르 풀려 버렸다.

“…분향을 했다고요?”

이번에 답을 한 사람은 이자건의 눈치를 보고 있던 제갈우였다.

“예, 그렇습니다. 아비의 죄를 어찌 자식들이 모른 척하겠습니까. 저희들도 아비와 함께 희생을 당한 분들께 사죄를 드리고 있었습니다.”

제갈우의 딱 부러지는 말에 이자건은 묵묵히 고개를 끄덕이고 있다가 곤혹스러운 표정이 되고 말았다. 마음을 진정시키고 주위를 둘러보니 모양새가 이상했다. 사당 안팎에서 무릎을 꿇고 있는 네 사람 중에 이자건보다 나이가 적은 사람은 삼 형제의 막내인 열여덟 살짜리의 미소년 제갈문 하나뿐. 네 사람이 무릎을 꿇은 이유가 어디에 있던지 간에 불편하지 않을 수 없었다.

“알았소. 내 더 이상 따지지 않겠소. 그리고 이제 그만들 일어나시오. 남들이 볼까 두렵소.”

이자건의 간곡한 말에도 불구하고 제갈금 부자는 여전히

무릎을 꿇고 일어날 생각을 하지 않았다. 그 이유는 삼 형제의 둘째인 스물한 살짜리 제갈기의 말에서 밝혀졌다.

"아비를 받아들여 주십시오. 막내의 말대로 저희들이 평생 견마지로를 다하여 공자를 보필하겠습니다. 그전에는 결코 일어날 수 없습니다."

"으음."

제갈금 하나도 떨어뜨리지 못해 곤욕을 치르고 있는데, 삼 형제가 한꺼번에 견마지로를 다하겠다는 맹세를 하고 있었다. 제갈금과 삼 형제 그 누구의 보필도 필요가 없는 이자건으로서는 답답하기만 한 현실이었다. 성질 같아서는 당장에 화를 내면서 밖으로 나가고 싶은 심정뿐이었다. 하지만 지금은 성질대로 할 수 있는 상황이 아니었다. 일단은 시간을 버는 것이 중요했다.

"그 문제는 내가 긍정적으로 생각해 보겠소. 이제 그만 일어들 나시오."

이자건의 말이 끝나기가 무섭게 삼 형제가 벌떡 일어나더니 입을 맞추어 대답했다.

"예, 명을 받들겠습니다!"

명을 받들겠다고 했으니 이제는 이자건을 보필하겠다는 말을 지키겠다는 뜻이었다. 이자건은 지끈거리는 관자놀이를 손으로 누르고 있다가 여전히 무릎을 꿇고 있는 제갈금을 보고는 인상을 찌푸리고 말았다.

"왜 아직까지 그러고 있는 것이오?"

"저는 이 공자가 확답을 해주시지 않으면 계속 이렇게 있을 작정입니다."

완전한 협박이었다. 이자건이 어찌 삼 형제가 보는 앞에서 그들의 아버지인 제갈금이 계속 무릎을 꿇고 있도록 놔둘 수 있겠는가? 그것은 인간이 할 짓이 아니었다. 이자건은 제갈금의 고집에 두 손 두 발을 다 들고 말았다.

"알았소. 알았으니까 이제 그만 일어나시오. 설마 내가 부탁을 해야 하는 것은 아니겠지요?"

"부탁이라니요? 제가 어찌 감히……. 즉시 명을 받들겠습니다."

그사이에 자식들에게 배웠는지 자식들과 똑같은 말을 하는 제갈금의 얼굴이 유난히 밝아 보였다.

'지독한 고집쟁이들!'

이자건은 제갈금 부자(父子)들과 실랑이를 벌이면 자신만 손해라는 것을 절감하고는 고개를 흔들고 말았다.

이자건은 제갈금 부자를 본채의 대청으로 데리고 와 긴 이야기를 나누었다. 그리고 결국은 제갈금의 끈기에 굴복해 그를 총관으로 받아들이고 말았다. 하지만 삼 형제를 받아들이는 문제에 있어서만큼은 이자건도 쉽게 양보를 하지 않았다.

당시 삼 형제는 제갈금에 대한 걱정 때문에 이성적인 판단을 내릴 수 있는 상황이 아니었다. 그 상황에서 감정이 격해진 막내 제갈문이 견마지로라는 말을 꺼냈을 뿐이다. 비록 둘째인 제갈기가 막내의 말을 재차 확인해 주기는 했지만, 제갈기도 그때의 분위기에 휩쓸려 말을 경솔하게 한 것은 분명했다.

가뜩이나 사람과 사람 사이에 상하의 구분이 있다는 사실을 거북스럽게 생각하고 있던 이자건이 분위기에 휩쓸려 경솔한 결정을 내린 세 사람을 받아들일 이유는 하나도 없었다.

"내뱉은 말을 지키고 싶어하는 여러분의 뜻은 잘 알겠소. 하지만 여러분의 인생이 걸린 일이오. 열흘간의 말미를 줄 터이니 그사이에 심사숙고해서 결정하도록 하시오."

젊은 아들들이 자신 때문에 경솔한 결정을 내린 것을 안타깝게 생각하고 있던 제갈금이 냉큼 고개를 조아리며 감사의 뜻을 표했다.

"주군, 감사합니다."

"총관의 자제 분들을 위한 결정이 아니라 나를 위한 결정이었습니다. 고마워할 이유가 없습니다. 내 나이 이제 스무 살. 누구를 이끌고 나가기보다는 나를 먼저 다스려야 할 나이입니다. 그러니 여러분도 자신이 한 말에 부담을 갖지 마시고 최대한 합리적인 결정을 내리도록 하시오."

이자건의 겸손한 말에 제갈금이 공손한 표정으로 고개를 숙였다가 삼 형제를 돌아보며 눈치를 주었다. 어서 대답을 하라는 뜻이었다.

사실 삼 형제가 이자건의 뜻에 반하여 계속해서 고집을 부리는 것도 예의에 어긋나는 일이었다. 삼 형제는 한동안 서로의 눈을 마주치면서 의견을 조율했다. 이윽고, 맏이인 제갈우가 대표로 삼 형제의 결정을 말했다.

"저희들에게 생각할 시간을 주셔서 감사합니다. 공자님의 뜻에 따르겠습니다."

"잘 생각하셨습니다. 그럼 여러분은 잠시 자리를 비켜주십시오. 총관과 긴히 할 이야기가 있습니다."

"예!"

삼 형제가 공손한 태도로 방문을 닫고 나가자 이자건이 곧장 제갈금에게 말을 꺼냈다.

"이제 이사 문제에 대해 이야기를 해봅시다."

제갈금을 총관으로 받아들이기로 한 다음부터 이자건은 나름대로 깍듯한 예의를 지키고 있었다. 제갈금을 더 이상 원수로 생각하지 않겠다는 뜻이었다.

"예, 하명하십시오."

"기왕에 귀가를 떠나기로 한 마당이니 머뭇거릴 이유가 없습니다. 총관은 조용한 장소를 물색해서 이사 준비를 해주십시오."

"예, 주군. 그런데 모든 것을 제 임의대로 할 수는 없지 않겠습니까? 지침을 내려주십시오."

옳은 말이었다. 모든 것을 부리는 사람에게 다 맡기는 것도 문제는 있었다. 이자건은 얼굴을 붉히면서 어디로 이사를 가야 할지 곰곰이 따져 보기 시작했다. 일단 대도는 무조건 벗어나고 싶었다. 대도는 사람이 너무 많아 소란스러웠고, 관부의 눈치를 많이 봐야 했기 때문에 여러모로 불편했다. 그렇다고 대도에서 너무 멀리 떨어진 곳도 곤란했다. 아직 박재현의 시신을 수습하지 못했기 때문이다. 기회가 생길지 안 생길지는 모르지만, 박재현의 시신을 수습할 기회가 생겼을 때 놓치지 않으려면 항상 대도의 소식에 귀를 기울일 수 있을 만큼 가까운 곳이어야 했다. 이자건은 이내 자신의 생각을 제갈금에게 전해주었다.

"방위는 동서남북 어디든지 상관이 없습니다만, 거리는 이곳에서부터 말을 달려 반나절이면 닿을 수 있는 곳이어야 합니다. 그리고 집은 주위가 조용해야 하고, 남의 눈치 안 보고 마음껏 무공 수련을 할 수 있을 정도로 커야 합니다. 이 정도면 지침이 되겠습니까?"

주변 경관은 어떠해야 하고 환경은 어떠해야 하며, 건물의 상태는 어떠해야 한다는 식의 세부적인 조건은 거의 포함되어 있지 않은 포괄적인 지침이었다. 대신 총관인 제갈금이 집을 구함에 있어 재량권을 마음대로 행사할 수 있다는 장점이 있었다. 까다로운 조건을 걸기보다 그냥 네가 알아서 구하라는 식이었기 때문에 명을 받드는 제갈금이 꺼려할 이유는 하나도 없었다.

"예, 제가 주군께서 흡족해하실 만한 곳으로 물색을 해보도록 하겠습니다."

"알겠습니다. 총관도 이제 나가서 일을 보십시오. 나는 이제 무공 수련을 해야겠습니다."

제갈금은 이자건에게 예를 취하고는 밖으로 나왔다. 기다리고 있던 삼 형제가 우르르 제갈금에게 다가왔다.

"아버님, 이 공자께서 저희들에 대해 무슨 말씀을 하셨습니까?"

"아니. 별다른 말씀은 없으셨다. 그보다 너희들에게 할 이야기가 있다. 따라오너라."

제갈금은 자신의 방으로 삼 형제를 데리고 갔다. 위령제가 있은 다음날, 제갈금이 무작정 짐 보따리를 싸들고 들어와 마음대로 짐을 풀어놓은 바로 그 방이었다. 지금에 와서 생각하면 정말로 기가 막힌 일이었다.

'내가 어떻게 그런 짓을 할 수 있었을까? 정말로 반쯤 미쳐 있었던 것이 분명해. 그렇지 않고서야……. 만약 주군께서 마음을 조금만 독하게 먹었다면 나는 벌써 이 세상 사람이 아니었겠지. 그래, 내 목숨은 이미 내 것이 아니야. 덤으로 얻은 삶, 주군으로부터 얻은 삶이니 주군을 위해서 바치는 것이 당연해. 내 업보를 씻기 위해서라도 무조건 최선을 다해야 해.'

세상천지에 불구대천의 원수를 용서해 주고 받아들여 줄 수 있을 만큼 배포가 큰 사람이 누가 있겠는가. 이자건이 아닌 다른 사람이었다면 목을 쳐달라고 부탁을 하는 원수를 절대로 그냥 두지 않았을 것이다. 지금의 제갈금은 새로 태어난 것이나 마찬가지였다.

삼 형제를 불러다 놓고 제갈금이 아무런 말없이 깊은 생각에 잠겨 있자, 막내인 제갈문이 눈치 빠르게 밖으로 나가 차를 끓여왔다.

"아버님, 차 드십시오."

깊은 생각에 잠겨 있던 제갈금이 현실로 되돌아와 찻잔을 받아 들었다.

"오냐. 너희들도 같이 들도록 하자."

"예."

제갈금은 눈에 넣어도 아프지 않을 삼 형제를 흐뭇하게 쳐다보고 있다가 삼 형제가 찻잔을 내려놓자 차분한 어조로 질문을 했다.

"너희들은 앞으로 어떻게 할 생각이냐?"

맏이인 제갈우가 조심스럽게 대답했다.

"아버님께서 저희들이 가야 할 길을 가르쳐 주십시오."

"그래, 너희들이 아직 갈피를 못 잡고 있는 것 같으니 내 생각을 말해주도록 하마. 나는 조금 전에 막내와 둘째에게 큰 실망을 했다. 아무리 나이가 어리다고 하더라도 미래를 그런 식으로 결정하면 어떻게 하느냐? 주군께서 너희들의 말이 진심이 아니라는 것을 이해해 주셨기에 망정이지, 주군이 아닌 다른 사람 앞에서 그런 말을 했으면 너희들은 평생 동안 후회 속에서 살았을지도 모른다. 이 아비를 걱정해서 그런 말을 했다는 것은 잘 알고 있다. 하지만 나를 위해서 너희들의 미래를 저당 잡히는 일은 없어야 한다. 무슨 말인지 알겠느냐?"

감정이 격해져 이자건에게 견마지로를 맹세했던 둘째 제갈기와 막내 제갈문의 얼굴이 시뻘겋게 달아올랐다. 둘은 식은땀을 흘리고 있다가 제갈금의 말이 끝나기가 무섭게 고개를 조아렸다.

"예, 명심하겠습니다. 앞으로 다시는 그런 일이 없도록 하겠습니다."

"오냐. 알아들었으면 되었다. 너희들은 앞으로 내 밑을 떠나 독립을 하도록 해라. 너희들의 머리가 나쁘지 않으니 장사를 해서 큰돈을 벌어보는 것도 괜찮을 것 같구나.”

　아버지가 자식에게 막무가내로 독립을 하라고 종용하는
것은 아니었다. 제갈금은 짐 보따리를 싸들고 귀가로 들어오
기 전에, 평생 동안 모아놓은 황금 오십 냥을 제갈우에게 맡
겨놓은 상태였다. 황금 오십 냥이면 삼 형제가 밑천을 삼기에
모자람이 없는 돈이었다.

　제갈금이 진로를 제시해 주었지만 삼 형제의 얼굴은 밝아
지지가 않았다. 밑천이 적어서가 아니라 제갈금과 떨어진다
는 사실이 마음에 들지 않았음이었다. 제갈우가 동생들의 기
색을 살펴보고 있다가 대표로 말을 했다.

　“아버님, 이 공자님은 정말로 예사 분이 아닌 것 같습니다.
둘째와 막내가 경솔하게 말을 하기는 했지만, 따지고 보면 저
희들이 그분을 주군으로 모실 수 있다면 저희들에게도 나쁜
일은 아닌 것 같습니다.”

　이자건은 핑계였다. 제갈우의 진심은 어떻게든 제갈금을
모시고 함께 살겠다는 것이었다. 자식의 말속에 담긴 뜻을 파
악하지 못할 제갈금이 아니었다.

　“주군은 확실히 예사 분이 아니시지. 이 세상천지에 그분
과 같은 분은 또 없을 것이 분명하다. 솔직히 말해서 나는 그
분께 진심으로 감복하고 있다. 하지만 좀 전에도 말했다시피
너희들의 미래를 결정하는 일만큼은 신중해야 한다. 너희들

이 주군의 인품을 믿고 따르려는 것이 아니라, 나 때문에 주군께 일신을 의탁하려고 한다면 나는 무조건 막을 수밖에 없다. 앞으로도 이 아비를 위해 희생하겠다는 생각은 버리도록 해라. 그것은 너희들의 아비인 내 가슴에 대못을 박는 것이나 마찬가지다. 나에게는 내 삶보다도 너희들의 삶이 더 중요하다. 나는 너희들이 독립을 해서 큰 나무가 되었으면 한다.”

어지간하면 알아들을 법도 하건만, 제갈우는 무언가 다른 생각이 있는지 제갈금이 감히 거부할 수 없는 이자건에 대해 물고 늘어졌다.

“아버님, 이 공자님에 대해서 더 알고 싶습니다. 그분의 무공은 어느 정도입니까? 제가 보기에 저보다 약해 보이지는 않았습니다만…….”

제갈우의 속셈을 훤히 꿰뚫어 보고 있던 제갈금은 미간을 찌푸리고 있다가 이자건의 무공에 대한 이야기가 나오자 자신도 모르게 얼굴이 흠칫 굳어져 버렸다. 이자건이 무공을 익히게 된 이유를 누구보다 잘 알고 있는 사람이 바로 제갈금이었다. 양심이 찔리지 않는다면 거짓말일 것이다. 하지만 이제 이자건과 제갈금의 관계는 원수 사이가 아니라 주종 관계였다. 제갈금은 이내 얼굴 근육을 풀고는 흐뭇하게 웃으며 말했다.

“글쎄다. 이곳에 머무르고 있는 동안 주군께서 수련하시는 장면을 얼핏 보기는 했는데, 정확한 수준은 나도 모르겠구나. 다만 나보다 낮지 않다는 것만은 확실하다.”

“아! 어떻게 아버님과? 이 공자님이 어릴 때부터 수련을 열심히 하셨나 봅니다.”

자꾸만 이자건을 걸고넘어지는 제갈우가 괘씸해 뭐라고 한마디 하려고 하던 제갈금은 문득 뭔가 이상한 것이 있다는 사실을 파악해 내고는 자신도 모르게 고개를 갸웃했다. 청림촌에서 혈사를 일으켰던 무정살수들이 보고하길, 당시 청림촌에서 무공을 익힌 사람은 아무도 없었다고 했다. 무정살수들이 무공을 익힌 사람과 익히지 않은 사람을 구분하지 못할 정도로 어리석지는 않았다. 그 말은 곧 이자건이 무공을 익히기 시작한 시점이 청림촌을 떠난 다음부터라는 말이었다.

‘그게 과연 가능하단 말인가?’

무정살수들이 제갈금에게 거짓 보고를 할 이유는 아무것도 없었다. 청림촌에 무공을 익힌 사람이 있었다면 무정살수들의 공적이 올라가는 것이나 마찬가지인데 왜 거짓말을 하겠는가? 그렇다고 해서 제갈금이 며칠 전에 본 이자건의 검법 또한 거짓이 아니었다. 이자건의 검법은 분명히 제갈금의 현재 수준으로써는 승부를 장담하기 어려울 만큼 높은 수준에 도달해 있었다. 그렇다면 답은 하나밖에 없었다. 제갈금은 스스로도 믿을 수 없는 이야기를 아들에게 해야만 했다.

"그건 아니야. 주군께서 무공을 익히신 기간은 이 년이 되지 않았어."

삼 형제의 입이 일제히 벌어졌다.

"이 년을 수련해서 아버님과 비슷한 수준이라니요? 아무리 무공에 천부적인 재능을 타고났다고 하더라도… 이해가 되지 않습니다."

막내인 제갈문이었다. 두 눈을 동그랗게 뜨고 있는 것이 여간 귀엽지 않았다. 제갈금은 귀여운 막내의 머리를 쓰다듬어 주면서 나름의 견해를 이야기했다.

"사실 나도 그 점에 대해서는 뭐라고 말을 해야 할지 모르겠다. 이해가 가지 않는다고 해서 사실을 거짓이라 할 수도 없는 것이고, 주군께서 엄청난 기연을 얻으셨다고 생각하는 것이 좋을 듯하다. 하여간 주군께서 현재의 진경 속도를 계속해서 유지하실 수만 있다면 오래지 않아 강호에 또 다른 절대고수가 탄생할 것이 분명하다."

제갈금의 말은 사실 일종의 말장난이라고도 할 수 있었다. 무공의 경지는 시간에 비례해 늘어나는 것이 아니었다. '현재의 진경 속도를 계속해서 유지한다면' 이라는 조건을 붙이면 먼 미래에 절대고수의 반열에 오르지 못할 자가 없었다. 하지만 절대고수라는 단어는 언제 들어도 가슴 떨리는 단어였다.

'뛰어난 인품에 머잖은 미래의 절대고수!'

제갈우는 한동안 깊은 생각에 잠겨 있다가 단호한 어조로 자신의 의사를 밝혔다.

"아버님, 저는 이 공자님께 일신을 의탁할 것입니다."

제갈우의 말은 감정이 격해서 내뱉은 말이 아니라 이성적인 판단을 근거로 한 말이었다. 제갈금은 물끄러미 제갈우의 얼굴을 지켜보고 있다가 짧게 물었다.

"진심이냐?"

"예, 동생들은 어떨지 모르겠지만 저는 진심입니다. 이 공자의 인품이나 능력을 생각해서 내린 결정입니다."

"주군은 야망이 없는 분이시다. 네가 주군을 섬긴다면 나중에 실망할 수도 있다. 다시 한 번 생각해 보기라."

"이 공자님이 야망을 가진 분이셨다면 저는 죽는 한이 있어도 그분을 주군으로 섬기겠다는 말씀을 드리지 않았을 것입니다. 남의 눈에 피눈물이 흐르게 하는 사람 밑에서 일생을 낭비하다가 배신을 당하고 싶은 생각은 추호도 없으니까요. 저는 야망을 쫓아다니는 사람보다 마음이 따뜻한 사람이 좋습니다."

야망이 넘치는 곽운학을 주군으로 모셨다가 데일 대로 데인 사람이 바로 제갈금이었다. 맏아들인 제갈우의 말은 제갈금의 얼굴을 붉게 물들이기에 충분했다.

　제갈금은 붉어진 얼굴로 한동안 묵묵히 제갈우를 바라보고 있다가 긴 한숨을 내쉬고 말았다.

　"휴—우, 네가 무슨 말을 하려고 하는지 알겠다. 그런데 한 가지 궁금한 것이 있구나. 너는 어째서 남의 그늘이 되어줄 생각은 하지 않고 남의 그늘 밑으로 들어가려는 생각만 하는 것이냐?"

　"이 공자님은 그 인품만으로도 이미 제가 올려다볼 수조차 없는 거목입니다. 그런 분의 그늘 밑에 들어가는 것인데 꺼릴 것이 어디 있겠습니까? 그리고 제 소원은 그저 가족들과 행복하게 사는 것 하나뿐입니다. 가족들과 헤어져 살면서 큰 나무가 되기보다는, 훌륭한 인품을 지닌 분의 그늘 밑에서 가족들과 함께 살고 싶습니다. 죄송합니다."

　가족들과 함께 행복하게 사는 것은 누구나 꿈꾸는 소원이다. 하지만 정작 소원을 성취한 사람이 극히 드물었다. 그야말로 세상에서 가장 흔하면서도 가장 어려운 소원이라 할 수 있는 것이 가족들과 함께 행복하게 사는 것이었다. 어쩌면 그 소원을 이루어낸 사람의 삶이 가장 완벽한 삶일지도 몰랐다. 제갈금은 자신이 결코 이루어내지 못한 소원을 꿈꾸는 맏아들을 보면서 미소를 짓고 말았다.

　"네 선택이 그렇다면 나도 말리지는 않으마. 다만 한 가지는 명심하도록 해라. 주군과 나의 관계는 너도 잘 알고 있을 것이다. 절대로 그분께 누가 되는 일은 없어야 한다. 알겠느냐?”

“명심하겠습니다!”

힘차게 대답하는 제갈우였다. 제갈금은 묵묵히 고개를 끄덕이며 맏아들을 보고 있다가 둘째 아들과 막내아들에게 시선을 옮겼다.

“기아와 문아는 어떻게 할 생각이냐?”

부친과 맏형의 대화를 들으며 나름대로 마음의 결정을 내린 두 형제가 연이어 자신들의 생각을 밝혔다.

“제 생각도 형님의 생각과 같습니다.”

“저도 이 공자님께 일신을 의덕하고 싶습니다.”

제갈금이 내심 한숨을 토해내고 말았다.

‘휴—우! 어째 한 놈도 스스로 큰 나무가 될 생각을 하지 않는단 말인가? 내가 사식 교육을 잘못 시킨 건가?

자식들의 교육을 처에게 맡겨놓고 무정살수들에게만 매달렸던 자신의 과거에 대해 분노가 치밀어 올랐다. 하지만 자식들의 선택이 아쉽기는 했지만 잘못되었다는 생각은 들지가 않았다. 자식들이 일신을 의탁하고자 하는 사람이 바로 이자건이었기 때문이다. 덕분에 제갈금은 심중의 아쉬움을 쉽게 떨쳐 버릴 수 있었다.

“좋다. 너희들의 판단을 존중하는 의미에서 내 더 이상 왈가왈부하지는 않으마. 문제는 너희들이 아무리 원한다고 하

더라도 주군께서 받아들이지 않으면 그만이라는 것이다. 주
군의 성품을 고려해 볼 때, 그렇게 될 소지가 높아 보인다.”

평소 말수가 적은 편이었던 제갈기가 미리 방법을 생각해
놓았다는 듯 제갈금의 말이 떨어지기가 무섭게 의견을 말했
다.

“저희들이 쓸모가 있다는 사실을 인식시켜 드리면 되지 않
겠습니까?”

“글쎄다. 너희들도 알다시피 주군께서 날 쓸모있다고 생각
해서 받아들여 주신 것은 아니지 않느냐? 별로 좋은 방법은
아닌 것 같구나.”

“…….”

제갈기를 대신해 제갈문이 손뼉을 치면서 말을 했다.

“좋은 방법이 있습니다! 이 공자님은 마음이 약해서 떼를
쓰면 거절을 못하실 겁니다!”

너무나 노골적인 방법이었다. 제갈금이 얼굴을 붉게 물들
이며 헛기침을 했다.

“험험, 가장 확실한 방법이기는 하다만, 너희들까지 떼를
쓰면 너무 염치가 없지 않겠느냐? 다른 방법을 생각해 보도록
하자.”

“…….”

한참을 기다려 봐도 쓸 만한 대답이 나오지 않았다. 결국

이자건의 약점을 확실히 파악하고 있는 제갈금이 고민 끝에
모범 답안을 꺼내놓았다.

"떼를 쓰기보다는 정에 호소를 하는 것이 더 좋을 것 같다.
지금부터 너희들은 만보당의 일을 그만두고 내 일을 돕도록
해라. 다행히 주군께서 열흘의 말미를 주셨으니 그동안 열심
히 내 일을 돕고 있다가 기회가 주어지면 너희들의 의사를 밝
히도록 해라. 정에 약한 분이시니 열흘 동안 열심히 일을 한
너희들을 외면하지는 못하실 게다. 물론 그사이에 너희들의
마음이 바뀌면 오늘 했던 말들은 잊어도 된다. 알겠느냐?"

"예, 아버님!"

*   *   *

매번 돈이 필요할 때마다 조부님이 남겨주신 유물을 내다
판다는 것은 내키지 않는 일이었다. 이자건은 필요한 돈을 한
꺼번에 마련해야겠다는 생각에 조부가 남겨주신 유물 중에서
그나마 만만해 보이는 귀물들을 골라 제갈금에게 건네주며
돈으로 바꿔 오게 했다.

이자건이 제갈금에게 건네준 세 개의 귀물은 대도의 상인
들 사이에 암투가 벌어지게 만들 만큼 엄청난 물건들이었다.
덕분에 제갈금은 이자건이 생각했던 것보다 훨씬 더 많은 금

액을 받고 귀물들을 처분할 수 있었다.

열흘 뒤, 제갈금의 지시를 받은 삼 형제가 진땀을 흘리며 들고 온 귀물들의 판매 대금은 무려 황금 팔백 냥. 어지간한 갑부 몇 명은 만들 수 있을 만큼 엄청난 금액이었다.

이자건은 황금 팔백 냥이 들어 있는 자단목 상자를 열어보지도 않고 그대로 제갈금에게 건네주었다.

"그 돈은 총관이 알아서 관리하십시오."

황금 팔백 냥이라는 거금을 그냥 맡겨 버리는 이자건의 처사에 제갈금의 눈이 휘둥그레졌다. 황금 팔백 냥은 제갈금도 평생에 처음 보는 거금이었다. 제갈금은 얼마나 놀랐는지 자신도 모르게 말을 더듬었다.

"제… 제게 이 돈을 모두… 맡기겠다는 말씀이십니까?"

"설마 총관의 능력이 그 정도의 돈도 관리하지 못할 정도는 아니겠지요?"

원수를 받아들여 총관이라는 직책을 줬을 뿐만 아니라, 엄청난 거금을 스스럼없이 맡겨 버리는 이자건이었다. 제갈금은 젊은 주인이 보여주는 대범함과 신뢰에 가슴이 북받쳐 올라 힘차게 외쳤다.

"맡겨주십시오! 최선을 다해 관리하겠습니다!"

"나중에 돈이 더 필요하면 말씀을 하십시오."

"아닙니다. 제가 다시 주군께 손을 벌릴 일은 없을 겁니다.

주군께서 맡겨주신 이 돈을 마르지 않는 샘으로 만들어보겠습니다."

황금 팔백 냥이라면 돈을 불릴 필요도 없었다. 물 쓰듯 쓰지만 않는다면 평생 동안 호의호식을 하면서 살아가기에 충분한 돈이었다. 하지만 뭔가 해보겠다는 사람을 일부러 말릴 필요는 없었다.

"무리를 할 필요는 없습니다. 그건 그렇고, 이사 준비는 어떻게 되어가고 있습니까?"

"주군께 보고를 드리려고 했습니다. 제 자식 놈들이 지난 며칠 동안 대도 주변을 샅샅이 돌아다니면서 물색을 해본 결과……."

제갈금의 설명이 이어지려는 찰나 이자건이 급히 말을 잘랐다.

"잠시만 기다려 보십시오. 총관의 자제 분들은 만보당에 취직을 하지 않았습니까? 거기는 어떻게 하고 일을 시키셨습니까?"

이자건이 조금은 당황한 표정을 짓고 있자, 제갈금이 계면쩍은 표정을 지으며 말했다.

"그만두게 했습니다. 그럼… 계속해서 보고를 해도 되겠습니까?"

"으음, 그렇게 하십시오."

"여기서부터 도보로 반나절이면 도착할 수 있는 선화(宣化)분지와 말을 달려 역시 반나절이면 도착할 수 있는 하북평야에 매물로 나온 장원이 각각 하나씩 있었습니다. 선화분지에서 매물로 나온 장원은 주변 경관이 수려하고 장원도 아담하고 깨끗해서 주군께서도 보시면 흡족해하실 겁니다. 매입 비용은 황금 열 냥입니다. 그러나 저는 하북평야에서 매물로 나온 장원을 구입할 것을 주군께 건의드립니다."

이자건의 눈에 이채가 떠올랐다. 선화분지에서 매물로 나온 장원은 이자건이 딱 원하는 정도였다. 제갈금도 그 사실을 충분히 인지하고 있는 것이 분명했다. 그럼에도 불구하고 하북평야에서 매물로 나온 장원을 일부러 권하는 것을 보면 그에 합당한 이유가 있을 것이 분명했다.

"자세히 말씀해 보십시오."

"예, 하북평야에 있는 장원의 매입 비용이 황금 육백 냥이라는 것을 먼저 말씀드리겠습니다. 급매물로 나온 것이 아니라면 충분히 황금 천 냥 이상의 가치가 있을 것이라 여겨지는 장원입니다."

황금 천 냥이라는 말에 이자건의 눈에 놀람의 빛이 떠올랐다. 황금 천 냥은 천하에서 가장 땅값이 비싼 대도에서도 거대 장원 몇 채를 너끈히 구입할 수 있을 만큼 큰돈이었다. 장원 한 채의 가격이 그 정도나 된다고 한다면 고개를 끄덕일 수 있는 사람은 아무도 없을 것이다. 하지만 이자건은 굳이 의문을 표시해 제갈금의 말을 끊지 않고 가만히 귀를 기울였다. 아니나 다를까, 제갈금이 왜 그렇게 비싼지에 대해서 설명하기 시작했다.

"그렇게 비싼 이유는 장원만 따로 매물로 나온 것이 아니라 장원에 속해 있는 땅도 함께 매물로 나왔기 때문이라고 합니다. 장원에 속해 있는 땅은 말을 타고 이틀을 달려야 다 둘러볼 수 있을 만큼 넓을뿐더러, 해하수계(海河水系)에 속해 있는 대청하(大淸河)가 돌아나가는 곳이라 비옥하기 그지없다고 합니다. 그리고 소작농들노 내제로 순박해 주군께 심려를 끼쳐 드리지는 않을 것 같다는 것이 자식 놈들의 보고였습니다."

제갈금은 이자건에게 잠시 미물다가 떠날 선화분지가 아니라, 뿌리를 내리고 살아갈 수 있는 하북평야를 추천하고 있었다. 그제야 의문이 풀린 이자건이 고개를 끄덕였다.

"총관이 조금 전 마르지 않는 샘을 만들겠다고 한 것은 그 땅을 염두에 두고 한 말씀이었군요?"

"예, 자식 놈들의 보고가 사실이라면 해마다 황금 오십 냥 이상의 수익을 얻을 수 있을 것 같습니다. 물론 천재지변(天災地變)이 일어나지 않는다는 가정하에서 드리는 말씀입니다."

해마다 황금 오십 냥이라면 확실히 마르지 않는 샘이라 하기에 부족함이 없었다. 조부가 물려주신 유산을 계속해서 쓰기만 하는 것을 마뜩치 않게 생각했던 이자건은 황금 오십 냥이라는 말에 두 번 생각할 것도 없이 바로 수락을 해버렸다.

"좋습니다. 총관이 직접 가서 조금 더 세밀하게 살펴보고 하자가 없으면 바로 구입하도록 하십시오."

"예, 내일 당장 다녀오도록 하겠습니다. 허락해 주셔서 감사합니다."

이자건은 제갈금의 충성스러운 말에 미소를 짓고 있다가, 두 사람의 대화를 경청하고 있는 삼 형제에게 질문을 건넸다.

"결정을 내리셨소?"

"저희는 아비와 같이 주군께 충성을 바치기로 의견을 모았습니다. 견마지로를 다하겠습니다. 무슨 일이든지 시켜만 주십시오."

뜻밖의 대답에 미소를 짓고 있던 이자건의 미간이 슬쩍 찌푸러졌다.

"왜 그런 결정을 내렸단 말이오? 이사를 하려면 아직 시간이 있으니 그사이에 다시 생각해 보도록 하시오."

귀찮아하는 티가 팍팍 나는 이자건의 말에 제갈우가 얼굴을 붉히면서 대답했다.

"저희들도 심사숙고를 해서 내린 결정입니다. 시간이 지난다고 해서 달라지는 일은 없을 겁니다. 받아들여 주십시오."

이자건의 얼굴에 곤혹스러운 빛이 떠올랐다. 삼 형제가 이
자건에게 일신을 의탁하려는 의미를 나름대로 짐작했기 때문
이다.

'총관이 나를 모시기로 해서 같이 있기로 한 것 같은데, 이
제 와서 총관을 내칠 수도 없고. 이거 곤란하게 되었구나. 한
명도 버거운데 졸지에 네 명이라니……'

고민을 해보았지만 결론은 이미 정해져 있는 것이나 마찬
가지였다. 자식들이 부친과 함께 있고 싶어 하는데 강제로 갈
라놓을 수는 없었다. 더군다나 삼 형제는 이미 이자건의 일을
열심히 돕고 있었다. 선화분지나 하북평야까지 왔다 갔다 하
면서 고생했을 사람들을 이제 와서 모른 척할 수는 없는 일이
었다. 이자건은 어쩔 수 없이 고개를 끄덕이고 말았다.

"좋소. 세 분은 시금부터 총관의 지시를 받아서 일을 하도
록 하시오."

이자건의 허락을 받아낸 삼 형제는 일제히 바닥에 부복을
하며 충성을 맹세했다.

"목숨이 다하는 날까지 충성을 맹세하겠습니다!"

이구동성으로 외치는 것을 보면 이미 이자건이 허락을 할
줄 알고 말을 맞추어 온 것이 분명했다.

'내가 이들의 손바닥 위에 있었구나.'

아무리 내키지 않아도 이미 허락을 한 이상은 돌이킬 방법

이 없었다. 이자건은 억지로 반가운 미소를 지으며 세 사람을 하나씩 일으켜 주었다.

"그만 일어들 나시오. 앞으로 잘해봅시다."

"예, 주군!"

*   *   *

장원을 구입하는 것이야 돈만 있으면 되는 일이었지만, 그 다음 절차는 상당히 복잡하고 까다로운 일이었다. 그런데 여기서 이자건이 귀찮게만 생각했던 삼 형제의 능력이 발휘되었다. 삼 형제는 장원의 수리와 하인들의 고용 승계, 그리고 소작농들과의 계약을 사십 일 만에 깔끔하게 마무리 지어버렸다. 그 흔한 잡음 하나 들리지 않는 완벽한 일 처리였다. 외모만 인재가 아니라 능력 또한 인재였던 것이다. 이자건으로서는 실로 보옥을 거저 주운 것이나 마찬가지였다.

귀가는 결국 이자건이 계속 소유하기로 했다. 대도에 볼일이 있을 때 객잔 대신 유용하게 사용할 수 있는 곳인데, 일부러 헐값에 팔아넘길 이유가 없었다. 사실 귀가에 대한 소문이 워낙에 나쁘게 나 있어 헐값에 팔아넘기려고 해도 사려는 사람이 나타나지 않을 확률도 높았다. 결국 이자건의 유일한 이사 준비가 바로 귀가의 관리를 개방의 대도 분타에 맡기는 일

이 되었다. 황금 이십 냥을 받고 정보 같지 않은 정보만 넘겨
준 황개가 이자건의 부탁을 받고 기뻐했음은 물론이었다.

　이자건과 제갈금은 아침 일찍 맨몸으로 귀가의 대문을 나
섰다. 옮겨야 할 짐은 삼 형제가 왔다 갔다 하면서 이미 다 옮
겨놓았기 때문에 두 사람이 따로 들고 가야 할 것은 아무것도
없었다. 하지만 홀가분하게 맨몸으로 이사를 하게 되었음에
도 불구하고, 두 사람의 안색은 밝지가 않았다. 바로 이자건
이 아침부터 계속해서 우울한 표정을 짓고 있었기 때문이다.
　"주군, 하북평야까지의 거리는 주군께서 생각하시는 것보
다 멉니다. 제가 말을 사올 동안 잠시만 기다려 주십시오."
　제갈금의 이유있는 제안에 이자건이 고개를 끄덕이며 말
했다.
　"그렇게 하십시오. 단, 나는 필요가 없으니 총관이 탈 말만
사오면 됩니다."
　"예?"
　"아직 나이도 젊은데 멀쩡한 다리를 두고 말을 타고 싶은
생각이 없습니다. 그렇다고 해서 총관까지 걸어갈 필요는 없
습니다. 총관은 말을 타도록 하십시오."
　신법에 자신이 있다는 뜻이었다. 갑자기 제갈금의 가슴속
에서 호기가 불끈 치솟아올랐다. 신법이라면 제갈금도 자신

의 무공 중에서 가장 자신있어하는 것이었다.

'주군의 기분도 풀어드릴 겸해서 신법 대결이나 한번 제안해 볼까?'

칼을 들고 하는 겨룸이라면 생각할 가치조차 없었지만, 신법의 겨룸이라면 주군으로 모시고 있는 사람과도 한번 겨루어볼 만했다.

"주군께서 걸어가시는데 제가 어찌 말을 타고 갈 수 있겠습니까? 저도 당연히 걸어야지요. 이참에 주군께 제가 늙지 않았다는 사실을 증명해 드려야겠습니다. 주군과 제가 신법을 펼쳐서 누가 먼저 하북평야에 있는 장원에 도착하는지 내기를 한번 해보시는 것이 어떻겠습니까?"

쓸데없는 일에 심력을 낭비할 이자건이 아니었다. 이자건은 제갈금의 제의에 고개를 저으려고 하다가, 제갈금의 얼굴에 기이한 열의가 떠올라 있는 것을 발견하고는 미소를 짓고 말았다.

"내기라? 한번 해봅시다."

"주군께 하루 종일 제 등을 보여 드릴 생각을 하니 죄송스럽기 그지없습니다. 나중에 너무 나무라지는 말아주십시오."

자신감 넘치는 제갈금의 도발에 이자건이 웃음을 터뜨리며 장단을 맞추었다.

"하하하, 총관이 일으키는 먼지를 흠뻑 뒤집어쓴다고 해도 아무 소리 하지 않을 것이니 걱정하지 마십시오. 그나저나 내기를 하기로 했으니 무엇을 걸기는 해야 할 텐데, 무엇을 거는 것이 좋겠습니까?"

"제가 지면 주군께 좋은 검 한 자루를 드리도록 하겠습니다."

검을 쓰는 사람치고 검이라는 말에 눈이 돌아가지 않을 사람은 없었다. 무형검강을 터득하고 있는 이자건이라고 해서 예외는 아니었다.

"총관에게 좋은 검이 있었습니까?"

"아닙니다. 장원 근처에 범유광(范流光)이라는 유명한 장인(匠人)이 살고 있더군요. 그럴 리는 없겠지만 제가 지면 그 장인에게 부탁을 할 생각입니다."

이자건은 허리춤에 차고 있는 은 여섯 냥짜리 검을 한번 쓰다듬어 보다가 크게 고개를 끄덕였다.

"좋습니다. 나는 황금 열 냥을 걸겠습니다."

"주군께서 큰 손해를 보시겠습니다. 유명한 장인이 만든 검이라고 하더라도 황금 열 냥은 과한 면이 있습니다."

"감당할 수 있으니 총관은 걱정하지 마십시오."

이자건의 재력에 대해서는 총관인 제갈금이 가장 잘 알고 있었다. 여러 말 할 필요가 없었다.

"그러면 내기가 성립된 것입니다. 나중에 다른 말씀을 하지 마십시오."

"하하하, 나중에 누가 다른 말을 할지 두고 봅시다."

약을 올리는 제갈금에게 역시 약을 올리며 맞장구를 치는 이자건이었다. 이자건은 유난히 밝게 웃었다. 하지만 큰 소리로 웃고 있는 이자건의 눈에는 습기가 어려 있었다.

'죽는 날까지 형님을 잊지 않겠습니다. 다시 찾아뵐 때까지 안녕히 계십시오.'

대도를 떠나는 날. 함께 왔던 사람을 가슴에 묻고 떠나는 날이었다.

복수를 위해 무공을 익힌 이자건은 비무라는 것을 이해하지 못했다. 이자건이 생각하는 비무는 참으로 쓸데없는 것이었다. 서로의 무공을 비교하는 것이 무슨 의미가 있단 말인가? 내기를 걸지 않은 이상은 이겨봤자 얻는 것이 없었다. 돈이 나오는 것도 아니고 쌀이 나오는 것도 아니다. 승자가 패자에 비해 더 뛰어나다는 것은 인정받을 수 있겠지만 그것이 다였다. 그리고 패자는 물론이고 재수가 없으면 승자도 몸이 크게 상할 수 있었다. 아무리 생각해 봐도 비무는 너무나 비생산적이고 소모적인 일이었다.

그런 생각을 가지고 있는 이자건이 제갈금의 도발에 선뜻 응한 이유는 박재현의 시신을 수습하지 못하고 대도를 떠나면서 생기는 울적한 마음을 억누르기 위한 방편이었을 뿐이다. 따라서 이자건은 제갈금과 신법을 겨루기로 약속을 하기는 했지만, 승부에는 별 관심이 없었다. 한마디로 말해서 져도 그만이라는 생각을 가지고 있었다.

그런데 막상 승부가 목전에 다다르자 이자건의 가슴속에서 뜨뜻한 무언가가 솟구쳐 올랐다. 생소한 그 감정의 정체는 바로 승부욕이었다.

'좋구나. 바로 이것 때문에 무인들이 그렇게 비무를 즐겨 했구나.'

이화창 양소운이 왜 위험을 무릅쓰면서까지 승부에 연연했는지 이해가 갔다. 가슴이 뜨뜻해지는 승부욕은 그것만으로도 충분히 가치가 있었다.

'나중에 시간이 되면 양소운에게 연락을 해야겠어. 늦게 연락했다고 뭐라고 하지는 않겠지. 그나저나 총관에게 좋은 검 한 자루를 공짜로 얻게 될 줄은 몰랐는걸.'

이자건은 주위에 인적이 없는 것을 확인하고는 여유로운 미소를 지으며 제갈금에게 말을 걸었다.

"총관, 무인 대 무인으로서 겨루는 겁니다. 나중에 신분 때문에 총관이 일부러 져주었다는 말씀을 하시면 곤란합니다. 아셨습니까?"

이자건의 여유로운 미소에 제갈금이 더욱 여유로운 미소

를 지으며 말을 받았다.

"당연한 말씀입니다. 신분을 따진다면 제가 어찌 주군께 도전 의사를 밝혔겠습니까? 무인 대 무인의 겨룸입니다. 주군께서도 나중에 다른 말씀은 하지 마십시오. 그러면 제가 먼저 실례를……."

한껏 여유로운 미소를 짓고 있던 제갈금이 갑작스럽게 신법을 전개해 앞으로 달려나갔다.

휘익!

날카로운 바람 소리가 이자건의 귓전을 두드렸다. 제갈금의 비전신법 천기신행이었다. 뒤에 남겨진 이자건의 입에서 경호성이 터져 나왔다.

"이런!"

황당한 순간이었다. 설마하니 제갈금이 꼼수를 부릴 줄이야 어찌 상상이나 했겠는가. 이자건은 제갈금의 뒷모습을 보면서 멍하니 서 있었다. 하지만 규칙 같은 것은 아무것도 정해놓지 않고 있었으니 이제 와서 반칙이라고 하기는 무엇했다.

'자신이 없다는 뜻인가, 아니면 최선을 다하겠다는 뜻인가?'

황당했지만 승부는 이미 시작된 뒤였다. 계속해서 멍청하게 제갈금의 뒷모습만 쳐다보고 있을 수는 없었다. 이자건은 있는 힘껏 땅을 박차며 앞으로 뛰어나갔다.

팟!

제갈금의 천기신행은 이자건의 속보에 비해 떨어지는 신법이 아니었다. 이자건이 발걸음을 아무리 분주하게 놀려도 부정 출발을 한 제갈금을 쉽게 따라잡을 수가 없었다.

'내공을 사용해야겠어.'

진기를 이용해 속보를 펼칠 수 있게 된 것이 벌써 다섯 달 전이었다. 그사이 단 하루도 빼놓지 않고 수련을 계속한 이자건은 너무도 쉽게 진기를 끌어내어 용천혈로 밀어 넣었다. 동시에 이자건의 신형이 튕기듯이 앞으로 쏘아져 나갔다. 동시에 늘어난 무공 실력을 증명하듯 이자건의 옷자락에서 심상치 않은 소리가 끊임없이 터져 나왔다.

파파팟!

한편, 부정 출발을 한 덕분에 열 걸음 이상을 앞서서 달리고 있던 제갈금은 느긋한 표정으로 뒤를 돌아보다가 깜짝 놀라고 말았다. 뒤로 멀찌감치 처졌을 것이라고 생각했던 이자건이 급격히 거리를 좁혀오고 있었다.

'주군의 신법이 이렇게 뛰어나다니 예상 밖이야. 조금 더 속도를 높여야겠어.'

이자건의 검법이 뛰어난 줄은 이미 알고 있었다. 하지만 신법은 검법과 달랐다. 내공과 체력과 기술 중 어느 하나라도 부족하면 속도를 내지 못하는 것이 바로 신법이었다. 이자건이 제갈금과 대등하게 달릴 수 있다는 것이 의미하는 바는 이자건의 내공과 체력과 기술이 모두 제갈금에 비해 손색이 없다는 것이었다. 제갈금은 이자건의 무공이 자신이 생각했던 것보다 더 높다는 것을 깨닫고 즉각 내공을 삼성에서 육성으로 급격히 올리며 신법에 박차를 가했다.

휘이익!

상체를 꼿꼿하게 세운 제갈금의 신형이 바람에 떠밀리듯 앞으로 둥실 쏘아져 나갔다. 급격히 좁혀지고 있던 두 사람 사이의 간격이 다시 서서히 벌어지기 시작했다. 쫓아오고 있던 이자건의 얼굴에 순간 당황한 빛이 떠올랐다.

'총관의 무공이 보통이 아니구나. 정말 보통이 아닌걸.'

제갈금은 사실 이자건이 생각하는 것보다 훨씬 더 뛰어난 고수였다. 소위 말하는 절정고수 중에서 상위에 속하는 고수가 바로 제갈금이었다. 물론 팔 하나를 잘라낸 다음부터는 절정고수라고 하기 어려운 지경에 처해 버렸지만 내공은 여전히 그대로였고, 신법은 달라진 몸에 거의 적응을 마친 상태였다. 즉, 신법만큼은 절정고수 중에서도 상위에 속해 있었던 전날의 실력을 거의 회복한 상태라는 말이었다. 따라서 무공을 익히기 시작한 지 이 년 정도밖에 안 되는 이자건이 제갈금의 신법을 따라잡는다는 것은 어려운 일이 될 수밖에 없었

다. 하지만 이자건에게는 환골탈태를 한 체력과 천지일기공
이 있었다.

　'단거리라면 몰라도 장거리에서 내가 질 수는 없지. 더욱
분발해야겠어.'

　하북평야에 있는 장원까지 가려면 아직 까마득했다. 시간
이 지나면 지날수록 체력이 뛰어난 이자건이 유리해질 것이
분명했다. 하지만 초반에 너무 처져 버리면 이길 수 있는 가
능성 자체가 사라져 버린다. 이자건은 통제할 수 있는 진기의
힘을 팔 할이나 끌어내어 용천혈로 밀어 넣었다.

　파파파팟!

　상당히 벌어졌던 간격이 다시 급격히 좁혀지기 시작하자,
이번에는 제갈금의 얼굴에 당황한 빛이 떠올랐다.

　'도대체 무슨 기연을 얻었기에 이 년 만에 이 정도란 말인
가? 자칫 잘못하면 내가 질 수도 있겠구나. 허허.'

　제갈금도 나름대로 기재라고 불리던 사람이었다. 사십 년
가까이 수련하고도 이 년을 수련한 이자건에게 진다면 자존
심이 상하지 않을 도리가 없었다.

　'후반에 고생을 많이 해야겠지만 어쩔 수 없지.'

　제갈금은 즉시 내공을 칠성으로 끌어올렸다. 그제야 두 사
람 사이의 간격이 일정하게 유지되기 시작했다. 두 사람 모두
에게 만족스러운 결과였다. 이자건은 후반의 역전을 기대해

볼 수 있었고, 제갈금은 여유롭게 체력 안배를 할 수 있었다.

남북을 구분하지 못하고 불어오던 서늘한 봄바람이 두 사람의 날랜 움직임에 놀라 비명을 질러댔다.

휘이익!

파파팟!

제갈금은 여전히 일정한 간격을 두고 따라오고 있는 파공음에 귀를 기울이고 있다가 미소를 짓고 말았다.

'아무리 마음이 다급하셔도 그렇지, 벌써부터 전력질주를 하시면 나중에는 제대로 걷지도 못할 텐데. 역시 아직은 경험이 부족하시구나.'

단거리 경주라면 모를까, 장거리 경주는 반드시 힘의 안배가 필요했다. 전력으로 신법을 전개한다면 진기가 눈 깜짝할 사이에 고갈돼 버릴 것이 분명했다. 제갈금은 흡족한 미소를 지으면서 천기신행의 뛰어남을 뒤에 따라오고 있는 이자건에게 확실히 각인시켜 주었다.

겨우내 얼어붙어 있던 땅을 뚫고 나오는 새싹들, 봄을 맞아 겨우내 우중충했던 옷을 벗어버린 나무들. 그 여린 새싹과 나무로 가득 차 있는 구릉들이 화사한 연초록빛으로 물들어 있었다. 바야흐로 약동하는 봄이 다가오고 있었다.

이자건은 여전히 일정한 속도로 속보를 전개하면서 앞서

가는 제갈금을 자세히 살펴보았다. 제갈금의 어깨가 아래위로 크게 흔들리고 있었다. 바람에 밀려가듯이 부드럽게 앞으로 나아가던 처음의 모습과는 상당히 많은 차이가 있었다.

'체력이 바닥이 난 것 같은데 고집이 정말로 보통이 아니야.'

객잔에 들러 점심을 먹을 때까지만 해도 나름대로 태연한 신색을 유지하던 제갈금이었다. 하지만 점심을 먹고 나서 얼마 지나지 않아서부터는 급격히 체력이 소진된 모습을 보이고 있었다. 아직까지 일정한 속도를 유지하고 있었지만, 그렇게 하기 위해 전력을 다하고 있는 것이 분명했다. 그런데도 포기하지 않고 있는 것을 보년 뭔가 꼼수가 있거나, 아니면 이제 거의 목적지에 다다른 것 같았다.

'후후, 장거리라면 날 이길 수가 없지.'

제갈금에 비해서는 상당한 여유가 있었지만, 거의 팔 할에 가까운 힘으로 계속해서 달려왔기 때문에 이자건도 제법 지친 상태였다. 이자건은 풀 냄새가 가득한 연초록빛 대기를 가슴속으로 빨아들이며 길게 심호흡을 했다.

"후움!"

지쳐 있던 몸속으로 시원한 봄기운이 빨려 들어가며 새로운 활력을 샘솟게 했다. 사흘 밤낮을 계속해서 달린다고 하더라도 이런 식으로 호흡을 조절할 수만 있다면 지쳐 쓰러질 것 같지는 않았다.

'좋구나. 아! 목적지에 다다른 것인가?'

갑자기 제갈금의 어깨가 더욱 심하게 흔들리기 시작했다. 지금까지 아껴왔던 모든 힘을 다 쥐어짜 내고 있는 것이 분명했다. 안타까운 것은 그렇게 해도 속도가 별로 늘어나지 않는다는 것이었다.

'덕분에 재미는 있었습니다만, 이제는 승부를 결정지어야 할 때구려.'

이자건은 멀리 전방으로 시선을 돌렸다. 까맣게 보이는 점 하나가 보였다.

"헉! 헉! 헉!"

일 장 정도 앞에서 전력질주를 하고 있는 제갈금의 거친 호흡 소리가 연신 귓전을 두드렸다. 당장 쓰러진다고 해도 이상하지 않을 것 같은 호흡 소리였다. 이자건은 땀으로 흠뻑 젖어 있는 제갈금의 하나 남은 팔이 불규칙적으로 흔들리고 있다는 것을 확인하고는 고개를 가로젓고 말았다.

'며칠 동안 몸져누울지도 모르겠는걸. 이제 승부를 결정지어 볼까.'

이자건은 속보의 속도를 조금 더 올렸다.

파파파팟!

제갈금의 입에서 더욱 거친 호흡이 터져 나왔다.

"허억! 헉! 헉!"

제갈금이 아직까지 포기하지 않는 것은 이길 수 있다는 희망이 있기 때문이었다. 자신이 이렇게 지쳐 있으니 이자건도 그에 못지않게 지쳐 있을 것이라는 확신이 있었던 것이다. 하지만 제갈금은 이자건이 환골탈태를 했고, 천지일기라는 신비의 진기를 가지고 있다는 사실을 짐작조차 하지 못하고 있었다. 승부는 제갈금이 스스로 지쳤다고 느꼈을 때 이미 끝난 것이나 마찬가지였다.

'주군도 최후의 힘을 다 쏟아 붓고 계시는 것이 분명해!'

당연한 생각이었다. 세상에 그 어떤 철인이 네 시진 이상을 달릴 수 있겠는가? 제길금은 포기하기를 바라는 이자건의 기대를 저버리고 젖 먹은 힘까지 모조리 짜내어 천기신행을 펼쳤다.

휘이이익!

까맣게 보이던 점이 시간이 지날수록 점점 더 크게 보이기 시작했다. 동시에 이자건의 두 눈도 점점 더 크게 떠졌다.

'세상에 무슨 장원이 저렇게 크단 말인가?!'

장원은 평야에 적당한 높이로 솟아 있는 넓은 구릉지 위에 지어져 있었다. 그런데 장원의 넓이가 얼마나 넓은지 아직까지 상당한 거리가 있음에도 불구하고 담벼락의 양쪽 끝이 보이지 않을 정도였다. 그것은 장원이 아니라 거의 성이었다.

이제껏 모든 일 처리를 제갈금 부자들에게 맡겨놓고 수련만 하고 있었던 탓에 이자건은 장원이 크다는 소리만 들었을 뿐, 이렇게까지 크리라고는 상상도 하지 못하고 있었다. 앞으로 살아가야 할 집에 대한 궁금함으로 인해 이자건은 통제할 수 있는 진기를 십 할 모두 끌어올려 속보를 전개했다.

쉬이이익!

마치 화살이 바람을 가르는 것 같은 소리가 터져 나오며 제갈금의 뒤를 바짝 쫓고 있던 이자건의 신형이 앞으로 팅기듯이 쏘아져 나갔다. 그와 함께 죽을힘을 다해 신법을 전개하고 있던 제갈금의 팔다리가 꼬이기 시작했다. 간신히 땅바닥에 나뒹구는 추태를 모면한 제갈금이 멀리 사라져 가는 이자건의 등을 보면서 지친 음성으로 뇌까렸다.

"사기를 당한 거야. 주군은 인간이 아니었어."

중간에 점심을 먹을 때를 제외하고는 네 시진 동안 단 한순간도 쉰 적이 없었다. 내공이 아무리 심후하고 아무리 체력이 강하다고 하더라도 인간인 이상은 그렇게 달리면 무조건 지치기 마련이었다. 그런데 이자건은 지친 모습을 보이기는커녕 오히려 더 쌩쌩하게 달리고 있었다. 제갈금이 사기를 당했다고 생각하는 것도 무리는 아니었다.

*　　　*　　　*

얼마 전까지 금화장(金花莊)이라고 불렸던 장원은 귀가에
비해 그 규모가 무려 사십 배에 달하는 거대 장원이었다. 장
원은 아홉 개의 대소 전각을 중심으로 해서 아홉 개의 구역으
로 나뉘어 있었는데, 장원 중앙에 있는 일전에 비해 상대적으
로 규모가 작은 팔각의 구역만 해도 하나하나가 귀가만큼이
나 컸다. 그 외에도 숙소, 축사, 창고 등등, 실로 왕부(王府)라
고 해도 믿을 수 있을 만한 엄청난 규모였다. 단순히 규모만
큰 것이 아니었다.

장원의 정중앙에 위치한 균천전(均天殿) 옆에는 기묘한 형
태의 인공 연못과 제법 높은 인공 가산이 떡하니 자리를 잡고
있었고, 그 인공 연못과 인공 가산을 끼고 돌아가는 넓은 부
지, 즉 균천전의 뒷마당에는 봄꽃이 만발한 화려한 정원이 꾸
며져 있이시 이곳이 하북 땅인지 소문으로만 듣던 강남 땅인
지 착각을 일으키게 만들었다.

무엇보다 이자건의 마음을 가장 흡족하게 만든 것은 균천
전의 뒷마당을 포함한 여섯 개의 넓은 마당이었다. 균천전의
뒷마당은 상당 부분이 정원으로 꾸며져 있어서 공터가 그렇
게 넓지 않았지만, 균천전의 앞마당과 사각의 뒤쪽에 각기 하
나씩 존재하는 마당은 백여 명이 동시에 무공 수련을 해도 될
만큼 넓었다.

규모가 이렇게 크다 보니 당연히 관리하는 사람의 숫자도 많아야 했다. 하지만 장원의 전 주인이 무슨 까닭에서인지 고용했던 하인들을 다 내보내고 삼십 명만 고용을 하고 있었던 탓에 고용 승계가 된 하인들의 숫자 또한 삼십 명에 불과했다. 장원의 규모에 비해서 너무 적은 숫자라 하지 않을 수 없었다.

백 명이 회의를 해도 넉넉할 만큼 넓은 균천전의 대회의실. 이틀에 걸쳐 장원을 모두 둘러본 이자건의 얼굴에는 흡족한 기색이 가득했다.

"그동안 수고들 하셨습니다. 그런데 이 넓은 장원을 삼십 명이서 관리하려면 쉽지가 않을 텐데 괜찮겠습니까?"

"주군께서 정확히 보셨습니다. 관리를 제대로 하려면 최소 오십 명 정도의 하인들이 필요합니다."

무리한 신법 대결로 인해 반쪽이 되어 있는 제갈금이었다. 이자건은 웃음이 나오려는 것을 억지로 참으면서 진지한 표정을 가장해 재차 질문을 던졌다.

"오십 명으로 충분하겠습니까?"

"예, 비어 있는 전각들은 일정한 기한을 정해두고 청소만 하는 정도로 관리할 생각입니다. 따라서 이십 명 정도의 인원만 충원하면 관리에 별다른 문제가 없을 것 같습니다."

　장원의 대소 전각들 중에 현재 사용하고 있는 전각은 세 개뿐이었다. 중앙의 균천전과 서쪽의 호천각(昊天閣)은 각각 이자건과 제갈금 부자들의 거처 겸 집무실로, 남동쪽의 양천각(陽天閣)은 서고(書庫)로 사용하고 있었다. 나머지 여섯 개의 각은 현재 텅 비어 있는 상태라 제갈금의 말대로 굳이 관리에 신경을 쓸 필요가 없었다.

　"인원의 충원이나 기타 장원의 관리에 대해서는 일일이 허락을 받을 필요가 없습니다. 총관이 알아서 사람을 뽑고 알아서 관리를 하도록 하십시오."

　귀찮은 것을 싫어하는 이자건다운 말이었다. 이에 재량권이 늘어나는 것을 반기는 제갈금이 기쁜 얼굴로 고개를 조아렸다.

　"주군의 명대로 하겠습니다. 다만 중요한 일은 반드시 주군께 사전, 혹은 사후 보고를 드리도록 하겠습니다."

　"흐음, 굳이 그럴 필요는 없습니다만."

　"주군의 장원입니다. 제가 어찌 마음대로 할 수 있겠습니까? 제게 많은 권한을 주시는 것은 감사하오나, 한계는 분명히 해야 합니다."

　아무리 귀찮은 것을 싫어하고 사람 다스리는 것을 싫어하는 이자건이라고 하더라도 더 이상은 거절을 할 명분이 없었다.

"총관이 편한 대로 하십시오."

"예, 주군!"

옆에서 대화를 경청하고 있던 삼 형제의 막내 제갈문이 조심스럽게 입을 열었다.

"주군, 장원은 마음에 드시는지요?"

제갈문의 얼굴에는 황금 육백 냥이라는 거금을 투입해 구입한 장원이 실제 주인인 이자건의 마음에 들지 않으면 어떻게 하나 하는 걱정이 어려 있었다.

"하하, 단순히 마음에 드는 정도가 아니오. 이렇게 좋은 집을 구해준 여러분들께 어떤 식으로 고마움을 표시해야 할지 모르겠구려."

이자건의 치하에 제갈금과 삼 형제 모두의 얼굴에 미소가 떠올랐다.

"과찬의 말씀이십니다."

"과찬이 아닙니다. 앞으로 잘해봅시다."

"예, 주군!"

인연의 시작은 악연도 그런 악연이 없었지만, 이제는 좋은 인연을 만들어 나가고 있는 중이었다. 이자건은 흐뭇한 표정으로 제갈금과 삼 형제에게 술을 돌렸다. 한동안 화기애애한 분위기 속에 대화가 진행되었다.

이자건은 삼 형제의 막내 제갈문이 따라주는 술잔을 받아

들고 막 마시려고 하다가, 문득 생각나는 것이 있어 술잔을 탁자 위에 내려놓고는 제갈금에게 질문을 던졌다.

"장원의 전 주인이 이 장원과 장원에 속해 있는 땅을 급매물로 내놓은 이유가 무엇입니까?"

이자건이 장원과 장원에 속해 있는 땅을 매입하는 데 들인 비용이 거금 황금 육백 냥이었지만, 장원에 속해 있는 땅이 가지고 있는 가치에 비한다면 황금 육백 냥은 결코 크다고 할 수 없는 돈이었다. 장원에 속해 있는 땅은 소위 황금알을 낳는 거위나 마찬가지였다. 소작농들이 바치는 소작료에서 세금과 장원의 관리비를 제하고도 해마다 황금 육십 냥에서 칠십 냥 정도의 순익이 남는다고 했다. 십년이면 매입 비용을 모조리 찾을 수 있다는 말이었다. 이런 땅을 장원과 함께 묶어서 판 전 주인의 행태가 이해가 가지 않는 것은 당연했다.

세살금이 머쓱한 표정으로 사죄를 했다.

"죄송합니다. 거기에 대해서는 저도 아는 것이 없습니다."

"장원의 전 주인이 한때 천하제일의 상단이라 자타가 공인했던 금화상단(金花商團)의 단주 금적산(金積山) 손노야(孫老爺)라고 들었습니다만?"

다행히 아는 질문이 나오자 제갈금이 조금은 큰 목소리로 대답을 했다.

"예, 맞습니다. 그리고 이 장원이 바로 금화상단의 본단(本

團)인 금화장이었습니다."

"황금으로 산을 쌓았다는 사람이 파산을 해서 금화상단을 해체하고 결국은 이 장원까지 팔게 되었다? 무슨 사연이 있겠군요?"

처음의 질문과 유사한 질문이었다. 그리고 제갈금은 유사한 표정으로 다시 입을 다물고 말았다.

"……."

구매 계약을 직접 체결했던 장본인으로서 실로 민망한 상황이었다. 제갈금의 위기를 구해준 것은 삼 형제의 맏이인 제갈우였다.

"주군, 제가 대신 말씀을 드려도 되겠습니까?"

"만우(滿愚)가 말씀해 보시오."

이자건은 아직 특별한 직책이 없는 제갈 삼 형제를 부를 때 아호(雅號)로 불렀다. 제갈우는 만우, 제갈기는 소류(笑留), 제갈문은 영풍(英風)이라는 멋진 아호들을 가지고 있었다.

"예, 제가 알아본 바에 의하면 손노야가 장원을 헐값에 팔게 된 이유는 엄청난 부채에 시달렸기 때문입니다. 손노야는 남송에 전쟁 자금으로 억만금이나 되는 돈을 몰래 지원했다가 남송이 멸망하면서 완전히 파산을 해버렸다고 합니다. 그때 엄청난 부채까지 떠안게 되었는데, 지금까지 대부분의 부채는 어떻게 상환을 했지만, 일부의 부채는 상환하지 못해서 상당히 심한 독촉에 시달렸다고 합니다. 이자에 이자가 붙고 독촉이 점점 더 심해지자 결국 견디다 못한 손노야가 장원과 장원에 속해 있는 땅을 급매물로 내놓게 된 것이지요."

제갈우의 조리있는 설명에 이자건이 고개를 끄덕이면서 물었다.

"그렇구려. 그런데 만우는 그런 정보들을 어디에서 입수했소?"

"소작농들을 찾아다니면서 탐문을 했습니다."

제갈우 역시 이자건과 같은 의문을 품었다는 말이다.

"덕분에 의혹을 풀게 되었소. 고맙소."

"감당하기 어려운 말씀입니다. 저는 당연히 해야 할 일을 했을 뿐입니다."

보면 볼수록 마음에 드는 사람이 제갈우였다. 이자건은 제갈우의 겸양에 미소로 화답을 하면서 다시 질문했다.

"내가 무공에만 정신이 팔려 있어서 여러분에게 제대로 관심을 기울이지 못했소. 여러분은 앞으로 어떤 일을 하고 싶소?"

마침내 이자건의 관심이 삼 형제에게 향한 순간이었다. 삼 형제가 일제히 기쁜 얼굴로 고개를 조아렸다.

"주군께서 시키시는 일이라면 그 어떤 일이라도 기쁘게 할 수 있습니다!"

일정 부분 진심이 담겨 있기는 하겠지만, 예의상 하는 말임이 분명했다. 이자건은 빙긋 미소를 지으며 고개를 저었다.

"그럴 수는 없지요. 여러분도 하고 싶은 일을 하면서 살아야지요. 하고 싶은 일이 있으면 말씀들을 해보시오."

"……."

비록 나이는 어리지만 삼 형제가 주군으로 모시겠다고 맹세를 한 사람이 바로 이자건이었다. 주군에 대한 예의를 깍듯하게 지키라는 제갈금의 당부가 없었다고 하더라도 이자건은 삼 형제에게 어려운 존재임이 분명했다.

삼 형제는 서로의 눈치를 보면서 누가 먼저 나서주기만을 바랐다. 덕분에 생각지도 않게 분위기가 흐트러지고 말았다. 그때, 제갈금이 눈치 빠르게 나서서 자식들을 도와줬다.

"주군께서 하문을 하셨는데 다들 입만 다물고 있을 참이냐? 첫째부터 시작해라."

계속해서 입을 다물고 있다가는 불충한 수하가 될 판이었다. 제갈우가 바로 자리에서 일어나 자신이 하고 싶은 일을 또박또박한 어조로 이야기했다.

"저는 주군께서 허락만 해주신다면 본 장의 자금을 기반으로 해서 장원 주위에 있는 객잔과 주루를 모조리 매입해 관리를 하고 싶습니다."

실로 예상치 못한 대답이었다. 이자건의 시선에 의아해하

는 빛이 떠올랐다. 그것을 느낀 제갈우가 재차 부연 설명을
했다.

"제가 상인이 되고자 하는 것은 두 가지 이유 때문입니다.
첫째 이유는 물론 본 장의 자금력을 더욱 키우고 싶기 때문입
니다. 제가 알기로 객잔과 주루라는 것이 어지간해서는 손해
를 보지 않는 장사입니다. 새로 만들면 당연히 경쟁을 해야
하기 때문에 손해를 볼 수도 있겠지만, 매입을 한다면 아무리
못해도 현상 유지는 가능할 것입니다. 둘째 이유는 바로 정보
의 입수입니다. 객잔과 주루의 특성상 정보의 입수가 용이합
니다. 매입할 수 있는 객잔과 주루의 수가 늘어나는 만큼 더
많은 눈과 귀를 가질 수 있게 될 것입니다."

그제야 제갈우의 뜻을 파악한 이자건이 크게 고개를 끄덕
였다.

"그런 생각을 할 수 있다니 참으로 대단하오. 필요한 것이
있으면 말씀만 하시오. 적극적으로 지원하겠소."

"예, 주군."

정보의 중요성은 아무리 강조해도 모자라는 것이었다. 설
사 손해를 본다고 하더라도 제갈우의 말대로 눈과 귀를 깔아
둘 필요는 있었다.

'얼마나 많은 객잔과 주루를 매입할 수 있느냐가 문제가
되겠구나.'

이자건은 마음에 쏙 드는 제갈우의 얼굴을 한참 동안이나 지켜보고 있다가 고개를 돌려 제갈기를 바라봤다. 자신의 차례임을 깨달은 제갈기가 즉시 자리에서 일어나 하고 싶은 일을 이야기했다.

"주군, 저는 무공에 소질이 있는 아이들을 키워 본 장의 무사로 만들고 싶습니다."

이번에도 이자건이 생각지 못한 대답이었다.

"이유가 무엇이오?"

"이 장원은 이제 주군과 저희 가족들이 평생을 살아가야 할 삶의 터전입니다. 안전을 확보하기 위해 최선을 다하고자 하는 것입니다."

"소류의 뜻이 정말로 고맙구려. 역시 필요한 지원을 아끼지 않을 터이니 열심히 한번 해보시오."

"감사합니다."

제갈기의 대답이 끝나자 제갈문이 기다렸다는 듯 자리에서 벌떡 일어나더니 약간은 큰 목소리로 자신이 하고 싶은 일을 이야기했다.

"저는 양천각을 관리하고 싶습니다!"

장내에서 유일하게 이자건보다 나이가 적은 제갈문이었다. 이자건은 빙긋 미소를 지으며 고개를 끄덕했다.

"책을 가까이하는 것은 좋은 일이오. 영풍이 하고 싶은 대로 하시오.”

“예, 주군!”

“총관, 만우에게 동쪽의 창천각(蒼天閣), 소류에게는 북쪽의 현천각(玄天閣), 영풍에게는 남동쪽의 양천각을 각각 맡길 터이니 조치를 해주십시오. 그리고 세 사람에 대한 전폭적인 자금 지원을 당부드리는 바입니다. 자금이 모자라면 나에게 말을 하시면 됩니다.”

제갈금이 곧장 자식들처럼 자리에서 벌떡 일어나 큰 소리로 복명을 했다.

“명심 봉행하겠습니다!”

제갈금의 기분은 지금 하늘을 날아갈 듯했다. 세상천지에 부하에게 하고 싶은 일을 물어보고 그대로 들어주는 사람이 이자건 말고 또 누가 있겠는가?

‘사식 놈들의 선택을 아쉬워했더니 그게 아니었어. 이놈들은 최선의 선택을 한 거야.’

이러한 생각은 비단 제갈금 혼자만의 생각은 아니었다. 삼형제도 이자건이 그렇게 쉽게 자신들의 부탁을 들어주리라고는 생각지 못하고 있었기 때문에 지금 기분이 상당히 고조되어 있는 상태였다. 제갈기가 고조된 기분을 이기지 못해 상기된 얼굴로 질문했다.

“주군, 장원의 이름을 무엇으로 하실 생각이신지요?”

'장원의 이름?

이제껏 사는 집에 이름을 지어야 한다는 생각 자체를 해본 적이 없는 이자건이었다. 오죽하면 대도의 집을 사람들이 귀가라고 부른다는 것을 뻔히 알고 있으면서도 무대책으로 일관을 했겠는가?

"아직 정해놓은 것이 없소. 소류에게 좋은 이름이 있으면 한번 말씀해 보시오."

이자건의 짐 떠넘기기에 제갈기가 크게 당황해 사양을 했다.

"제가 어찌 감히……."

"누가 이름을 짓든지 간에 무슨 상관이 있겠소. 부르기 좋고 뜻이 좋으면 되지 않겠소."

말이야 바른말이었지만, 듣는 사람들에게는 그렇지가 않은 모양이었다. 이자건의 말이 끝나기가 무섭게 제갈금과 제갈우 부자가 강하게 반발했다.

"주군, 다른 것은 몰라도 장원의 이름만큼은 반드시 주군께서 지으셔야 합니다."

"주군, 장원의 이름은 중요한 것입니다. 장원의 주인이신 주군께서 지으신 이름이 아니면 아무런 의미가 없습니다!"

상당히 강경한 어조였다. 말은 하지 않고 있었지만 제갈기와 제갈문도 눈빛으로 강한 반대 의사를 밝히고 있었다. 이자건의 얼굴에 쓴웃음이 떠올랐다.

'제대로 된 이름을 못 지었다가는 내 자질을 의심받겠는
걸. 장원의 이름이라……. 뭐가 좋을까? 부르기 좋고 미래에
대한 희망과 염원을 담아야 할 터인데…….'

이름을 짓지 않는다면 모를까, 기왕 짓기로 한 이상은 제대
로 된 이름을 짓고 싶었다. 부르기 좋은 이름이야 널리고 널
렸다. 그 속에 담긴 뜻이 좋은 것도 널리고 널렸다. 하지만 그
것들은 모두 남의 것일 뿐이었다. 이자건이 짓는 이름에는 자
신의 미래에 대한 희망과 염원이 담겨 있어야 했다. 그런데
이자건의 미래에 대한 희망과 염원이라는 것이 아직까지 복
수에 한정되어 있었기 때문에 머릿속에 떠오르는 이름도 죄
다 복수와 관련이 된 것들뿐이었다.

'이거 생각보다 쉽지가 않구나.'

제갈금 부자는 입을 꾹 다물고 진지한 표정으로 이자건의
얼굴만 주시하고 있었다. 전혀 도움을 줄 기색이 아니었다.
이자건은 제갈금 부자의 부담스러운 시선을 피해 창문이 있
는 쪽으로 눈길을 돌렸다. 열려 있는 창문을 통해 화려한 자
태를 뽐내기 위해 열심히 꽃망울을 준비하고 있는 철쭉이 보
였다.

'과연 어떤 이름이 좋을까? 형님이 살아 계셨다면 무슨 이
름을 지으셨을까?'

　이자건의 상념은 자연스레 박재현에 대한 생각으로 옮아갔다. 처음 만날 때부터 황궁의 담을 넘기 전에 보았던 마지막 모습까지. 지금도 눈만 감으면 박재현에 대한 모든 기억들이 생생하게 떠올랐다. 특히, 마지막 날 나누었던 대화는 죽을 때까지 잊지 못할지도 몰랐다.

　"우리 나중에 세상의 악룡들을 모조리 쓸어버리자꾸나."

　이자건이 도룡검법이라는 이름을 지은 의미를 설명했을 때 박재현이 크게 웃으며 한 말이었다. 도룡검법이라는 이름 속에는 박재현이 살아 돌아오기를 바라는 이자건의 희망과 염원이 담겨 있었다. 그리고 그 이름을 흔쾌히 받아들인 박재현의 호기가 담겨 있었다.
　창밖을 보고 있던 이자건의 시선이 제갈금 부자의 얼굴로 옮겨졌다. 이자건이 마음의 결정을 내렸다는 것을 직감한 제갈금 부자의 얼굴에 기대의 빛이 떠올랐다. 이윽고 한참 동안 다물려 있던 이자건이 입이 천천히 열렸다.
　"앞으로 우리 장원의 이름은… 도룡장(屠龍莊)입니다."

第八章
풍운결(風雲結)

屠龍之技

신월지야에 황궁과 서문을 침입한 자객들의 정체는 끝끝내 밝혀지지 않았다. 결국 바얀을 비롯한 일부 충신들의 노력에도 불구하고, 신월지야 당시 황궁과 서문에서 경비를 섰던 경비 책임자와 경비병들이 줄줄이 형장의 이슬이 되어 사라졌다. 하지만 쿠빌라이칸의 분노는 좀처럼 가라앉을 기미가 보이지 않았다. 자칫하면 더 큰 혈사가 일어날 수도 있었다. 이에 어사대부 바얀은 특단의 조치를 취하게 된다. 바로 철혈단의 강호 진출이었다.

"휴가 좀 보내주십시오."

참으로 질긴 놈이었다. 안 된다는 것을 뻔히 알면서도 두 시진 동안이나 쫓아다니면서 사람을 못살게 굴고 있었다. 오극도는 짜증이 치밀어 올라 버럭 소리를 질렀다.

"도대체 몇 번을 말해야 되는 거냐?! 안 된다고 했잖아!"

"친구한테서 연락이 왔단 말입니다. 이틀이면 충분합니다. 사정 좀 봐주십시오. 예?"

어지간히도 밖으로 나가고 싶은 모양이었다. 천하에 버르장머리가 없는 놈이 꼬박꼬박 존대를 하고, 사정조로 얘기를 하고 있었다. 오극도도 웬만하면 자신보다 무공이 강한 부하의 사정을 들어주고 싶었다. 안 들어주었다가 또다시 창을 휘두르면서 달려들기라도 한다면 망신도 이만저만한 망신이 아니었다. 하지만 이미 어사대부 바얀의 명령이 떨어진 다음이었다. 이제는 철혈단의 단주인 모용진이라고 하더라도 양소운이라는 놈에게 휴가를 줄 수 없는 상황이었다.

"이제 그만 좀 하자. 내일 아침 일찍 하남의 정주(鄭州)로 이동하려면 나도 준비를 해야 한단 말이다."

바쁘니까 그만 꺼지라는 뜻이었다. 물론 오극도의 자상한 말을 들어먹을 양소운이 아니었다.

"대주, 내가 언제 대주에게 부탁을 한 적이 있었습니까? 이렇게 부탁을 하겠습니다. 이번만 사정 좀 봐주십시오."

말귀를 못 알아듣는 놈과의 설전보다 더 사람을 피곤하게
만드는 일은 없었다. 질릴 대로 질린 오극도는 양소운과 말을
섞기가 싫어져 아예 고개를 돌려 버렸다.

"더 이상 할 말이 없다. 나가라."

그러자 천하에 버르장머리가 없는 놈이 본색을 드러냈다.

"자꾸 이러면 나도 가만히 있지 않을 것이오."

"가만히 있지 않으면?"

순간, 양소운의 주먹이 기다렸다는 듯 오극도의 책상 위로
떨어져 내렸다.

쾅!

"이렇게 행동으로 보여주겠단 말이외다!"

정말로 이길 자신만 있다면 비오는 날 먼지가 나도록 패주
고 싶은 놈이었다. 문제는 이길 자신이 없다는 것이었다. 오
극노는 튀어 오르는 붓과 벼루를 금나수로 잡아서 다시 책상
위에 올려놓으며 뱉어내듯이 말했다.

"네 마음대로 해라."

"이거 정말 해도 해도 너무하네. 당장에 철혈단을 때려치
우든가 해야지. 그렇게 되면 대주도 좋은 꼴은 못 볼 텐데?"

"나도 원하던 바다. 매번 덤비기만 하는 부하는 나도 원치
않는단 말이다. 아예 내가 사직서를 대신 써주랴?"

말려야 할 오극도가 오히려 사직을 종용하자 양소운의 잘

생긴 얼굴이 일그러졌다. 한동안 침묵이 흘렀다. 이윽고 오극도가 다시 뭐라고 말을 하려는 찰나, 양소운이 버럭 욕설을 내뱉었다.

"젠장! 비무 한번 잘못해서 이 꼴로 살아야 되다니!"

비무 이야기가 나오자 오극도의 눈에 호기심의 빛이 강하게 떠올랐다. 사실 양소운은 누가 뭐라고 해도 뛰어난 인재임이 분명했다. 후기지수 중에서 적수를 찾아볼 수 없는 뛰어난 무공 실력에 머리도 상당히 좋았고 외모도 번드르르했다. 한마디로 어디에 내놓아도 빠지지 않는 인재였다. 하지만 양소운이 아무리 후기지수 중의 일인자이고 뛰어난 인재라고 하더라도 천하구대고수에 비할 수는 없었다. 겨루기도 전에 이미 승부는 결정되어 있었던 것이나 마찬가지였다. 양소운이 왜 후회할 것이 분명한 내기 조건을 수락했는지 궁금하지 않을 수 없었다.

"한 가지만 물어보자. 너는 무슨 배짱으로 단주님이 내거는 내기 조건을 수락했던 거냐?"

양소운이 침통한 표정을 지으며 대답했다.

"조건을 수락하지 않으면 비무를 받아주지 않겠다고 하니까 그랬지. 누군 좋아서 그런 조건을 받아들였겠소?"

오극도는 하도 어이가 없어 입을 떡 벌리고 말았다.

'세상에! 고작 승부욕 때문에 인생의 십 년을 저당 잡혔단 말인가?

강호인 중에 승부에 집착하는 사람이 많기는 하지만 그것도 정도가 있었다. 양소운 정도의 승부욕이라면 단순한 승부욕이 아니라 병이라고 해야 마땅할 것이다. 오극도가 기가 막힌 표정을 짓고 있자, 양소운이 더듬거리며 변명을 했다.

"그때는 단주가 북천일마인 줄 몰랐으니까 그랬지."

거짓말이었다. 양소운이 모용진에게 비무를 신청했을 때 모용진은 분명히 자신의 신분을 밝혔었다.

"모르긴 뭘 몰라? 너는 모르고 있었겠지만, 그때 나도 옆에서 비무를 구경했었다."

"흠흠."

헛기침을 토하는 양소운의 얼굴이 벌겋게 달아올라 있었다. 기회를 잡은 오극도가 통증이 느껴질 정도로 강하게 혀를 찼다.

"쯧쯧, 그래도 부끄러운 줄은 아는구나."

"젠장, 너무 그러지 마시오. 지금도 그 생각만 하면 속에서 천불이 나니까. 그따위 비무 조건이 세상천지에 어디 있단 말이오?"

"쯧쯧, 네가 하도 끈질기게 덤비니까 단주님도 질려서 그런 희한한 내기 조건을 내거신 거잖아. 알아서 물러나라고 말이야."

“말을 함부로 하지 마시오. 승부는 겨뤄보기 전에는 모르
는 것이오.”

실로 기가 막히는 말에 오극도가 허탈한 표정으로 질문을
했다.

“설마 네가 이길 것이라고 생각했단 말이냐?”

“젠장! 천하구대고수가 뭐 별거요?! 내가 십 년 정도만 더
무공을 수련하고 승부를 겨뤘다면 단주 정도는…….”

고래고래 고함을 지르던 양소운이 갑자기 길게 한숨을 내
쉬었다. 스스로가 생각해도 자신의 처지가 한심하게 느껴지
는 모양이었다.

“휴—우.”

한숨을 쉬는 꼬락서니가 죽을 날을 받아놓은 노인을 연상
시켰다.

‘하기야 천하의 버르장머리없는 놈에게도 인생의 십 년은
소중한 것임이 분명하지.’

막상 기운이 빠져 있는 모습을 보니 마음이 약해지는 오극
도였다. 소오태산의 사건 이후 꽤 친분이 쌓인 때문이었다.
오극도는 한결 부드러워진 어조로 양소운을 타일렀다.

“십 년 정도만 더 무공을 수련하고 겨뤘다면 네가 이길 수
도 있었겠지. 그나저나 나도 어지간하면 네 부탁을 들어주고
싶은데 말이다, 이번만큼은 아무래도 안 되겠다. 이미 명령이

떨어졌어."

"알았소. 언제쯤이면 휴가를 줄 수 있겠소?"

마침내 끈질기기 이루 말할 데 없는 놈이 승복을 했다. 십년 묵은 체증이 내려가는 것 같은 말이었다. 오극도는 불쌍한 표정을 짓고 있는 양소운에게 그가 베풀 수 있는 최선의 호의를 베풀어주었다.

"정주에 가서 안정이 되면 기회를 봐서 주겠다. 만약 네가 그때까지 말썽을 부리지 않고 얌전하게 있는 다면… 내가 책임지고 이십 일의 휴가를 주마."

"지금 이십 일이라고 했소?"

침통해 있던 양소운의 눈이 휘둥그레졌다. 당연한 모습이었다. 철혈단 무사들이 받을 수 있는 최대의 휴가가 십 일인데, 멀쩡하다면 그것이 이상할 터였다.

"그래, 이십 일. 내 휴가의 일부까지 너에게 주겠다는 말이다. 정주에서 네 친구가 살고 있다는 하북평야까지 왕복하려면 최소한 이십일은 있어야 하지 않겠느냐. 너무 긴가?"

"무슨 그런 말씀을……. 분명히 이십일 정도는 돼야 왕복을 할 수 있습니다. 그런데 말입니다, 도대체 우리가 왜 정주로 가야 하는 겁니까?"

양소운이 갑자기 공손한 말투로 주제를 바꾸려고 했다. 그 속내를 뻔히 짐작하고 있는 오극도가 피식 실소를 터뜨리며 말했다.

"이십 일 휴가. 나도 한번 한 말은 지키는 사람이니까 그렇게 간사하게 말하지 않아도 된다. 그리고 우리가 정주에 가는 이유는… 아직 나도 자세한 것은 모른다. 다만 이제 철혈단은 황궁의 수호가 아니라 강호의 방파로 거듭나게 되었다는 것만은 확실하다."

"그럼 황궁은 어떻게 하는 겁니까?"

"황궁의 경비는 순수 몽골 무인들로 만들어진 제이의 철혈단이 맡게 될 거야. 소문에 의하면 이미 십 년 전부터 인재들을 모아서 수련시키고 있었다고 하더군. 그러니까 이제 우리는 한마디로……."

오극도는 씁쓸한 표정으로 뒷말을 속으로 삼켰다.

'사냥을 마친 개 꼴이 될 수도 있다 이거지.'

소문이 사실이라면 철혈단의 무사들은 순수 몽골 무인들로 이루어진 철혈단이 조직되기 전까지 한시적으로 운영되던 조직이었다는 뜻이다. 그리고 현재 돌아가는 상황을 보면 소문은 사실로 드러날 확률이 높았다. 오극도처럼 일신의 영달을 위해 철혈단에 들어온 사람들에게는 참으로 입맛이 쓴 일이었다. 물론, 양소운과 같이 억지로 철혈단에 매여 있는 놈에게는 달콤하기만 한 일이겠지만. 아니나 다를까, 양소운의 입에서 큰 웃음소리가 터져 나왔다.

"하하하, 그러면 우리도 이제 이 답답한 황궁에서 벗어날 수 있게 되었군요."

"놀러 가는 것이 아니니까 너무 좋아하지 마라. 이 역시 소문이기는 하다만, 현재의 철혈단이 정주에서 강호의 방파로 거듭나게 되면… 그때부터는 쉴 틈도 없이 자객들과 싸워야 할지도 모른다. 자객들이 완전히 박멸될 때까지 말이야."

"자객들과 쉴 틈도 없이 싸워야 한다고요? 대주, 지금 그것을 농담이라고 하시는 겁니까? 자객들의 꼬리를 잡아야 싸우든지 말든지 할 것이 아닙니까?"

"그런 걱정은 할 필요가 없다. 황궁의 정보도 만만한 것이 아니야."

"물론 황궁의 뛰어난 정보로 몇몇 자객 집단은 박멸할 수 있겠죠. 하하하!"

오극도의 얼굴에 먹구름이 끼었다. 양소운의 웃음 속에 담긴 뜻을 파악했기 때문이다. 신월단이 문제였다. 현재까지 신월단에 대해 알고 있는 것이라고는 달랑 이국인들이 주동되어 만든 뛰어난 자객들의 집단이라는 것이 다였다.

'재수없으면 평생 동안 뜬구름만 쫓아다닐 수도 있겠구나. 에라, 모르겠다. 정주에 가면 나도 새로운 길이나 한번 찾아 봐야겠구나.'

＊　　　＊　　　＊

타다다닥!

주서진(周徐進)은 현천각에서의 수련을 마치자마자 정신없이 균천전으로 뛰어갔다. 벌써 진시(辰時)가 다 되어가고 있었다. 지금쯤이면 장주님이 아침 수련을 마칠 시간이었다. 빨리 가서 장주님이 땀을 닦으실 수건을 전해 드리지 못한다면 장주님의 시동으로 또래들 사이에서 무소불위(無所不爲)의 권력을 휘두르고 있는 서진의 앞날에 먹구름이 끼일지도 몰랐다. 서진은 답답한 마음에 욕설을 내뱉었다.

"젠장! 천성공(天星功) 때문이야!"

다른 무공들은 익히면서 시간을 조절할 수 있는데, 내공심법인 천성공만큼은 한번 수련에 들어가면 시간이 어떻게 흐르는지 당최 알 방법이 없었다. 현천각주님의 말씀에 의하면 집중력이 뛰어나서 그렇다고 하지만, 중임을 맡고 있는 서진에게는 집중력이 뛰어난 것이 좋은 일만은 아니었다. 그렇다고 천성공을 수련하지 않을 수도 없었다. 도룡장의 식솔이라면 무조건 천성공을 비롯한 네 개의 기본 무공을 익혀야 했기 때문이다.

"큰일 났다! 장주님의 수련이 끝나셨으면… 으악! 나는 이제 끝장이야!"

현천각에서 균천전까지의 거리는 열세 살짜리 서진의 짧은 다리로 뛰어가기에는 너무도 먼 거리였다. 물론 신법인 천성류(天星流)만 제대로 펼칠 수 있다면 그 정도의 거리는 아무것도 아닐 것이 분명했다. 하지만 서진에게 천성류는 아직 그림의 떡일 뿐이었다. 때문에 오늘처럼 시간에 늦으면 죽어라고 뛰어가는 수밖에 없었다.

"빨리 가야 해. 나는 누가 뭐라고 해도 장주님의 시동이야. 나에게 불가능은 없어."

서진의 독백에는 강한 자부심이 담겨 있었다. 흔히 시동(侍童)이라고 하면 귀한 사람들 밑에서 심부름을 하는 아이를 일컫는 말이었다. 자격 조건이라고 해봐야 별것이 없었다. 그저 적당한 외모와 적당한 머리만 있으면 누구나 할 수 있는 것이 시동이었다. 하지만 장주님의 시동은 결코 아무나 할 수 있는 것이 아니었다. 장주님의 시동은 무려 백 대 일의 경쟁을 뚫은 인재만이 할 수 있는 것이었다. 그런 의미에서 서진은 최고의 인재였다. 경쟁자들은 서진이 고아이기 때문에 장주님이 불쌍히 여기셔서 뽑아주었다는 말들을 하고 다녔지만, 패자들의 말에 신경을 쓸 서진이 아니었다.

'나 같은 인재가 아직까지 천성류를 제대로 익히지 못한 것은 수치야. 반드시 천성류를 대성하고 말겠어. 다시는 장주님이 나를 기다리시는 일이 없도록 할 거야.'

굳은 각오를 해보지만 현실은 냉혹했다. 결국 서진은 지각을 하고 말았다. 서진이 균천전에 도착했을 때, 세상에서 가장 존경하는 장주님은 이미 수련을 마치고 도룡장의 요인들과 함께 식당에 앉아 계셨다.

"또 뛰어왔나 보구나."

역시 신과 동격인 장주님의 눈을 속일 수는 없었다.

"죄송합니다. 제가 수건을……."

막중한 임무를 수행하지 못한 자신의 잘못을 생각하니 왈칵 눈물이 쏟아지려고 해서 말을 이을 수가 없었다.

"하하, 괜찮다. 배가 많이 고플 테니 어서 자리에 앉아서 식사를 하도록 해라."

잔뜩 혼이 날 각오를 하고 왔던 서진은 장주님의 따뜻한 말씀에 기어이 눈물을 흘리고 말았다.

"어허! 사나이 대장부가 눈물이라니? 당장 눈물을 거두지 못할까!"

장원의 모든 식솔들이 제일 무서워하는 총관님이었다. 총관님의 엄한 질책에 서진은 급히 눈물을 닦아내고는 커다란 원형 탁자의 비어 있는 자리에 앉았다.

"식사들 하십시다."

"예, 주군!"

식당이 쩌렁쩌렁 울릴 정도의 복명 소리였다. 서진도 목이 터져라 복명을 했다.

"예, 장주님!"

서진의 나이는 쇳조각도 씹어 먹을 수 있는 나이였다. 게다가 묘시(卯時)에 일어나 현천각에서 꼬박 한 시진 동안 수련을 하다가 균천전까지 달려온 상태였다. 배가 고프지 않다면 거짓말이었다. 서진은 흡사 걸신이 들린 것마냥 밥과 반찬을 집어 먹었다. 장주님의 지시로 서진에게만 특별히 배정되어 있는 세 배나 큰 밥그릇이 비워지는 것은 그야말로 순식간이었다.

'역시 밥그릇은 커야 해.'

남들보다 배나 더 빠른 속도로 식사를 마친 서진은 올챙이처럼 튀어나온 배를 두드리면서 식당 안을 둘러봤다. 그런데 식사를 하고 있는 사람들의 숫자가 평소보다 많았다. 그것이 의미하는 것은 한 가지뿐이었다.

'설마 오늘이 바로 대회의 날? 이런!'

재수가 없는 사람은 뒤로 넘어져도 코가 깨진다고 하더니 꼭 그 짝이었다. 대회의는 모든 업무를 가신들에게 맡겨놓고 무공 수련에만 전념을 하시는 장주님이 한 달에 한 번씩 가신들의 보고를 받으시는 날이었다. 때문에 외지에 나가 있는 가신들도 이날만큼은 모두 복귀해서 회의에 참석하기 마련이었다. 즉, 서진은 도룡장의 주요 인물들이 모두 모인 자리에서 지각을 하는 모습을 보이고 말았다는 뜻이다.

'소문이 나면 반석 같던 내 지위가 나락으로 추락하는 거야. 어떻게든 이 소문을 막아야 해. 무슨 좋은 수가 없을까?

서진이 그렇게 소문을 막기 위해 머리를 굴리고 있는 동안 아침 식사가 거의 끝나가는 모습이 보였다.

'에고, 사람들의 입을 어떻게 막겠다고. 그냥 당분간 쥐 죽은 듯이 살 수밖에.'

오늘이 대회의 날이면 더 이상 머리를 굴리고 있을 시간이 없었다. 서진은 장주님이 차를 드시는 것을 확인하고는 재빨리 주방으로 달려갔다. 균천전에서 시녀로 일하고 있는 옥란(玉蘭) 누나가 서진을 반갑게 맞이해 주었다.

"너 오늘 또 지각했다며? 너 그러다 쫓겨난다."

서진도 옥란 누나에게 반갑게 인사를 했다.

"누나, 한가한가 보죠? 참, 요즘 누나가 장주님께 이상한 마음을 품고 있다는 소문이 자자하던데요. 정말인가요?"

"……."

옥란 누나가 아무 소리 하지 않고 대회의실로 걸어갔다.

"누나, 같이 가요!"

두 사람은 곧 대회의실에 도착해 찻주전자와 찻잔을 탁자 위에 일정한 간격으로 배치했다. 여러 번 해본 일이라 손발이 척척 맞는 두 사람이었다. 금세 일을 끝낸 옥란 누나가 서진에게 어색한 웃음을 지으며 인사를 했다.

"진아, 나 먼저 간다. 수고해."

옥란 누나는 한동안 서진에게 꼼짝도 못할 것이다. 서진은 터져 나오려는 웃음을 참기 위해 인상을 일그러뜨리며 말했다.

"예, 누나. 이따가 봐요."

옥란 누나가 굳은 얼굴로 밖으로 나갔다. 이제 도룡장에서 가장 중요한 회의가 시작될 시간이었다. 또래의 아이들 중에 유일하게 대회의에 참석할 권한이 있는 서진은 부푼 가슴을 안고 양천각주님의 옆 자리에 앉았다. 아니, 앉으려고 하다가 다시 일어났다.

'에잇! 또 빼먹었잖아!'

서진은 후닥닥 밖으로 달려나가 문방사우를 찾아가지고 다시 대회의실로 돌아왔다.

'헉!'

총관님이 자리에서 일어나 장주님께 뭔가 보고를 하고 있었다. 이미 회의가 시작된 것 같았다. 서진은 다른 사람의 눈에 띄지 않게 허리를 잔뜩 구부린 채 자신의 자리로 기어갔다. 도룡장에서 가장 필체가 뛰어나다고 소문이 나 있는 양천각주가 초조한 모습으로 서진을 기다리고 있다가 머리를 살짝 쥐어박았다.

콩!

"요 녀석아, 회의가 시작되기 전에 미리미리 준비 좀 해놓아라. 너 때문에 내가 회의록(會議錄)을 작성하지 못하고 이렇게 기다리고 있었잖느냐?"

양천각주는 서진의 진가를 아는 사람이었다.

'아무렴. 내가 없으면 아무것도 안 되지. 하하.'

가슴 뿌듯한 자부심이 느껴졌다. 하지만 입 밖으로 나오는 목소리에 그러한 감정을 담을 수는 없었다. 서진은 남들이 듣지 못하게 다 죽어가는 목소리로 용서를 구했다.

"다음부터 늦지 않도록 하겠습니다."

"그래. 널 믿으마. 이제 회의록을 작성해야겠다. 어서 먹을 갈아다오."

"예."

총관님의 또랑또랑한 목소리가 열심히 먹을 갈고 있는 서진의 귀를 간질였다.

"…올해 소작농들이 바친 소작료가 황금으로 약 이백사십 냥에 달합니다. 올해 대풍의 영향으로 소작료 수입이 많이 늘었습니다. 따라서 현재 제가 관리하고 있는 돈은 지난 칠 개월 동안 사용하고 남은 황금 이십 냥에 소작료로 얻은 황금 이백사십 냥을 합해 대략 황금 이백육십 냥 정도입니다. 그리고 지난달 염천각(炎天閣)의 범 각주께서 세 명의 장인을 새로 받아들여 현재 본 장의 식솔은 모두 구십이 명입니다.”

“황금 이십 냥이라면 분명히 적지 않은 금액이지만, 만일의 사태에 대비를 할 수 있는 금액은 아닌데 왜 나에게 말씀을 안 하셨습니까?”

“주군께서 제게 맡겨주신 황금 팔백 냥으로 마르지 않는 샘을 만들겠다는 약속을 드렸습니다. 그런데 제가 어찌 주군께 다시 손을 벌릴 수 있겠습니까?”

“하하, 알겠습니다. 지난 한 달 동안 수고 많으셨습니다. 앞으로도 최선을 다해주십시오.”

“예, 주군!”

총관님의 허리가 거의 직각으로 꺾여 있었다. 장원의 식솔들에게는 극히 엄하고 무서운 총관님도 장주님 앞에서는 전혀 힘을 쓰지 못하는 것 같았다. 장주의 시동인 서진의 어깨에 저절로 힘이 들어갔나. 바로 그때, 양천각주의 전음이 서진의 귀를 두드렸다.

“먹물 튄다. 조심해!”

화들짝 놀란 서진이 고개를 돌려 양천각주를 바라봤다.

‘허억!’

양천각주님의 잘생긴 얼굴과 하얀 옷자락에 몇 방울의 먹물이 튀어 있었다. 순식간에 서진의 얼굴이 먹물보다 더 시커멓게 죽어버렸다.

“죄, 죄송합니다.”

“정신을 어디다 팔고 있느냐? 제발 조심 좀 하자. 응?”

“예.”

짧은 소동이 일어나고 있는 사이 총관이 자리에 앉고 대부분의 시간을 외부에서 보내고 있는 창천각주가 자리에서 일어나 보고를 하고 있었다.

“…기존에 운영하고 있던 열여섯 개의 객잔과 여덟 개의 주루에서 발생한 수익금을 모아 칠 개월 만에 새로운 객잔 두 개와 주루 한 개를 인수할 수 있었습니다. 따라서 현재 본 장의 소유로 되어 있는 객잔은 열여덟 개, 주루는 아홉 개가 있습니다. 앞으로는 더 빠른 속도로 객잔과 주루를 인수할 수 있을 것 같습니다. 다음달부터는 수익금 중의 구 할을 재투자하고, 일 할을 장원의 자본금으로 편입시키도록 하겠습니다.”

“칠 개월 만에 객잔 두 곳과 주루 한곳을 인수했다? 대단한 성과요. 그런데 굳이 수익금 중의 일부를 장원의 자본금으로 편입시키려는 이유는 무엇이오?”

“제가 황금 백 냥이나 되는 거금을 들고 나가서 객잔과 주루를 인수한 가장 큰 이유는 본 장의 자금력을 더욱 풍족하게 만들고자 함이었습니다. 제가 예상했던 것보다 객잔과 주루에서 나오는 수익금이 크지 않아서 지금까지 수익금을 한 푼도 가져오지 못했습니다만 이제는 여유가 생겼습니다. 앞으로는 반드시 수익금의 일 할을 장원의 자본금으로 편입시킬 생각입니다."

"흐음, 그보다는 수익금 전액을 재투자하는 것이 더 바람직하지 않겠소?"

"수익금의 구 할만으로도 사업을 추진해 나가는 데 아무런 지장이 없습니다."

"알았소. 만우의 뜻이 그러하다면 나도 굳이 반대할 이유가 없구려. 수고하셨소."

"예, 주군!"

한 달 만에 보는 창전각주님의 얼굴은 많이 그을려 있었다. 그래서 그런지 장주님 다음으로 잘생겼다고 모든 누나들이 인정하는 창천각주님의 외모가 전보다 많이 못해 보였다.

'이제는 서열 삼위인 양전각주님보다 조금 못해 보이네. 하기야 능력이 그렇게 뛰어나니 외모는 좀 못해도 상관이 없겠지.'

누나들 사이에서 떠도는 창천각주님에 대한 이야기들을 종합해 보면 그는 그야말로 천재였다. 도룡장에 고기를 납품하고 있는 선육방(鮮肉房)의 서(徐)씨 아저씨 같은 경우에는 장주님보다 창천각주님이 더 똑똑하다고 말을 해서 서진의 부아를 돋운 적도 있었다.

  '뭐, 창천각주님이 똑똑한 것은 사실이지만 장주님에 비하면 아무것도 아니지. 암.'

  서진이 속으로 주관적인 평가를 하고 있는 사이에 창천각주는 자리에 앉고 현천각주가 일어나 보고를 시작했다.

  "현재 천성대의 인원 확충이 모두 끝났습니다. 그리고 식솔들의 무공에 대한 의욕이 넘칩니다. 지난 칠 개월 동안 천성공을 수련하면서 무공에 대한 시각이 많이 달라진 것 같습니다."

  "무공을 익히면 체력과 병마와 싸우는 힘도 강해지니 권장할 만한 일이오. 앞으로도 열심히 해주시오."

  "예, 주군!"

  현천각주님의 보고는 짧았다. 들리는 소문에 의하면 식솔들에게 무공을 지도하면서부터 말이 많이 짧아졌다고 한다. 처음에는 양천각주님만큼이나 다정다감했다고 하는데, 지금은 그 말을 믿는 사람이 아무도 없었다. 식솔들에게 있어서 현천각주님은 총관님보다 더 무서운 사람이었다. 총관님은 말로만 뭐라고 하지만 현천각주님은 잘못을 하면 체벌을 가하기 때문이었다. 그 체벌이라는 것이 보통은 현천각을 몇 바퀴 도느냐 하는 것인데, 넓은 현천각을 한 바퀴만 돌아도 어지간한 사람은 녹초가 되기 마련이었다. 축사를 전담하는 방(方)씨 아저씨 같은 경우에는 무공에 너무 소질이 없어 매

일 현천각을 돌아야 했는데, 현천각주님에 대한 불평을 뒤에
서도 할 생각을 하지 못했다. 그만큼 무서워한다는 말이었
다.

　'현천각주님의 성질이 더러운 것은 모르는 사람이 없지.
그런데 천성대의 인원 확충이 끝났다고? 그러면 조만간에 군
기를 잡으러 가야지. 하하!'

　현천각주가 인근 여섯 개 현을 돌아다니면서 무공에 소질
이 있는 아이들을 모아 교육시키고 있는 조직이 바로 천성대
였다. 장원 내에 있는 아이들은 무공에 별 소질이 없어도 천
성대에 포함될 수 있었다. 서진과 같은 영재는 두말할 필요도
없었다. 서진이 어떤 식으로 군기를 잡을까 하고 머리를 굴리
는 사이 새로 들어온 염천각주가 자리에서 일어났다.

　"조금 전에 총관님이 말씀하셨다시피 지난달 세 명의 인원
을 충원하였습니다. 이제 소작농들이 농기구가 모자라 불편
을 겪는 일은 없을 것입니다."

　"제가 여러모로 염천각주님의 덕을 많이 보고 있습니다.
고맙습니다."

　"허허, 언제 잡혀갈지 몰라 전전긍긍하던 노인을 이렇게
보살펴 주시는 분이 바로 주군이 아니십니까? 고맙다는 말씀
은 제가 드려야지요."

　"하하하, 그리 말씀하시니 민망하기 그지없습니다."

염천각주님은 범유광이라는 이름의 노인이었다. 총관님이 주문한 검을 장주님께 전해 드리기 위해 왔다가 장주님에게 반해 가족을 몽땅 데리고 와서 장원에 눌러앉아 버린 특이한 이력의 소유자였다.

'쇠를 다루는 솜씨가 천하제일이라 사천(四川)에 있는 유명한 무가 당가(唐家)가 납치하려는 음모를 꾸몄다. 이에 신변의 위협을 느끼고 장주님께 일신을 의탁했다.'

염천각주님에 대한 소문이었다. 소문을 다 믿을 수는 없지만, 최소한 검을 만드는 실력만큼은 천하제일임이 분명했다. 그게 아니라면 염천각주님이 만든 추상검(秋霜劍)을 장주님이 그렇게 애지중지하실 리가 없었다.

'에고, 나도 잘 보여서 좋은 검을 하나 얻어야 할 텐데.'

서진이 염천각주의 늙은 얼굴을 보면서 침을 흘리고 있을 때, 옆에 앉아서 열심히 회의록을 작성하고 있던 양천각주가 벌떡 자리에서 일어났다.

"지난달 정주에 있는 탁가장(卓家莊)에서 삼백여 권의 서책을 새로 입수했습니다. 모두 양천각에 없는 서책들이었습니다. 책의 종류는……."

양천각주님의 보고는 끝이 없었다. 새로 들어온 책이 종류별로 몇 권인지만 설명하면 될 터인데, 양천각주님은 책의 제목, 저자, 내용에 관해 하나도 빠뜨리지 않고 열심히 설명했다.

'하기야 장주님의 유일한 취미가 독서이시니 열심히 설명을 하지 않을 수도 없겠지. 하지만 좀 심하단 말이야.'

양천각주님은 소위 말해서 머릿속에 먹물이 많이 들어 있는 사람이었다. 서진보다 나이가 다섯 살 정도 많을 뿐인데 도대체 모르는 것이 없었다. 의술도 엄청나게 뛰어나 아픈 사람들은 모두 양천각주님을 찾아간다. 그렇게 뛰어난 머리에 뛰어난 의술을 지니고, 외모도 누나들의 말에 의하면 꽃미남인 양천각주님에게도 흠이 있었다. 쉽게 알아들을 수 있는 것도 너무 자세하게 설명하는 버릇이 있다는 것이었다. 때문에 매달 양천각주님이 보고를 할 차례가 되면 장주님 몰래 하품을 하는 사람들도 있었다. 서진은 이리저리 고개를 돌려보다가 구석 자리에서 열심히 고개를 끄덕이고 있는 한 노인을 발견하고는 속으로 웃음을 터뜨렸다.

'하하하, 내 그럴 줄 알았어. 황씨 할아버지가 이런 따분한 설명을 견뎌낼 리가 없지.'

장주님이 장원을 인수하신 다음, 장원 내에서의 위상이 급격히 올라간 사람이 황씨 할아버지였다. 물론 장주님 덕분이었다. 장주님은 장원을 아홉 구역으로 나누고 있는 모든 담을 없애 버리고, 그 자리에 꽃과 유실수(有實樹)를 심으라는 명령을 내리셨다. 지난 칠 개월 동안 장주님이 장원의 관리에 대해 유일하게 내리신 명령이었다. 장원에서 정원사라고는 황씨 할아버지 한 사람뿐이었다. 황씨 할아버지는 신과 동격인 장주님, 무서운 총관님, 총관님보다 더 무서운 현천각주님, 모든 식솔들을 마음대로 부려가며 장주님이 내리신 명령을 보름 만에 완료했다. 그 이후로 황씨 할아버지는 시간이 날 때마다 그때의 일을 자랑했다.

"우리 장원 내에서 장주님을 부린 사람은 나밖에 없단 말이야. 허허허."

장주를 하늘처럼 생각하는 서진은 자랑을 떠벌리는 황씨 할아버지가 유난히 얄밉게 느껴졌다. 물론 자랑을 떠벌릴 때만 그렇게 느껴진다는 말이었다.

'쳇! 인정할 것은 인정해야지. 황씨 할아버지 덕분에 우리 장원이 세상에서 가장 아름다운 장원이 된 것은 사실이니까.'

철거한 담이 있던 자리에서 피어나는 아름다운 꽃들과 무럭무럭 자라나는 유실수들. 계절마다 옷을 바꿔 입는 도룡장은 온갖 꽃이 만발한 천국이었다. 도룡장을 그렇게 만든 일등 공신이 바로 지금 모이를 주워 먹는 닭처럼 열심히 고갯짓을 하고 있는 황씨 할아버지였다.

"…따라서 현재 서고에 있는 책은 총 칠천이백삼십육 권입니다."

마침내 길고 긴 양천각주님의 설명이 끝났다. 대회의실에 있는 과반수의 인물이 졸고 있을 때였다. 유일한 취미가 독서인 장주님도 그 광경을 보고 질리셨는지 몰래 한숨을 내쉬면서 말씀하셨다.

"영풍, 다음부터는 새 책이 들어오면 그냥 목록을 적어서 주시오. 수고하셨소."

"예, 주군."

서진의 날카로운 눈은 꽃미남 양천각주님의 얼굴이 순간 붉게 달이 올랐다는 사실을 놓치지 않았다.

'하하, 다음 대회의 때부터는 양천각주님의 발언 시간이 무지 짧아지겠는걸.'

서진이 웃고 있다는 것을 눈치 챘는지 양천각주가 자리에 앉으면서 슬쩍 꿀밤을 때렸다.

"요놈아, 가뜩이나 민망해 죽겠는데 자꾸 실실 웃을래?"

"죄, 죄송합니다."

"죄송하다는 놈이 계속 실실 웃고 있냐? 그만 해라. 앙?"

"…예."

전음이란 좋은 것이었다. 서진은 하고 싶은 말이 있어도 무지 눈치를 봐가면서 작게 소곤거려야 했는데, 양천각주님은 평소의 목소리 그대로 하고 싶은 말을 다 했다.

'나도 전음을 꼭 배워야겠어.'

서진은 오늘 오전 동안 벌써 두 번씩이나 무공을 열심히 익혀야겠다는 다짐을 했다. 그때 앉아서 보고를 받으시던 장주님이 자리에서 일어나셔서서 큰 목소리로 말씀하셨다.

"다음 달에는 더 좋은 소식을 가지고 이 자리에서 다시 만납시다. 오늘 회의는 여기까지입니다. 한 달 동안 모두들 수고하셨습니다."

"예, 주군!"

양천각주 때문에 쓸데없이 길어진 대회의가 우렁찬 복명소리와 함께 끝이 났다.

*   *   *

휘이이잉!

과연 넓은 평야지대에서 부는 바람은 강력했다. 마치 세상의 모든 것을 다 날려 버릴 듯 사나운 기세였다.

"이야, 역시 하북평야의 바람은 장난이 아니구나. 이거 잘못하면 여기서 힘을 다 빼겠는걸."

조금 걱정이 되기 시작했다. 양소운이 지금 승부를 겨루기 위해 찾아가는 상대는 결코 만만한 상대가 아니었다. 자칫 방심을 했다가는 또다시 망신을 당할지도 몰랐다. 때문에 이렇게 길에서 힘을 빼는 것은 삼가야 할 일이었다.

"방심만 하지 않으면 멍청한 자객은 내 상대가 아니지. 정신만 바짝 차리면 승부는 이미 결정된 것이나 마찬가지야. 나는 실전을 경험하면서 그때보다 실력이 두 배는 더 강해졌다 이거야."

삶과 죽음이 오락가락하는 실전을 거치고 살아남을 수 있으면 무공이 급진전하기 마련이다. 양소운의 경우도 마찬가지였다. 철혈단이 하남의 정주에서 자객들과의 전쟁을 시작한 덕분에 많은 실전을 경험한 양소운의 실력은 자신감을 가져도 될 만큼 크게 향상되어 있었다.

"하하하!"

양소운은 크게 웃음을 터뜨리며 신법에 박차를 가했다. 그렇게 얼마를 달렸을까? 멀리 엄청난 크기의 장원이 시야에 들어왔다.

"저기가 바로 도룡장이로구나. 끝이 보이지 않는다고 하더니 정말이네."

헷갈릴 이유가 없었다. 눈앞에 보이는 거대한 장원의 모습은 하룻밤을 묵었던 창천객잔의 점소이가 설명해 주었던 바로 그 모습이었다.

"하하하, 이제야 못다 한 승부를 깔끔하게 마무리 지을 수 있겠구나."

일 년 동안 기다려 온 멍청한 자객과의 승부에 대한 기대로 가슴이 벅차올랐다. 양소운은 더욱 신법에 박차를 가해 도룡장으로 달려갔다.

"야! 이거 정말로 장난이 아닌데?"

가까이서 본 도룡장은 황궁에서 삼 년을 보낸 양소운도 감탄을 터뜨릴 만큼 대단한 장원이었다. 화강암으로 만든 일 장 오 척의 높고 튼튼한 담벼락과 거의 이 장에 달하는 커다란 대문이 무슨 왕부를 연상시켰다.

"어디 보자. 도룡장 맞구나. 으음?!"

양소운은 현판에 쓰여 있는 '도룡장'이라는 글자를 확인하다가 침음성을 터뜨렸다. 글자는 글자인데 보통 글자가 아니었다. 직선은 조금의 머뭇거림도 없이 단번에 그어졌고, 곡선은 부드럽게 돌아나가 흐트러짐이 없었다. 멍청한 자객이 펼쳤던 강하고 날카로운 검법의 기세가 글자 속에 고스란히 묻어 있었다.

'저 글자는 멍청한 자객이 쓴 것이 분명한 것 같은데, 정말 대단한 필력이구나!'

황궁에서 멍청한 자객을 처음 봤을 때, 양소운은 멍청한 자객이 일반적인 자객이 아니라는 것을 단번에 알아봤다. 보통의 자객은 사람을 죽이기 위해 담을 넘지만, 멍청한 자객은 사람을 살리기 위해 담을 넘었다는 사실을 빠른 눈치로 알아봤기 때문이다.

'역시 뭔가 있는 자야.'

사실 양소운은 자객에 대한 인식이 극도로 좋지 않았다. 아무런 원한 관계도 없는 사람을 돈 받고 대신 죽여주는 자객들에게 어떻게 좋은 감정을 가질 수 있겠는가? 멍청한 자객이 정말로 자객이라고 생각했다면 양소운은 그날 황궁에서 무슨 일이 있어도 멍청한 자객을 죽여 버렸을지도 몰랐다. 다행히 멍청한 자객은 양소운의 기대대로 일반적인 자객은 아닌 것 같았다. 대문 앞에서 한참 생각에 잠겨 있던 양소운은 공력을 끌어올려 고함을 내질렀다.

"멍청한 자객아! 내가 왔다! 어서 나와서……."

양소운이 고함을 지르기가 무섭게 열서너 살 정도 되어 보이는 꼬마가 안에서 달려나오며 반갑게 인사를 했다.

"어서 오십시오. 한참이나 기다리고 있었습니다."

뱉어내지 못한 말을 급히 삼키려고 하자 절로 헛기침이 나왔다.

"험험, 네가 누군데 날 기다렸다고 하는 것이냐?"

"저는 장주님의 시동인 주서진이라고 합니다. 이화창 양소운 대협이 맞으시죠?"

분명히 생전 처음 보는 꼬마였다. 양소운은 똘똘한 꼬마의 얼굴을 뚫어지게 살펴보다가 의아한 표정으로 물었다.

"네가 나를 어떻게 아느냐?"

"장주님께서 말씀해 주셨습니다. 지금쯤이면 이화창 양소운 대협이 오실 시간이 되었으니 나가서 마중을 하라고 하셨습니다."

"엥? 내가 찾아올 것을 알았다고? 그걸 어떻게 알아?"

명청한 자객으로부터 방문해 달라는 서신을 받은 것은 팔 개월 전이었다. 그때 양소운이 찾아왔다면 명청한 자객이 미리 준비를 하고 기다릴 수도 있었다. 하지만 초청을 받은 때로부터 무려 팔 개월이나 지난 다음에 연락도 없이 불쑥 찾아왔는데 어떻게 미리 알고 기다린다는 말인가? 양소운이 궁금해하는 것은 당연했다.

꼬마가 양소운의 말투를 흉내 내어 반문했다.

"엥? 그걸 제게 물어보시면 어떻게 합니까? 장주님께 물어보셔야죠."

맞는 말이었다. 머쓱해진 양소운이 입맛을 다셨다.

"쩝. 어서 명청한 자객… 아니, 장주께 안내를 해다오."

"예, 따라오십시오."

높은 담으로 둘러싸인 덕분에 도룡장 내부는 외부와는 달리 바람의 영향을 거의 받지 않고 있었는데, 숲에 들어온 것 같은 착각을 불러일으킬 정도의 많은 나무가 줄을 지어 서 있었다.

'흠, 담장 대신에 나무로 구분을 해놓았구나. 제법 괜찮은 발상인데?'

돌이나 흙으로 만든 담벼락보다는 나무로 담을 대신 해놓으니 확실히 보기가 좋았다. 물론 청소를 하는 사람들은 곤욕을 치를 게 분명했다. 양소운이 그렇게 쓸데없는 생각을 하는 사이에 한 식경 정도의 시간이 물처럼 흘러갔다.

"꼬마야, 아직 멀었느냐?"

"저는 꼬마가 아니라 주서진입니다. 그리고 이제 거의 다 왔습니다."

꼬마는 꼬마라는 말이 듣기가 싫은지 인상이 제법 표독스럽게 바뀌어 있었다. 그 귀여운 모습에 절로 웃음이 터져 나왔다.

"하하하, 미안하다. 다음부터는 꼭 이름을 부르마."

"헤헤."

사과를 하자 그제야 얼굴을 풀고 실실 웃는 꼬마였다. 당돌한 꼬마였다. 그리고 발걸음이 제법 가볍고 날렵한 것을 보면 무공을 익히고 있는 것 같기도 했다. 아니, 꼬마뿐만이 아니었다. 장원을 오가고 있는 하인들이 모두 발걸음이 가벼웠다.

'무공을 제대로 익힌 것은 아니지만 분명히 수련을 한 모습들이야.'

도룡장은 전형적인 강호의 무가와 같은 모습을 보이고 있었다.

"거의 다 왔습니다. 저기 보이는 저 건물이 바로 바로 장주님의 거처인 균천전입니다."

꼬마가 손으로 가리키는 건물은 멀리서 보기에도 상당히 규모가 큰 전각이었다. 점점 더 멍청한 자객의 신분이 궁금해졌다.

"흠, 너희 장주님의 연세가 어떻게 되시느냐?"

"엥? 장주님의 나이를 모르고 계셨어요?"

사실 나이만 모르는 것이 아니었다. 신분도 모르고 있었고 얼굴도 모르고 있었다. 완전히 모르는 남이나 마찬가지였다.

'생각해 보면 이렇게 편하게 찾아올 사이가 아니네.'

양소운은 스스로의 생각이 우스워 피식 실소를 터뜨리다가 꼬마가 의아한 눈빛으로 바라보고 있자 고개를 끄덕이며 말했다.

"그래, 나이를 모르고 있다."

"예에, 그러시군요. 장주님은 올해 춘추가 이십 세이십니다."

"흠, 스무 살이라……."

짐작했던 나이보다 훨씬 더 어린 나이였다. 양소운은 멍청한 자객이 최소한 자신과 동갑, 혹은 그 이상일 거라고 생각했다.

'나보다 세 살이나 어리단 말이지.'

양소운의 미간이 슬쩍 찌푸려졌다. 동년배의 인물 중에서 적수가 없다고 생각하고 있었는데, 세 살이나 어린 사람에게 망신을 당했다는 것을 알게 되었으니 기분이 좋을 리가 없었다.

'이제부터라도 꼬인 것을 바로잡아야겠구나.'

양소운은 두 주먹을 불끈 움켜쥐면서 걸음을 서둘렀다. 균천전이라는 전각 앞에 세 명의 청년이 서 있는 것이 보였다.

'저 세 명 중에 누가 멍청한 자객일까?'

세 명의 청년 모두 외모가 장난이 아니었다. 특히 가운데 서 있는 청년의 외모가 실로 범상치 않았다. 양소운조차 기가 죽을 만큼 잘생긴 얼굴에 보는 것만으로도 위압감이 들 정도의 커다란 체구를 지니고 있었다. 거기에다 전신에 서린 기상이 한눈에도 보통 사람이 아님을 짐작케 할 정도로 빼어났다.

'눈에 익은 체형이야.'

양소운의 시선이 자연스럽게 가운데 서 있는 청년의 맑고 투명한 눈에 고정되었다. 과연 그 청년이 앞으로 걸어나오며 반갑게 미소를 지었다.

"오랜만일세."

정말로 의외였다. 멍청한 자객이 이렇게 멋지게 생긴 청년일 줄이야 어찌 짐작이나 했겠는가. 복면을 하고 황궁의 담을 넘었던 인물이라고는 믿기지가 않았다. 양소운은 눈을 끔뻑끔뻑하면서 멍청한 표정으로 질문했다.

"네가 멍청한 자객이냐?"

이자건이 크게 웃음을 터뜨렸다.

"하하, 또 멍청한 자객이라고 부르는 건가? 그런 호칭은 사양하고 싶구먼. 전에 말해주지 않았나? 내 이름은 이자건일세. 그리고 여기에 있는 두 분은 소류 제갈기와 영풍 제갈문 형제 분들이네. 우리 장원에서 중책을 맡고 있는 분들이지."

양소운이 이자건에 대해 어떤 판단을 내리기도 전에 소개를 받은 형제가 포권을 하면서 인사를 했다.

"제갈기입니다."

"후기제일지수 이화창 양 소협의 명성을 오래전부터 흠모해 왔습니다. 만나뵙게 돼서 영광입니다. 제갈문입니다."

갈수록 말이 짧아지는 제갈기와 갈수록 말이 늘어나는 제갈문 형제였다. 양소운도 급히 포권을 하며 인사를 받았다.

"반갑습니다. 양소운이라고 합니다."

"나머지 이야기는 들어가서 나누세."

이자건이 미소를 지으며 양소운의 손을 잡아끌었다. 피하고 말고 할 겨를도 없이 졸지에 손을 붙들린 양소운의 얼굴에 당황스러운 기색이 떠올랐다.

　'우리가 이렇게 친했었나?'

　처음의 어색함이 사라지자 연배가 비슷한 네 명의 젊은이
는 금세 의기투합하여 많은 대화를 나누었다. 양소운은 현란
한 말재간과 많은 경험을 바탕으로 시종 좌중에 웃음을 자아
냈다. 주객이 전도된 모습이었지만, 분위기만큼은 화기애애
했다.

　이윽고 밤이 늦어 제갈기 형제가 물러가자 이자건이 진지
한 표정으로 질문했다.

　"신월단이 목표라고?"

　"그래. 하지만 아직까지 신월단의 꼬리조차 못 잡고 있는
형편이네. 웃기는 일이지만 그 덕분에 다른 자객 집단들이 모
조리 줄초상이 났지."

　신월단의 꼬리조차 못 잡고 있다는 말에 내심 안도의 한숨
을 내쉬던 이자건이 빙긋 미소를 지으며 말했다.

　"나도 자객인데 잡아가야 하지 않나?"

　양소운이 웃음을 터뜨리며 반문을 했다.

　"하하, 자네가 자객이라고? 자네 본명이 이자건 맞나?"

　"조부님께서 지어주신 이름이네."

　조부님께서 지어주신 이름을 어찌 속이겠느냐는 뜻이었

다. 양소운이 피식 실소를 터뜨리며 말했다.

"자객은 본명이 없네. 아니, 죽어도 본명을 밝히지 않아. 다른 설명은 필요없겠지?"

무슨 할 말이 있겠는가. 이자건은 민망함에 얼굴을 슬쩍 붉히다가 궁금해하던 것을 물어봤다.

"나도 소문을 들어서 알고는 있네만, 철혈단과 자객 집단들과의 싸움이 그렇게 치열했다며?"

지금 강호는 철혈단에 대한 소문으로 떠들썩했다. 일류고수 이상의 무인 천 명이 모인 단체. 강호의 지도를 바꿀 수 있는 새로운 무인 단체의 등장이었다. 그런 단체가 나타나자마자 강호상에 있는 모든 자객 집단을 쓸어버리고 있었다. 호사가들이 요란하게 입방정을 떨 만한 내용이었다.

이자건의 질문에 양소운이 약간은 안색을 굳힌 채로 고개를 끄덕였다.

"치열한 정도가 아니었네. 지금에 와서야 하는 말이지만 그것은 한마디로 전쟁이었다네, 전쟁."

과장이 아니었다. 철혈단은 실제로 지난 팔 개월 동안 사람의 목숨으로 밥을 빌어먹던 자잘한 자객 집단 열두 개를 모조리 쓸어버렸다. 그게 다가 아니었다. 철혈단은 사천의 흑수(黑水)에서 수백 년 동안 이어져 내려오던 전설의 자객 문파 살각(殺閣)을 조용한 전쟁 속에 멸문시켜 버렸다.

"살각이라……. 전에 개방의 소방주인 악불패라는 친구에게서 그 이름을 들은 적이 있네. 그 친구의 말에 의하면 살각의 자객들은 한 명 한 명이 살인기계라고 하던데, 정말로 그렇게 강하던가?"

"휴우, 말도 말게. 살각은 정말 보통이 아니었어. 살각을 멸문시키기 위해 철혈단의 무인이 무려 이백여 명이나 희생되었다네. 뭐, 지난 세월 동안 강호 살수계의 전설로 군림하던 살각을 멸문시킨 대가라고 생각하면 비싼 편은 아니라고 할 수 있겠지만. 사실은 나도 죽다가 살아났다네. 어떻게 된 것이냐 하면……."

자객들과의 전쟁에서 양소운은 상당한 공을 세울 수 있었다. 양소운의 손에 죽어나간 자객의 수만 해도 열일곱 명이었다. 그중에는 살각의 십대살객(十大殺客) 중 하나인 사혼(死魂)이라는 자도 끼어 있었다.

자객들은 무공을 익히지 않고 살법을 익힌다. 따라서 대부분의 자객들은 무공이 거기서 거기였다. 하지만 세상 어디에나 예외는 있는 법. 사혼이 바로 그 예외였다. 사혼은 오파일방 중의 하나인 화산파(華山派)의 정통 무공을 익힌 검도의 고수였다.

정면 대결을 걸어오는 자객을 우습게 생각하고 간단히 상대하려고 했던 양소운은 사혼의 뛰어난 검법에 그야말로 혼비백산하고 말았다. 사혼은 양소운보다 뛰어난 고수였다. 만약, 그때 혈적사신(血蹟死神)이 도와주지 않았다면 양소운은 지금쯤 이 세상 사람이 아니었을 확률이 높았다.

'혈적… 사신… 피를 쫓는 죽음의 신…….'
박재현의 별호가 바로 혈적검이었다. 이제는 이 세상 사람이 아닌 그의 별호와 비슷한 별호를 쓰는 사람이 세상에 또 있었다. 이자건은 식어버린 찻잔을 내려다보면서 혈적사신이라는 별호를 속으로 되뇌었다. 섬뜩하게 느껴져야 할 그 별호가 이상하게도 가슴을 아프게 만들었다.
양소운의 이야기기 계속 이어졌다.
"혈적사신은 이미 인간의 경지를 벗어난 자였네. 살아 있는 신화가 되어버린 절대쌍천이 무공을 펼치면 그 정도일까? 살각의 자객들 중에서 그의 일검을 피해내는 자가 아무도 없더군. 사혼을 비롯한 십대살객의 전부와 천하구대고수의 일인인 북천일마 모용 단주와 대등하게 싸우던 살각의 각주까지 모조리 단 일 검에 끝장이 나버리더라고. 장난처럼 휘두르는 그의 검을 막아내는 자가 아무도 없었어. 아이고, 지금도 가슴이 벌렁거리네."
말을 하다 말고 부르르 몸을 떠는 양소운이었다. 혈적사신의 무위를 떠올리고 있는 듯했다.

"살각을 무너뜨린 것은 철혈단이 아니라 혈적사신이었네. 나를 비롯한 철혈단의 무사들은 십대살객의 뛰어난 살법에 휘말려 제대로 손을 쓰지도 못하고 있었어. 그때, 모용 단주의 명령을 받은 혈적사신이 나타나 살각의 주요 인물들을 모조리 제거해 버리지 않았다면 아마 그날 절단난 것은 살각이 아니라 철혈단이었을지도 몰라. 하여간 그렇게 뛰어난 고수가 여태까지 알려지지 않고 있었다는 것이 신기할 따름이지."

세상에 기인이사가 많다고 하지만, 양소운의 말대로라면 혈적사신은 징밀로 하늘에서 뚝 떨어진 인물이나 마찬가지였다. 양소운의 진지한 설명을 끝까지 듣고 있던 이자건이 나름의 견해를 밝혔다.

"혹시 혈적사신이 절내쌍천의 일인인 팔황신검 소천악 본인이 아닐까?"

양소운이 단호하게 고개를 가로저으며 말했다.

"그건 말도 안 돼. 명교는 원나라와 상극이야. 팔황신검 소천악이 철혈단을 향해 검을 빼 들었다면 몰라도 철혈단을 위해 검을 빼 들 리가 없지."

"사정이 바뀔 수도 있잖은가?"

"불가능한 이야기야. 팔황신검이 지금까지 살아 있다고 보기는 어렵지 않겠나? 지금까지 살아 있다면 백이십 살이 넘었을 텐데. 아무리 무공이 뛰어난 고수라고 하더라도 그렇게 오래 살면서 그 무공을 그대로 유지한다는 것은……."

상승의 무공을 익힌 고수는 수명이 늘어난다. 하지만 그 한계는 분명히 있었다.

'맞는 말이야. 내공의 힘이 아무리 강해도 세월의 벽을 뛰어넘을 수는 없겠지.'

그때 양소운이 아차 하는 표정을 지으며 질문을 던졌다.

"이제 생각이 났는데 말이야. 자네, 내가 오늘 찾아올 것이란 사실을 어떻게 알고 있었나?"

"하하, 자네가 어젯밤에 묵었던 창천객잔이 바로 본 장에서 운영하는 객잔이네. 본 장을 찾는 사람이 나타나면 바로 인상착의를 적어서 전서구로 보고를 하지."

"아! 어쩐지. 나는 자네에게 무슨 신통력이 있는 줄 알고 잔뜩 겁을 집어먹고 있었다네."

고개를 크게 저으며 과장된 표정을 짓는 양소운이었다. 그 표정이 얼마나 재밌는지 이자건이 대소를 터뜨리면서 말했다.

"하하하, 내게 신통력이 있었으면 비무를 할 생각조차 못했겠구먼?"

"이를 말인가? 신통력이 있는 사람과 비무를 하면 내가 질

것이 뻔한데 왜 하겠는가? 하하!"

사실 이자건은 신통력을 지니고 있는 것이나 마찬가지였다. 앉아서 도룡장 주변에서 일어나는 일들을 손금 들여다보듯 훤히 들여다보고 있었으니 신통력도 보통 신통력이 아니었다.

다음날 아침,

비무를 위해 이자건과 함께 균천전의 후원으로 발걸음을 옮기고 있는 양소운의 입에서 연신 감탄사가 터져 나왔다.

"세상에 이런 곳이 있었다니! 정말로 도원경이 따로 없구나!"

기묘한 형태의 인공 연못, 기암괴석으로 꾸며진 인공 가산, 그 사이에 있는 정원에는 매화꽃이 만발해 있었다. 실로 별세계의 아름다움을 그대로 현실에 구현해 놓은 것 같은 아름다운 경치였다.

"이곳은 정심원(情深園)이라는 이름을 가지고 있네. 도룡장의 전신인 금화장의 장주 손노야가 사랑하는 아내를 위해 만금을 투자해 만든 정원이라고 하더군. 본 장의 정원사인 황노인이 지극 정성을 다해 가꾸고 있는 곳이지."

"금화장의 장주 손노야? 혹시 금화상단의 단주 금적산 손노야를 말하는 것인가?"

“맞네. 바로 그 사람이지.”

“아! 어쩐지. 이곳이 바로 천하제일의 갑부가 살던 곳이었구먼. 황궁의 정원에 비해 조금도 못하지 않네그려. 앞으로 자주 놀러 와야겠는걸.”

“자네라면 언제든지 환영일세. 아니, 원한다면 이곳에 아예 눌러 살아도 되네. 텅 비어 있는 전각들이 아직 많이 있으니 마음대로 골라보게.”

진심이었다. 생명의 은인이나 마찬가지인 사람에게 무엇을 아까워하겠는가? 이자건은 양소운이 원한다면 균천전도 즐겁게 웃으며 내줄 용의가 있었다. 그런 이자건의 마음이 전해졌는지 양소운이 미소를 지으며 말했다.

“약속한 거네? 지고 나서 딴소리하지는 말게.”

“한입으로 어찌 두말을 하겠는가? 자네에게 시원하게 두들겨 맞아도 내 약속은 변함이 없을 걸세. 이제 시작해 보세.”

“승부가 깔끔하게 결정될 때까지는 서로 사정 봐주기 없기네.”

아무래도 이자건이 제 실력을 발휘하지 않을까봐 걱정이 되는 듯했다. 정확한 판단이었다. 사실 이자건은 은인인 양소운과의 비무에서 전력을 다할 생각이 없었다. 이자건이 전력을 다한다는 말은 곧 무형검강을 사용한다는 말이었다. 그런데 무형검강은 세상에 자르지 못하는 것이 없는 절대의 병기였다. 함부로 사용했다가는 양소운을 죽일 수도 있었다.

'무형검강을 배제한 채로 승부를 겨뤄야 해.'

무인 대 무인의 비무에서 일부러 져주는 것과 같은 행동은 상대에 대한 모욕이었다. 최선을 다해 겨루고 그 결과에 깨끗하게 승복을 하는 것이 바로 상대에 대한 예의였다. 하지만 예의를 지키기 위해서 은인을 죽일 수는 없었다. 물론 무형검강을 사용하지 않는 한도 내에서는 최선을 다할 생각이었다.

"당연하지."

이자건은 힘차게 고개를 끄덕이며 양소운과 이 장의 거리를 격하고 마주 섰다. 매화꽃 사이를 지나쳐 온 차가운 바람이 이자건의 전신을 스치고 지나갔다. 머릿속이 차갑게 식어갔다. 반대로 가슴속은 서서히 뜨거워지기 시작했다. 전날, 제갈금과 신법 대결을 펼치기 전에 느꼈던 바로 그 느낌이었다. 이자건은 오른손을 허리춤으로 내려 추상검을 빼 들었다.

스르릉!

청아한 검명과 함께 하늘이 비쳐 보이는 매끈한 검신이 드러났다. 이자건은 검신에 비친 파란 하늘과 바람에 흩날리며 오묘한 변화를 일으키고 있는 구름을 보면서 검을 곧추세워 예의를 표했다.

"자네가 먼저 시작하게."

"좋았어."

맞은편에 있던 양소운이 창을 등 뒤로 돌려세우며 예의를 갖추었다. 아니, 예의를 갖추었다고 생각하는 순간 양소운의 신형이 사라져 버렸다. 양소운의 특기인 산운보가 글자 그대로 구름이 흩어지듯이 펼쳐지는 순간이었다. 이 장의 거리가 의미 없이 사라져 버렸다.

파파파팟!

파르스름한 기운을 띤 날카로운 창날 수십 개가 현란하게 움직이며 이자건을 덮쳐 갔다. 이자건의 상반신 수십 개의 요혈이 창날에 꿰뚫리는 것 같은 착각이 일어났다. 동시에 추상검이 벼락 치듯 번쩍이며 수십 개의 창날을 일검에 두드렸다.

차차차창!

변화를 제압하는 극쾌의 검격. 바로 도룡검법의 섬전결이었다.

"헉!"

양소운이 헛바람을 집어삼키며 뒷걸음질을 쳤다. 그제야 물밀듯이 밀려오던 압력이 사라졌다.

'이렇게 강력한 검력이라니?'

믿을 수 없는 일이었다. 단 일 년 사이에 이자건의 검력은 몇 배나 늘어나 있었다. 더욱 기가 막힌 것은 이자건이 내공을 사용한 것 같지도 않다는 것이었다. 절정고수의 경지에 이르러 있는 양소운이 그것을 모를 리 없었다. 이자건은 순전히 육체의 힘을 일시에 모아 터뜨리는 검격만을 날리고 있었다.

'검법이 이미 경지에 이르렀구나. 이거 또다시 망신을 당할지도 모르겠는걸.'

양소운은 질풍처럼 다가오는 이자건을 피해 뒤로 물러나다가 북두신공(北斗神功)을 운기해 갑자기 앞으로 달려들어갔다.

파앗!

갑작스러운 속도 변화에 양소운의 신형이 마치 허깨비처럼 이자건의 눈앞에 불쑥 나타났다. 산운보의 특기였다. 하지만 이자건의 반응은 양소운의 상상을 초월할 정도로 빨랐다. 양소운이 뭔가 해보기도 전에 선면에서 번개가 폭발하듯이 터져 나왔다.

'이런!'

끊임없이 터져 나오는 엄청난 검격이었다. 대경실색한 양소운은 있는 힘을 다해 창을 휘둘렀다.

차창! 창! 창! 차창!

창이 부챗살처럼 늘어나며 끊임없이 몰아쳐 나오는 검격을 하나하나 막아갔다. 하지만 일검 일검에 담겨 있는 힘이 너무나 강했다. 막을 때마다 손바닥이 저릿해지더니 급기야는 마비가 오려고 했다. 체력의 안배를 따질 시간이 없었다. 양소운은 북두신공을 극성으로 운용해 창을 휘둘렀다. 덕분에 창에 전해지는 압력이 많이 약해졌다. 양소운은 전력으로 성명절기인 이화창을 시전했다.

"타핫!"

기다란 기합성과 함께 허공에 아홉 개의 배꽃이 한꺼번에 피어났다. 폭풍처럼 이어지는 이자건의 연환결과 지지 않는 배꽃을 그려내고 있는 양소운의 이화창이 힘 대 힘의 맞대결을 시작한 것은 그때부터였다.

차차차창!

수십, 수백 개의 불똥이 끊임없이 튀어 오르고, 불똥에 놀란 매화꽃이 천지사방으로 흩날렸다.

그렇게 얼마의 시간이 흘렀을까? 땀으로 흠뻑 젖은 양소운의 얼굴이 점점 일그러지기 시작했다.

'도저히 막을 수 없어!'

전력으로 내공을 운용했기 때문에 힘이 급속도로 떨어지고 있었다. 반면에 이자건은 여전히 같은 힘으로 검격을 쏟아붓고 있었다. 더 이상의 정면 대결은 무의미했다.

"이야압!"

양소운은 젖 먹던 힘까지 모조리 짜내어 이화창을 펼치며 동시에 산운보의 현란한 보법을 밟아나갔다. 이자건의 정면에서 피어오르던 배꽃이 사방에서 피어났다.

이자건의 움직임이 변한 것은 바로 그때였다. 쾌속이라는 두 글자로 대변되던 이자건의 신형이 느닷없이 바람에 흩날리는 구름처럼 표홀하게 움직이기 시작했다. 양소운이 다가가면 물러서고 물러서면 다가오는데, 그 움직임이 기가 막힐 정도로 자연스럽고 부드러웠을 뿐만 아니라 도무지 변화를 종잡을 수가 없었다.

단지 운신법의 변화뿐이라면 산운보를 익히고 있는 양소운이 크게 밀릴 이유가 없었다. 하지만 이자건의 검법 또한 빠르고 강력하게 쇄도하다가 폭풍처럼 몰아치는 식으로 끊임없이 변화하고 있어서 어떻게 막아낼 방법이 없었다. 마치 검으로 조화를 부리고 있는 것 같은 모습. 이자건이 지난 팔 개월 동안 두룡검법과 풍운보를 접목시켜 만들어낸 새로운 검결 풍운결(風雲結)이 첫 선을 보이는 순간이었다.

차창! 차차창! 창! 창!

양소운은 더 이상 겨뤄봬야 추태만 보일 뿐이라는 것을 직감하고는 뒤로 도망치듯이 물러나며 고함을 질렀다.

"항복!"

허탈한 표정으로 차를 마시고 있던 양소운이 뜬금없이 질문을 던졌다.

"정말 스무 살 맞나?"

뚱딴지같은 질문에 이자건이 무슨 의미인지 파악을 하지

못하고 멀뚱거리며 쳐다보기만 하자, 양소운이 한숨을 푹 내쉬며 말했다.

"휴! 난 일곱 살 때부터 지금까지 단 하루도 빠뜨리지 않고 무공을 수련했어. 그런데 자네에게 아예 상대가 되질 않으니 허탈하지 않겠는가? 나보다 세 살이나 적으면 아무리 일찍 무공을 시작했어도 수련을 한 햇수로는 비슷할 건데. 자네, 무공은 언제부터 익혔나?"

처량한 모습이었다. 이자건은 사실대로 말을 해야 할지 말아야 할지 한동안 고민을 해야만 했다. 하지만 고민은 사실 무의미한 것이었다. 생명의 은인이나 마찬가지인 사람에게 거짓말을 할 수는 없었다.

"자네가 믿을지 모르겠지만 친구니까 솔직하게 말하겠네. 만 이 년이 조금 지났네. 기연을 얻어서 이렇게 무공이 급진전했지."

가뜩이나 큰 양소운의 두 눈이 퉁방울처럼 휘둥그레졌다. 그리고 잠깐의 정적이 흘렀다. 하지만 그 정적은 이내 비명과 같은 고함 소리에 산산이 부서졌다.

"뭐, 뭣이라고?! 이 년?! 지금 이 년이라고 했나?!"

아무리 담이 큰 이자건이라고 하더라도 지척에서 터져 나오는 커다란 고함 소리에는 놀라지 않을 도리가 없었다. 이자건은 찻잔에 따라야 할 차를 탁자 위에 따르고 있다가 간신히 떨어진 간을 다시 주워 붙이고는 차분하게 설명했다.

"기연을 얻었다고 하지 않았나? 정체를 알 수 없는 하얀색 구슬을 먹어 내공이 크게 늘었고, 천하에 둘도 없는 뛰어난 무인에게 무공을 배웠네. 소리 지를 이유가 없어."

그러자 양소운은 마치 미친 소처럼 길길이 날뛰기 시작했다. 차분한 설명이 오히려 양소운의 속에 불을 질러놓은 듯했다.

"어떻게 소리를 안 질러?! 내공이 늘면 무공까지 덩달아 느는 건가?! 검법이나 신법은 결국 이 년의 수련만으로 나를 능가했다는 말이잖아?! 그게 가능해?!"

도룡검법의 언환결보다 더욱 사납게 몰아치는 질문의 폭풍이었다. 워낙 사나운 기세에 이자건은 어떻게 달래볼 생각조차 할 수가 없었다.

'무형검강에 대한 이야기까지 했다면 아예 날 죽이려고 들었겠구나. 이거 참, 상당한 충격을 받은 것 같은데.'

이자건이 걱정스러운 눈으로 지켜보고 있는 사이에 양소운이 털썩 자리에 주저앉아 또다시 처량하게 중얼거렸다.

"십육 년을 죽어라고 수련해서 이 년을 수련한 자네에게 박살이 나다니. 내 재질이 이렇게 못났었단 말인가?"

무공에는 첩경이 없었다. 아무리 기상천외한 기연을 얻었다고 하더라도 무공은 몸으로 익혀야 하는 것. 각고의 수련이

뒷받침되지 않으면 천고의 기연도 말짱 헛것이었다. 때문에 양소운은 최선을 다했다고 여겼던 자신의 수련에 회의가 들어 극심한 자괴감을 느끼고 있는 중이었다.

각설하고, 간신히 말을 할 기회를 잡은 이자건이 조금은 빠른 어조로 설명했다.

"나에게는 불구대천의 원수가 있네. 그 원수를 갚기 위해 이 년 동안 단 하루도 빠뜨리지 않고 수련에 매진했네. 하루에 거의 열 시진 이상을 모조리 무공 수련에만 전념했어. 그렇게 하니까 무공이 이렇게 늘더군."

이자건의 설명이 계속되는 동안, 처량하게 앉아 있던 양소운의 표정이 조금씩 풀렸다.

'복수에 대한 집념으로 하루 열 시진 이상을 무공 수련에 매진했다? 으음, 명사(名師)에 엄청난 집념이 어우러지면…….'

정신일도 하사불성이라는 말이 있다. 명사에게 가르침을 얻고, 모든 정신을 무공 수련에만 집중한다면 이자건과 같은 성취가 가능할 것처럼 느껴지기도 했다. 그제야 자괴감이 조금씩 수그러들었다. 양소운은 흥분한 모습을 보였던 자신이 부끄러워 조심스런 어조로 질문했다.

"원수는 갚았나?"

양소운이 정상을 찾았다는 것을 알게 된 이자건의 얼굴에 얼핏 미소가 스쳤다.

"조만간 갚을 생각이네. 원단이 되면… 결판이 나겠지."

"원단?"

"그래. 일 년에 단 한 번 원수를 갚을 수 있는 시간이네."

"나도 돕고 싶은데……."

"자네의 뜻은 고맙지만 사양하겠네. 내 힘으로 복수를 할 생각이네. 그보다 이제 다른 이야기를 하세나. 자네와 같이 있을 수 있는 시간이 길지도 않은데 복수와 관련된 이야기를 하고 있으려니 마음이 편치 않네."

복수는 이자건에게 있어서 지상 최대의 명제였지만, 남과 공유할 수 있는 것은 아니었다. 괜히 복수 이야기를 해서 분위기를 어둡게 만들고 싶지가 않았다. 그 마음을 이해했는지 양소운이 바로 고개를 끄덕이며 화제를 이자건의 무공 성취도에 관한 것으로 돌렸다.

"그러지. 하여간 자네는 참으로 불가사의한 존재야. 건방지게 들리겠지만 나는 여태껏 나보다 뛰어난 인재는 없다고 생각하고 있었네. 실제로 또래에서는 적수를 만날 수도 없었고. 하지만 세상은 역시 넓어. 자네와 같은 인재가 있을 줄이야 어찌 짐작이라도 했겠는가? 대단해. 자네, 정말 나와 같은 사람이 맞는 거지?"

과한 칭찬은 부담스럽기 마련이었다. 이자건은 손사래를 치면서 양소운의 말을 부정했다.

"아니야. 나도 자네와 똑같은 사람일세. 괜히 이상한 사람 처럼 취급하지 말게나."

양소운이 피식 실소를 터뜨리면서 말했다.

"이 년의 수련으로 절정의 경지에 이른 나를 꺾은 자네가 어찌 나랑 똑같은 사람인가? 나는 그런 과분한 말을 감당치 못하겠네."

양소운의 말에 진심이 담겨 있다는 것을 파악한 이자건의 눈썹이 꿈틀했다.

"자네가 뭐가 어떻다고 그렇게 소심한 말을 하는 건가?"

"자네도 내 입장이 되어보면 내 심정을 이해할 걸세."

한편으로는 이해가 가지만 한편으로는 화가 나기도 하는 말이었다. 이자건의 눈에서 서늘한 기운이 뿜어져 나왔다.

'어이쿠, 이 무공의 천재가 화났구나.'

뜨끔한 양소운이 재빨리 말을 돌렸다.

"참, 자네 말고도 내 상식의 선을 넘어선 자가 두 명이나 있었네. 그중 한 명은 혈적사신이야. 그의 경이적인 무공은 내 상식 선에서는 이해가 가지 않는 것이었어. 그리고 다른 한 명은 나도 소문으로만 들었는데, 지옥의 고문을 몇 달간이나 견뎌낸 초인적인 의지력의 소유자가 있다고 하더군."

고문은 신체에 고통을 가해 원하는 사실을 강제로 알아내 는 심문의 한 방법이었다. 그런데 고문 앞뒤에 붙어 있는 단어들이 화를 내고 있던 이자건의 머리끝을 쭈뼛 곤두서게 만들었다.

"지옥의 고문을 몇 달간이나?"

앞의 글자는 고문의 정도를 말하는 것이었고, 뒤의 글자는 고문의 기간을 말하는 것이었다. 그 속에 담긴 의미가 실로 간단치가 않았다.

'차라리 그냥 죽는 것이 백배는 더 좋겠구나.'

양소운도 그 의미를 생각하고 있는지 몸을 부르르 떨면서 대답을 했다.

"그래. 보통 사람들은 단 한 가지도 버텨내지 못한다는 지독한 고문을 몇 달간이나 버텨낸 자가 있다고 하네. 그자가 버텨낸 고문 중에 가장 쉬운 것이 스무 개의 손발톱 밑에 가시가 달려 있는 침을 박아 넣는 것이었다고 하더군. 그리고 지금부터 하는 이야기는 비밀이네. 다른 사람들에게는 말하면 안 되네."

호기심이 생기기는 했지만 너무 끔찍한 이야기라 별로 듣고 싶지가 않았다. 게다가 비밀로 해야 할 이야기라면 굳이 들을 이유가 없었다.

"자네에게 해가 갈 수 있는 말이라면 듣고 싶지 않네."

"아니, 그 정도는 아니고. 사정이 어찌 되었든 간에 몸담고 있는 곳의 비밀을 말하려고 하니 찜찜해서 말이야. 남에게 말하지만 않으면 되네."

"으음."

이자건이 낮게 토하는 침음성을 허락의 뜻으로 받아들였는지 양소운이 침을 꿀꺽 삼키며 조심스럽게 이야기를 했다.

"어사대부 바얀이 살고 있는 곳을 태양부라고 하지. 그런데 그 태양부에는 마옥이라고 불리는 지하 뇌옥이…(중략)… 그런 지독한 고문을 계속했다는 거야."

영약을 주입해 죽지도 못하게 해놓고 정신을 잃을 때까지 지옥의 고문을 하다가 정신을 차리면 또다시 지옥의 고문을 시작한다. 그것도 몇 달씩이나 계속해서. 이자건과 같이 대담한 성격의 소유자도 한동안 말문을 잇지 못하고 멍하니 양소운의 입만 바라보고 있어야 할 만큼 무시무시한 이야기였다.

간신히 정신을 수습한 이자건이 약간은 떨리는 어조로 질문했다.

"그 죄수의 정체에 대해서는 아무런 소문도 없었나?"

"엄청난 실력을 지닌 무림고수라는 소문도 있었고, 그러한 고문을 견딜 수 있도록 훈련이 된 자객이라는 소문도 있었네."

순간, 이자건의 입에서 고함이 터져 나왔다.

"자객?!"

머릿속으로 꿈속에서 본 박재현의 처참한 모습이 스치고

지나가며 온몸에 전율이 일었다.

'그 꿈이… 그 꿈이… 설마… 아니야. 형님은 신월지야 당일에 돌아가셨어. 형님같이 좋은 분이 그렇게 지독한 고통을 받아야 할 이유가 없어.'

아니라고 믿고 싶었다. 박재현은 편하게 죽었다고 믿고 싶었다. 양소운이 어제 말해준 것처럼 화골산에 녹아 시체조차 찾을 수 없게 된 자객들 속에 박재현이 있다고 믿고 싶었다. 그런데 자꾸만 귀가에서 꾸었던 꿈이 마음을 불안하게 만들었다.

이자건의 표정이 점점 더 일그러져 가자, 양소운이 크게 격정스러운 표정으로 이자건을 지켜보고 있다가 조심스럽게 대답했다.

"그래. 사실 내 생각에는 지독한 고문도 견딜 수 있도록 훈련을 받은 자객이 아닐까 싶네. 그러나 어제도 말했다시피 신월지야에 황궁을 침입한 자객들 중에서 살아남은 사람은 자네를 포함해 네 명밖에 없었어."

"확실한가?"

깊게 잠긴 목소리였다. 양소운은 확실하다고 말하려고 하다가 주춤하고 말았다. 대도에는 양소운이 모르는 비밀이 너무도 많았다. 확실한 것은 아무것도 없었다.

"그, 그건……"

양소운이 말을 더듬자 이자건이 천장으로 시선을 돌리며
주먹을 불끈 움켜쥐었다.
‘대도에 다시 가봐야겠구나. 바얀의 태양부라…….’

『도룡지기』 제2권 끝

질풍가

사우 新무협 판타지 소설
FANTASTIC ORIENTAL HEROES

이것은 바람처럼 질주하였던
한 사내의 이야기이다!

철혈의 무인은 아니었지만 호쾌함이 무엇인지를 아는 사내였고,
모든 이들이 그를 떠올릴 때면 미소를 머금었다.
이제 그의 이야기를 시작한다.

유행이 아닌 자유추구 -
WWW.chungeoram.com
Book Publishing CHUNGEORAM

Book Publishing CHUNGEORAM

血夜狂舞

혈야광무

무조 新무협 판타지 소설
FANTASTIC ORIENTAL HEROES

핏빛 밤의 미친 춤사위 속에
무림을 뒤덮은 어둠은 더욱 깊어져만 간다.

희대의 살인마이자 천하제일인이
마지막으로 남기고 간 비급, 그리고…….

"네 몸속에 흐르는 피는 우리와 달라서
무공을 익히면 너희 아버지처럼 살인마가 될 거라고 하셨어.
이제 알아들었냐? 넌 절대 무공을 익힐 수 없다고!"

똑똑히 새겨들어.
살인마의 피가 아니라, 천하제일인의 피다!

기다려라. 내가 무인이 되는 순간,
그 참혹했던 날의 악몽을 되돌려 주마.

혈야광무(血夜狂舞)!
핏빛 밤의 미친 춤사위를……!

우렁이 아닌 자유추구 —
WWW.chungeoram.com

Book Publishing CHUNGEORAM

Book Publishing CHUNGEORAM

가면의 기사

김형신 퓨전 판타지 소설
FUSION FANTASTIC STORY

The Knight of Mask

게임을 통해 펼쳐지는 처절한 복수혈전!!
죽이고 싶은 놈이 너무나 강하다.
그것이 내가 강해져야만 하는 이유다!

사랑하는 여자와 친구에게 배신을 당한 진하!
복수를 결심하며 「라스트 월드」를 플레이하게 된다.
목표는 랭커이자 최강의 직업 레전드 중 하나인 진은!

독종 진하의 복수를 위한 피나는 사투가
「라스트 월드」에서 시작된다.

유행이 아닌 자유추구 -
WWW. chungeoram.com

Book Publishing CHUNGEORAM

저작권 보호!!
장르문학의 성장에 힘이 되어주십시오.

저작물의 무단 전재와 복제, 불법 다운로드!
이것은 관심이 아니라 무관심입니다!

작가님들은 창의적 열정과 시간을 투자해 자신의 꿈과 생계를 유지합니다.
한 권의 책을 만들어 많은 사람들은 자신의 인생과 미래를 설계합니다.

저작물 속에는 여러 사람의 노력과 희망이 담겨 있습니다!

저작물의 무단 전재와 복제, 불법 다운로드는 여러 사람들의 꿈과 생계를
위협함으로써 장르문학을 심각한 상황에 빠뜨리고 있습니다.

이제는 무관심이 아니라 관심으로 장르문학의
성장에 힘이 되어주세요.

[도서출판 **청어람**은 항시적인 저작권 보호를 통해 장르문학과
여러분의 희망을 지키겠습니다.]

저작물의 무단 전재와 복제, 불법 다운로드는 법률에 의해 처벌받을 수 있습니다.
저작권법 제97조의5 (권리의 침해죄)
저작재산권 그 밖의 이 법에 의하여 보호되는 재산적 권리(제73조의 4의 규정에 의한 권리를
제외한다)를 복제·공연·방송·전시·전송·배포·2차적 저작물 작성의 방법으로 침해한
자는 5년 이하의 징역 또는 5천만 원 이하의 벌금에 처하거나 이를 병과(동시에 두 가지 이상의
형벌을 지우는 일)할 수 있다.

도서출판 청어람

BOOK Publishing CHUNGEORAM

fly me to the moon

플라이 미 투 더 문

새로운 느낌의 로맨스가 다가온다!

판타지의 대가 이수영 작가의 신작!
드디어 판매 카운트다운!

플라이 미 투 더 문 | 이수영 지음

**판타지의 대가, 이수영. 그녀가 선보이는 첫 번째 사랑이야기.
사랑, 질투, 음모, 욕망……
상상한 것 이상의 절애(切愛), 그 잔혹한 사랑이 시작된다.**

온전히, 그의 손에 떨어진 꽃. 잡았다.
짐승의 왕은 즐거웠다.

인간, 그리고 인간이 아닌 자.
절대로 이어질 수 없는 두 운명이 만났다!
사랑 혹은 숙명.
너일 수밖에 없는 愛.

1998년 〈귀환병 이야기〉
2000년 〈암흑 제국의 패리어드〉
2002년 〈쿠베린〉
2005년 〈사나운 새벽〉

그리고 2007년,
『FLY ME TO THE MOON』

유행이 아닌 자유추구 –
WWW.chungeoram.com

BOOK Publishing CHUNGEORAM

BOOK Publishing CHUNGEORAM

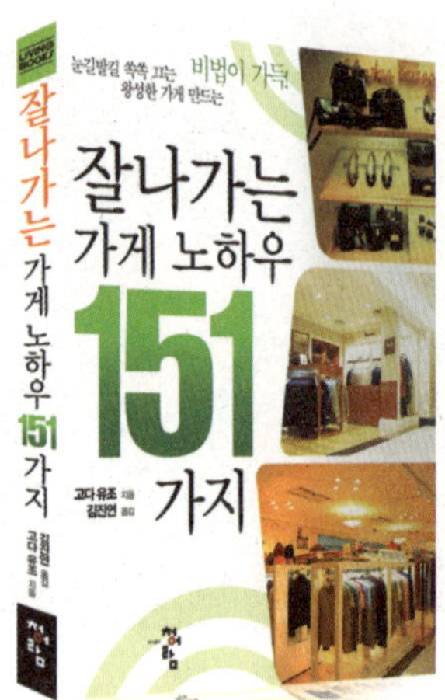

눈길발길 쏙쏙 끄는 **비법이 가득!**
왕성한 가게 만드는

잘나가는 가게 노하우 151 가지

고다 유조 지음
김진연 옮김
가격 9,800원

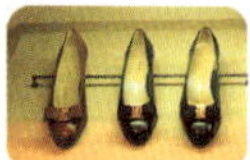

물건이 팔리지 않는 시대!
왕성한 가게 만드는 비법이 가득!

가게 안에 웅덩이를 만들어라
조명만 조금 바꿔도 매출이 팍 늘어난다
보기 쉽고, 집기 쉬운 가게 배치는 '경기장 형' 이 최고 등등
가게에 실제로 적용했을 때 매출이 오른 노하우만 알차게 수록
외관, 입구, 배치, 내장, 조명, 디스플레이에서 사원교육까지

도움이 되는 '발견' 이 가득가득.
당신 가게를 회생시키기 위한 소중한 책!

유행이 아닌 자유추구 -
WWW.chungeoram.com

BOOK Publishing CHUNGEORAM

입소문을 통해 아는 분은 다 알고 계십니다!
올 한해 공인중개사 최고의 화제작!

1~2권 합본 | 이용훈 지음
3~4권 합본 | 이용훈 지음
5~6권 합본 | 이용훈 지음
용어해설 | 이용훈 지음

수험생 기본 필독서
만화 공인중개사

제목 : 만화공인중개사 쓰신 분에게 감사드립니다.

학원을 두 달 다녔어요. 근데 과연 그 숫자 외우기 그런 게 몇 문제나 나올까 생각을 했어요.
아니라는 생각이 드네요. 학원강의를 뒤로하고 서점을 갔어요. 내 머리에가장 이해될수 있는
책이 없나 하구요. 거기서 만화를 발견했어요. 무조건 세 번 봤어요. 3개월 걸렸어요. 문제집을 보라고
했는데 그건 시행을 못했어요. 근데 합격을 했네요.
어떻게 감사의 말을 해야 될지……:
도서관에서 만화책 들고 다니니까 사람들이 비웃더라구요. 만화책으로 공인중개사를 공부한다고
미친 사람처럼 보더라구요. 근데 그거 다 감수하고 했던 내가 자랑스럽습니다.
어떻게 감사의 말을 해야 할지… 정말 감사합니다.
부디 행복하세요. 제 나이 41살에 좋은 스승을 만난 것 같습니다.
엎드려 감사드립니다.

-본사 홈페이지에 독자분이 올린 메일 中 에서 발췌-

당당하게 글을 쓰는 사람, 멋있게 포장하는 사람,
감동적으로 읽어주는 사람이 있다면
언제든 어디든 인더북이 함께 하겠습니다.

2008년 봄 그들이 온다!!

권왕무적의 초우, 궁귀검신의 조돈형, 삼류무사의 김석진, 태극검해의
한성수, 프라우슈 폰 진의 김광수, 흑사자의 김운영, 송백의 백준 등

총 20여 명에 이르는 호화군단의 인더북 이북 연재 확정!!
그 외에도 많은 정상급 작가들의 이북 연재 런칭 예정!!

포도밭 그 사나이, 새빨간 여우 등의 로맨스 정상급 작가
김랑의 작품을 이북 연재로 만나다!!

오직 인더북에서만 독점 연재!!

아쉬움을 남기고 1부에서 막을 내린 **권왕무적 시리즈의 2부** 등 인기 작가들의 수준 높은
미공개 작품들이 시중에 책으로 출간되지 않고, 오직 인더북에서만 연재됩니다.

COMING SOON! INTHEBOOK.NET

1. 인더북의 이북 유료연재는 2008년 1월 말 ~ 2월 중순경 오픈
2. 인더북에 연재되는 작품들은 시중에 출판되지 않은 작품들로 엄선

이북 유료연재의 새로운 도전! 그리고 새로운 시작! 인더북!!
곧 새로운 모습의 이북 연재 사이트로 여러분께 다가가겠습니다.